SCIENCE FICTION

Herausgegeben
von Frederik Pohl
und Wolfgang Jeschke

In gleicher Ausstattung erschienen außerdem als Heyne-Taschenbücher

TITAN 1 · Band 3487
TITAN 3 · Band 3520
TITAN 4 · Band 3533
TITAN 5 · Band 3546
TITAN 6 · Band 3558

TITAN 2

Herausgegeben
von
Frederik Pohl und Wolfgang Jeschke

Klassische Science Fiction-Erzählungen

WILHELM HEYNE VERLAG
MÜNCHEN

HEYNE-BUCH Nr. 3507
im Wilhelm Heyne Verlag, München

Eine Auswahl aus der amerikanischen Originalausgabe
STAR SCIENCE FICTION 3 und 4
Deutsche Übersetzung von Yoma Cap

2. Auflage

Redaktion: Wolfgang Jeschke

Printed in Germany 1977
Umschlagfoto: Granada Publ. Ltd., London
Umschlaggestaltung: Atelier Heinrichs, München
Gesamtherstellung: Mohndruck Reinhard Mohn OHG, Gütersloh

ISBN 3-453-30397-2

Inhalt

ARTHUR C CLARKE

Hirten der Tiefe

In den Weidegründen trieb sich ein Mörder herum. Eine Hubschrauberpatrouille hatte fünfhundert Meilen von Grönland den gewaltigen Kadaver des Opfers entdeckt, der in einer dunkelroten Blutwolke auf den Wogen schaukelte. Binnen Sekunden war das komplexe Warnsystem in Gang gesetzt: Auf der Nordatlantikkarte wurden Kurse festgesetzt und Entfernungen gemessen – und Don Burley rieb sich den Schlaf auf den Augen, während er bereits auf zwanzig Faden hinuntertauchte.

Das Muster grüner Lichter auf dem Instrumentenbord war ein leuchtendes Symbol der Sicherheit. Solange sich dieses Muster nicht veränderte, solange keiner dieser Smaragdsterne plötzlich rot aufblitzte, so lange war alles in Ordnung mit Don und seinem winzigen Boot. Luft – Treibstoff – Energie: dies war das Triumvirat, das sein Leben hier unten beherrschte. Eine Fehlfunktion hierbei, und er würde in einem Stahlsarg hinunter in den Schlamm des Ozeanbodens sinken, wie es mit Johnnie Tyndall in der vorletzten Saison geschehen war. Aber es gab keinen Grund für irgendwelche Fehlfunktionen, und, wie Don sich zur Beruhigung des öfteren vor Augen hielt, die Unfälle, die man voraussah, passierten erst gar nicht.

Er beugte sich über die schmale Instrumentenkonsole und sprach ins Mikrofon. U-Boot 5 befand sich noch nahe genug beim Mutterschiff, daß er sich per Funk verständigen konnte; bald würde er jedoch auf Soncom umschalten müssen.

»Kurs 255, Geschwindigkeit 50 Knoten, Tiefe 20 Faden, Sonar eingeschaltet . . . Geschätzte Fahrzeit bis Zielgebiet 70 Minuten . . . Melde mich in 10-Minuten-Intervallen. Das ist alles. Ende und aus.«

Die Bestätigung kam bereits etwas abgeschwächt von der *Hermann Melville* herein.

»Nachricht empfangen und verstanden. Gute Jagd. Was ist mit den ›Hunden‹?«

Don kaute nachdenklich an seiner Unterlippe. Dies würde vielleicht ein Fall werden, den er allein erledigen mußte. Er hatte keine Ahnung, wo – in einem Umkreis von fünfzig Meilen – sich Benj und Susan im Augenblick befanden. Sie würden ihm natürlich folgen, wenn er ihnen Signal gab, aber sie konnten mit seiner Geschwindigkeit nicht mithalten und würden rasch zurückbleiben. Außerdem bekam er es vielleicht mit einem ganzen Rudel Mörder zu tun, und das letzte, was er sich wünschte, war, seine gutgeschulten Delphine in Gefahr zu bringen. Es war einfach eine vernünftige wirtschaftliche Überlegung – aber darum ging es ihm weniger. Er hatte Susan und Benj einfach gern.

»Es ist zu weit, und ich weiß nicht, in was ich da hineingerate«, antwortete er deshalb. »Falls sie im Abfanggebiet sind, wenn ich es erreiche, werde ich sie vielleicht herbeipfeifen.«

Die Antwort vom Mutterschiff war jetzt kaum mehr hörbar, und Don schaltete das Gerät ab. Es wurde Zeit, sich umzusehen.

Er dämpfte die Kabinenbeleuchtung, so daß er den Suchschirm deutlicher sah, setzte die Polaroidbrillen auf und spähte in die Tiefe. Dies war der Augenblick, da Don sich immer wie ein Gott vorkam, der einen zwanzig Meilen weiten Kreisausschnitt des Atlantik in Händen zu halten vermochte, der in noch unerforschte Tiefen blikken konnte, dreitausend Faden unter die Oberfläche. Der langsam rotierende Strahl unhörbaren Schalls durchdrang die Welt, in der er schwebte, und holte Freund wie Feind aus der ewigen Dunkelheit hervor, die kein Lichtstrahl je erreichte. Das Muster der Ultraschallimpulse – zu hoch selbst für das Gehör von Fledermäusen, die das Sonarprinzip Millionen Jahre, bevor der Mensch das Echolot erfand, verwendet hatten – verbreitete sich durch die Wassernacht: schwache Echos kamen zurück, blitzten als grünblaue Lichtpunkte auf dem Schirm auf.

Aus langer Übung konnte Don ihre Aussage mühelos interpretieren. Tausend Fuß tiefer dehnte sich die Streuungsschicht bis an den Rand seines künstlichen Horizonts aus – ein Teppich von Leben, der die halbe Welt bedeckte. Diese Weidegründe der Tiefe hoben sich und sanken wieder ab, in einem täglichen Rhythmus, lagen aber immer etwas oberhalb jener tieferen Schichten, bis zu denen kein Sonnenstrahl mehr durchdrang. Diese dunklen Abgründe gingen ihn nichts an. Die Herden, die er hütete, und die Feinde, die unter ihnen wüteten, hielten sich in den oberen Schichten des Ozeans auf.

Don legte den Schalter der Niveauwahl um, so daß sich der Sonarstrahl auf die Horizontebene konzentrierte. Die schimmernden Echos aus der Tiefe verschwanden, aber er konnte nun deutlicher sehen, was um ihn herum in der ›Stratosphäre‹ des Ozeans vorging. Diese leuchtende Wolke zwei Meilen voraus war ein Fischschwarm; er fragte sich, ob die Basis davon wußte, und machte eine Eintragung in seinem Logbuch. Am Rande des Schwarms blitzten ein paar größere, einzelne Lichtpunkte auf – Raubfische, die den Schwarm verfolgten und dafür sorgten, daß der endlose Kreislauf von Leben und Sterben niemals aufhörte. Dieser Konflikt interessierte Don jedoch im Augenblick nicht; er jagte größeres Wild.

U-Boot 5 glitt durch das Wasser weiter nach Westen – eine Stahlnadel, schneller und tödlicher als jedes Geschöpf, das im Ozean existierte. Die winzige Kabine, jetzt nur beleuchtet von den blinkenden Lämpchen am Instrumentenbord, vibrierte leicht unter der Kraft der Turbinen, die das Boot durchs Wasser trieben. Don warf einen Blick auf die Karte und überlegte, wo die Räuber wohl diesmal durchgebrochen waren. Es gab noch allzu viele schwache Stellen, denn die Absicherung der Weltmeere war eine gigantische Aufgabe. Die schwachen elektrischen Felder, die von meilenweit auseinanderliegenden Generatoren ausgingen, konnten nicht immer die hungrigen Ungeheuer der Tiefe fernhalten. Außerdem lernten die Räuber. Manchmal schlüpften sie mit durch, wenn eine Abschirmung für die Wale geöffnet wurde, und richteten ein Blutbad an, bevor sie entdeckt wurden.

Der Fernbereichempfänger piepste mahnend, und Don schaltete auf AUSDRUCKEN um. Es war unpraktisch, gesprochene Sprache per Ultraschallstrahl über längere Entfernung zu senden, deswegen war man wieder auf den Morsekode zurückgekommen. Don hatte nie gelernt, ihn direkt nach Gehör zu übertragen, doch der Papierstreifen, den das Gerät ausspie, machte das unnötig.

HELIKOPTER MELDET SCHULE. 50–100 WALE IN RICHTUNG 95 GRAD UNTERWEGS PLANQUADRAT X186475 Y438034 STOP. SIND SEHR SCHNELL. STOP. MELVILLE ENDE.

Don begann die Koordinaten für eine Kursänderung auf der Karte einzutragen, dann bemerkte er, daß das nicht mehr nötig war. Am äußersten Rand seines Sonarschirms war ein Konvoi schwacher Lichtpunkte aufgetaucht. Er korrigierte leicht den Kurs und hielt genau auf die näher kommende Herde zu.

Die Hubschrauberbeobachter hatten recht gehabt: die Tiere bewegten sich ungewöhnlich schnell. Don verspürte aufsteigende Erregung, denn das konnte nur bedeuten, daß sie auf der Flucht waren und so die Räuber zu ihm herlockten. Bei der Geschwindigkeit, mit der sie unterwegs waren, würde er binnen fünf Minuten mitten in der Herde sein. Er schaltete die Motoren aus und fühlte, wie die Wasserreibung das Boot rasch zum Stillstand brachte.

Don Burley, Ritter ohne Furcht und Tadel, saß in seiner dämmrigen Panzerkapsel fünfzig Fuß unter den sonnenbeschienenen

Atlantikwellen und überprüfte seine Waffen für den nahenden Kampf mit mörderischen Ungeheuern. In den Augenblicken angespannter Erwartung, bevor ein solches Unternehmen begann, beschäftigte sich sein aufgeregter Geist oft mit solchen Fantasien. Er fühlte sich allen Hirten verbunden, die seit Anbeginn der Zeiten ihre Herden vor Raubtieren beschützt hatten. Er war David, der in den alten Hügeln Palästinas den Berglöwen auflauerte, die die Schafe seines Vaters rissen. Zeitlich und in der Einstellung näher waren ihm jedoch die Männer, die noch vor wenigen Generationen die großen Viehherden auf den amerikanischen Ebenen bewacht hatten. Sie würden seine Aufgabe verstanden haben, auch wenn ihnen seine Werkzeuge wie Zauber vorgekommen wären. Die Situation war dieselbe, nur Schauplatz und Größenordnung hatten sich geändert. Es machte keinen grundlegenden Unterschied, daß die Tiere, die Don hütete, fast hundert Tonnen wogen und in den endlosen Savannen der Meerestiefe weideten.

Die Schule war jetzt kaum mehr zwei Meilen entfernt, und Don stoppte den gleichförmig kreisenden Suchstrahl, um sich auf den vorausliegenden Sektor zu konzentrieren. Das Bild auf dem Schirm veränderte sich zu einem fächerförmigen Keil, als der Sonarstrahl hin- und herzuschwenken begann. Jetzt konnte Don die einzelnen Wale der Schule unterscheiden, ja sogar ihre Größe abschätzen. Mit geübtem Blick hielt er nach Nachzüglern Ausschau.

Don hätte nachher nie sagen können, was ihn auf die vier Echos am südlichen Rand der Schule aufmerksam werden ließ. Sie waren wohl etwas von den übrigen Tieren entfernt, aber auch nicht weiter als andere. Es gibt eine Art sechsten Sinn, die ein Mann entwickelt, der lange Zeit Sonarbeobachtungen macht – ein Gespür dafür, was die bewegten Lichtpunkte in Wirklichkeit treiben, auch wenn der Schirm diese Information an sich nicht liefert. Ohne weitere Überlegung griff Don nach dem Hebel, der die Turbinen startete. U-Boot 5 setzte sich eben in Bewegung, als drei dumpfe Schläge den Rumpf erschütterten, als klopfe jemand an und wollte herein.

»Menschenskinder«, sagte Don, »wie kommt denn *ihr* hierher?« Er nahm sich nicht die Mühe, den Außenfernsehschirm einzuschalten; er würde Benjs Signal unter jeden Umständen erkannt haben. Die Delphine mußten in der Nähe gewesen sein und ihn entdeckt haben, bevor er noch das Jagdsignal einschalten konnte. Zum tausendsten Male begeisterte er sich über ihre Intelligenz und Treue. Es war erstaunlich, daß die Natur zweimal dasselbe Experiment veranstaltet hatte – am Land mit dem Hund, im Meer mit den Delphinen. Warum waren diese anmutigen Wassergeschöpfe so anhänglich dem Menschen gegenüber, dem sie so wenig schuldeten? Dies gab einem das Gefühl, daß die menschliche Rasse doch etwas wert sein mußte, wenn sie so selbstlose Zuneigung erwecken konnte.

Seit Jahrhunderten bereits wußte man, daß der Delphin zumindest so intelligent wie ein Hund ist und selbst ziemlich komplizierte Wortbefehle zu befolgen vermag. Das Experiment war noch im Gange, aber wenn ihm Erfolg beschieden war, dann hatte die uralte Partnerschaft von Hirten und Hirtenhund auch die Weltmeere erobert.

Don schaltete die Lautsprecher ein, die außen in den Rumpf des U-Boots eingelassen waren, und begann mit seiner Eskorte zu sprechen. Die meisten Laute, die er ausstieß, wären für andere Menschen sinnlos gewesen; sie waren das Ergebnis langwieriger Forschungen von Tierpsychologen des Welternährungsrats. Er wiederholte alle Befehle, um sicherzugehen, daß sie verstanden wurden, dann überzeugte er sich auf dem Sonarschirm, daß Benj und Susan ihm achtern folgten, wie er sie angewiesen hatte.

Die vier Echos, die seine Aufmerksamkeit erregt hatten, waren nun deutlicher und näher, und der Hauptteil der Walherde war an ihm vorbei nach Osten weitergezogen. Er hatte keine Angst vor einem Zusammenstoß; die gewaltigen Tiere konnten ihn, selbst wenn sie aufgeregt waren, ebensogut orten wie er sie – und mit einer ähnlichen Methode. Don fragte sich, ob er sein Kennsignal einschalten sollte. Die Tiere würden vielleicht das Schallmuster wiedererkennen, und es würde sie beruhigen. Andererseits mochte es der immer noch unbekannte Feind ebenfalls erkennen.

Langsam näherte er sich seinem Ziel, tief über den Schirm gebeugt, als wollte er ihm durch pure Willenskraft jedes Fetzchen Information entreißen, das der Suchstrahl lieferte. Zwei von den Echos waren größer und etwas voneinander entfernt, und eins wurde von einem Paar kleinerer Punkte begleitet. Don fragte sich, ob er nicht vielleicht schon zu spät kam. Er sah im Geist den Todeskampf vor sich, der sich weniger als eine Meile entfernt im Wasser abspielte. Diese beiden kleineren Echos mußten der Feind sein – entweder Haie oder Schwertwale, die einen Wal zerfleischten, während seine Gefährten in hilflosem Entsetzen zusehen mußten, denn außer ihren mächtigen Flossen besaßen sie keinerlei Verteidigungswaffen.

Jetzt war er fast so nahe, daß Sicht möglich wurde. Die Fernsehkamera am Bug von U-Boot 5 versuchte, das dämmrige Wasser zu durchdringen, konnte aber anfangs nichts zeigen als die grau-grünen Nebelschwaden von Plankton. Dann begann in der Mitte des Bildschirms ein mächtiger Umriß Gestalt anzunehmen, unter dem sich zwei kleinere Schatten bewegten. Don sah nun in größerem Detail, was ihm der Sonarschirm bereits verraten hatte.

Augenblicklich bemerkte er seinen Irrtum. Die beiden kleineren Schatten waren Kälber, nicht Haie. Er hatte noch nie einen Wal mit Zwillingen zu Gesicht bekommen; obwohl Mehrfachgeburten nicht unbekannt waren, konnte eine Walkuh auf einmal nur zwei Junge säugen, und im allgemeinen überlebte nur das kräftigere. Er unterdrückte seine Enttäuschung; sein Irrtum hatte ihn ziemlich viel Zeit gekostet, und er mußte sich erneut auf die Suche nach dem Mörder machen.

Dann ertönte das wilde Pochen am Rumpf, das Gefahr signalisierte. Es war nicht leicht, Benj Angst einzujagen. Don rief ihm beruhigende Laute zu, während er sein Boot wendete, um mit der Bugkamera das trübe Wasser in der Umgebung zu erforschen. Automatisch hatte er sich zuerst in die Richtung des vierten Sonarechos gewandt – jenes Echos, das er aufgrund seiner Größe für einen erwachsenen Wal gehalten hatte. Sofort sah er, daß er hier das richtige Ziel gefunden hatte.

»Himmel«, flüsterte er, »ich hätte nicht gedacht, daß die Biester so groß werden.« Er hatte wohl schon größere Haie gesehen, aber das waren alle harmlose Abarten gewesen. Das hier war, wie er auf den ersten Blick feststellte, ein Grönlandhai, ein mörderischer Räuber der nördlichen Meere. Diese Art wurde im allgemeinen bis zu zehn Meter lang, aber dieses Exemplar war größer als U-Boot 5. Von Schnauze bis Schwanzspitze maß die Bestie gut dreizehn Meter; sie wandte sich in dem Augenblick, als er sie entdeckte, eben ihrem Opfer zu. Tückischer Feigling, der sie war, griff sie natürlich eins der Kälber an.

Don schrie Benj und Susan einen Befehl zu und sah, wie sie ins Gesichtsfeld seiner Kamera schossen. Er überlegte flüchtig, warum Delphine eine solche haßerfüllte Abscheu vor Haien zeigten, dann ließ er den Steuerhebel los, als der Autopilot das Ziel erfaßte. Wendig wie irgendein Meeresgeschöpf seiner Größe, begann U-Boot 5 den Hai zu verfolgen, was Don Gelegenheit gab, sich auf seine Waffen zu konzentrieren.

Der Mörder war so völlig von seiner Beute in Anspruch genommen, daß Benj ihn überraschte und gleich hinter dem linken Auge rammen konnte. Der Stoß mußte schmerzhaft gewesen sein: eine eisenharte Schnauze mit einer Vierteltonne Muskeln dahinter und der Wucht von fünfzig Knoten Geschwindigkeit ist auch für den größten Fisch ziemlich unangenehm. Der Hai schnellte in einer unglaublich engen Wende herum, und Don wurde fast aus seinem Sitz geschleudert, als das Boot auf den neuen Kurs einschwenkte. Wenn das so weiterging, würde es schwierig werden, den ›Stachel‹ einzusetzen. Zumindest war der Mörder jetzt so beschäftigt, daß er sich nicht mehr um seine Opfer kümmern konnte.

Benj und Susan bedrängten den Riesenfisch wie Hunde, die nach einem wütenden Bären schnappen. Sie waren zu flink, um sich von dem mörderischen Gebiß erwischen zu lassen, und Don konnte nur immer wieder staunen, wie wunderbar sie zusammenarbeiteten. Wenn einer auftauchen mußte, um Luft zu holen, hielt sich der andere für eine Minute zurück, bis sie wieder den Angriff in voller Stärke fortsetzen konnten.

Es gab keinerlei Anzeichen dafür, daß der Hai den sehr viel gefährlicheren Gegner bemerkte, der auf ihn zuhielt, und von dem die Delphine nur ablenken sollten. Don war das nur recht: die nächste Phase würde schwierig werden, wenn er nicht mindestens fünfzehn Sekunden einen geraden Kurs halten konnte. Notfalls konnte er noch die winzigen Torpedoraketen einsetzen, um das Biest zu töten. Wäre er allein gewesen und an ein ganzes Rudel Haie geraten, dann hätte er das sicher getan. So aber war das nicht nötig. Es gab eine bessere Methode, bei der die Delphine nicht gefährdet waren. Don zog als Waffe den Degen der brutalen Vernichtungskraft einer Handgranate allemal vor. Jetzt war er nur mehr rund siebzehn Meter entfernt und kam rasch näher. Eine bessere Gelegenheit würde es vielleicht nicht mehr geben. Er drückte auf den Auslöser.

Von der Unterseite des Bootes schoß etwas vorwärts, das wie ein Stachelrochen aussah. Don hatte die Geschwindigkeit seines Boots vermindert; es war nicht nötig, noch näher heranzugehen. Das kleine, deltaförmige Geschoß mit der Nadelspitze konnte sich weit schneller fortbewegen, obwohl es kaum einen Meter breit war. Als es durchs Wasser schoß, lief hinter ihm der dünne Steuerdraht aus, wie bei einer Wasserspinne, die einen Faden spannt. Durch dieses Kabel lief die Energie, die den Stachel vorwärtstrieb und ins Ziel lenkte. Don kümmerte sich nicht mehr um sein Boot und konzentrierte sich allein darauf, das Unterwassergeschoß zu steuern. Es reagierte auf jedes Signal so rasch und präzis, daß es ihm vorkam, als lenke er ein sensibles Rassepferd.

Der Hai entdeckte die Bedrohung weniger als eine Sekunde vor dem Einschlag. Die Ähnlichkeit des Stachels mit einem richtigen Rochen verwirrte ihn, was die Konstrukteure auch beabsichtigt hatten. Bevor sein winziges Gehirn begriff, daß sich kein Rochen so benahm, traf ihn das Geschoß. Die stählerne Hohlnadel wurde von einer Explosivkapsel durch die zähe Haut des Hais getrieben, und der große Fisch brach in panische Zuckungen aus. Don zog sich hastig zurück, da ein Schlag von diesem Schwanz ihn in seinem Boot wie eine Erbse in seiner Büchse herumkollern lassen konnte, ja unter Umständen sogar das U-Boot beschädigen würde. Es gab hier jetzt für ihn ohnehin nichts mehr zu tun, außer ins Mikrofon zu sprechen und seine ›Jagdhunde‹ zurückzurufen.

Der todgeweihte Räuber versuchte seinen Körper so zu krümmen, daß er nach der Giftnadel schnappen konnte. Don hatte inzwischen das Stachelgeschoß am Steuerkabel wieder in seine Nische am Bauch des U-Boots gezogen, froh darüber, daß er seine nützlichste Waffe unbeschädigt wieder einholen konnte. Er sah ohne Bedauern zu, wie der große Fisch der lähmenden Droge erlag.

Immer langsamer wurden seine Bewegungen. Er schwamm sinnlos hin und her, und einmal mußte Don hastig ausweichen, um einen Zusammenstoß zu vermeiden. Als der Hai die Kontrolle über seinen Auftrieb verlor, glitt er langsam an die Oberfläche. Don nahm sich nicht die Mühe, der sterbenden Bestie zu folgen; das konnte warten, bis er etwas Wichtigeres erledigt hatte.

Er fand die Kuh und ihre beiden Kälber kaum eine Meile weiter weg und untersuchte sie genau. Alle drei Tiere waren unverletzt, also war es nicht nötig, den Veterinär mit seinem hochspezialisierten Zweimannboot herzurufen, das alle Walprobleme, von Bauchweh bis zu einem Kaiserschnitt, im Handumdrehn erledigen konnte.

Don notierte die Nummer des Muttertiers, die gleich hinter den Brustflossen eintätowiert war. Die Kälber waren, nach ihrer Größe zu schließen, noch kein Jahr alt und natürlich noch nicht markiert.

Don beobachtete sie eine Weile. Sie waren nicht mehr im geringsten erregt, und eine Überprüfung mit dem Sonar hatte gezeigt, daß die ganze Schule ihre erschreckte Flucht aufgegeben hatte. Er fragte sich, woher die Tiere wußten, was geschehen war; über die Verständigung bei Walen war zwar schon eine Menge bekannt, aber es gab immer noch viele ungelöste Probleme.

»Ich hoffe, du weißt es zu würdigen, was ich für dich getan hab', alte Dame«, murmelte er. Mit der Überlegung, daß fünfzig Tonnen

Mutterliebe ein entschieden eindrucksvoller Anblick waren, brachte er sein Boot zum Auftauchen.

Die See war ruhig, deshalb öffnete er die Luke und steckte den Kopf aus dem winzigen Turm hinaus. Die Wasserfläche war nur ein paar Handbreit tiefer als sein Kinn, und von Zeit zu Zeit gab sich eine Welle redlich Mühe, ihm ins Gesicht zu klatschen. Das machte weiter nichts aus, weil er in die Luke paßte wie ein Korken in einen Flaschenhals.

Keine fünfzig Fuß entfernt trieb ein langer, schiefergrauer Wulst in den Wellen wie ein gekentertes Boot. Don musterte ihn nachdenklich und stellte im Geist einige schnelle Berechnungen an. Ein Kadaver dieser Größe sollte einigen Wert haben; wenn er Glück hatte, kam er so zu einer doppelten Prämie. In ein paar Minuten würde er seinen Bericht funken, aber vorläufig genoß er die frische Atlantikluft und die Weite des blauen Himmels über sich.

Ein grauer Torpedo schoß aus der Tiefe empor und klatschte aufs Wasser zurück, daß es nur so spritzte. Don bekam ziemlich etwas ab, aber er war an Benjs bescheidene Art, sich bemerkbar zu machen, längst gewöhnt. Einen Augenblick später war der Delphin nahe an die Turmluke herangeschwommen, so daß Don hinunterlangen und ihn am Kopf kraulen konnte. Die großen intelligenten Augen begegneten seinem Blick; war es Einbildung, oder glomm ein fast menschlicher Schimmer von Belustigung in ihnen?

Susan hielt sich wie üblich scheu zurück, bis die Eifersucht siegte und sie Benj zur Seite schubste. Don bemühte sich, sein Kopfkraulen gerecht zu verteilen und entschuldigte sich, daß er nichts für sie hatte. Er würde das wettmachen, sobald er zur *Hermann Melville* zurückgekehrt war.

»Und ich werd' auch bald wieder mit euch schwimmen gehn«, versprach er, »vorausgesetzt, ihr benehmt euch das nächste Mal.« Er rieb sich gedankenvoll einen gewaltigen blauen Fleck, der von Benjs spielerischen Aufmerksamkeiten stammte, und fragte sich, ob er nicht langsam ein bißchen zu alt wurde für solche wilden Spiele.

»Zeit heimzufahren«, erklärte Don entschieden, ließ sich in die Kabine hinunterrutschen und schlug die Luke zu. Er merkte plötzlich, daß er schrecklich hungrig war, und besser als erstes das versäumte Frühstück nachholte. Es gab wohl nur wenige Menschen auf der Welt, die sich es mehr verdient hatten als er. Er hatte der Menschheit etliche Tonnen Fleisch, Öl und Milch gerettet.

Don Burley war ein siegreicher Krieger, der aus einer Schlacht heimkehrte, die der Mensch immer würde ausfechten müssen. Er half mit, das Gespenst des Hungers zu bannen, das die Menschheit in allen vergangenen Zeitaltern geplagt hatte, aber die Welt nicht mehr bedrohen konnte, solange die großen Planktonfarmen Millionen Tonnen Protein lieferten, und solange die Walherden ihren Hirten gehorchten. Der Mensch war nach Äonen wieder zum Meer zurückgekehrt; bis die Ozeane einfroren, würde er nie mehr hungrig sein ...

Don warf einen Blick auf den Suchschirm, als er seinen Kurs festsetzte. Er lächelte, als er die zwei Echos sah, die dem zentralen Lichtpunkt, der sein Boot markierte, getreulich folgten. »Gut so«, sagte er. »Wir müssen zusammenhalten.« Dann lehnte er sich bequem in seinen Sitz zurück, als der Autopilot die Steuerung übernahm.

Und nach einer Weile vernahmen Benj und Susan ein ganz sonderbares Geräusch, einen steigenden und fallenden Ton vor dem Hintergrund der dröhnenden Turbinen. Die dicken Wände von U-Boot 5 leiteten ihn schwach nach außen, und nur die empfindlichen Ohren von Delphinen hatten ihn überhaupt wahrnehmen können. Aber so intelligent sie auch waren, man konnte schwerlich von ihnen erwarten, daß sie begriffen, warum Don Burley mit höchst unmelodischer Stimme lauthals singend verkündete, daß er ein einsamer Cowboy sei, der zum großen Round-up ritt ...

LESTER DEL REY

Fremdling

Nur eine leichte Dünung wellte die Wasserfläche des Pazifik, und die absterbende Brise füllte kaum mehr die Segel der kleinen Dreißig-Fuß-Schaluppe. Larry Cross stützte träge seinen hageren Oberkörper auf das Ruder und starrte zu der kleinen Insel steuerbords hinüber, die nur aus Felsen und einem kleinen Sandstrand zu bestehen schien. Sie war das erste Land, das er seit drei Tagen zu Gesicht bekam, und außerdem ziemlich unwahrscheinliches Land, weil es in diesen Gewässern sonst nur Korallenriffe gab. Sie blieb bereits achtern zurück, und so wichtig war sie ja nun auch nicht.

Aus der Kabine kam ein trunkenes Schnarchen, und Cross verzog sein schmales Gesicht zu einer bitteren Grimasse. Schnaubend stieß er den Atem aus, so daß eine Strähne seines sandfarbenen Haars ihm irritierend vor den Augen tanzte. Dann zuckte er die Achseln und widmete sich wieder seinen düsteren Gedanken über sich selbst und Al Simmonds.

Dutzende Male, wenn der fette Mann es in einem Sturm mit der Angst zu tun bekommen hatte und sich an seinen unerschöpflichen Schnapsvorräten einen ansoff, hatte Cross daran gedacht, ihn über Bord zu werfen. Aber es war damit so gegangen wie mit allen seinen Träumen von Tatkraft und Gewalttätigkeit. Mit nur ein bißchen Mumm in den Knochen hätte er sich von Simmonds gar nicht erst zu diesem Wahnsinnsunternehmen breitschlagen lassen. Oder er hätte diese Weltumseglung in seiner winzigen Schaluppe sofort abgeblasen, sobald ihm klargeworden war, was für ein faules Schwein der andere war.

Er hatte ja vorgehabt, im ersten Hafen auszusteigen, hatte es in Kapstadt sogar versucht. Jetzt aber, da Neuseeland hinter ihnen lag und sie bereits auf Heimatkurs waren, hatte er alle Selbsttäuschung aufgegeben. Wenn sie heil nach Hause kamen, wußte er, daß er ihr gemeinsames Buch schreiben würde, während Simmonds den ganzen Ruhm und einen Großteil des Honorars einstecken würde, das das Buch vielleicht einbrachte.

Der Wind hörte ganz auf, und die Schaluppe trieb noch ein Stückchen und blieb dann bewegungslos liegen. Cross überlegte, ob er den Hilfsmotor anwerfen sollte, aber Treibstoff war kostbarer als Zeit. Und wenn die Flaute zu lange anhielt, so befanden sie sich ganz in der Nähe einer Luftverkehrsstraße und konnten über das Notfunkgerät um Hilfe rufen. Er blickte hinauf und hielt gedankenverloren Ausschau nach einem Flugzeug, das, wie er wußte, bereits vor zwei Stunden vorbeigekommen sein mußte. Der Himmel blieb leer, und er wollte schon wieder den Blick senken.

Plötzlich jedoch glühte am Himmel ein roter Funken auf, der vom Horizont heraufschoß. Er riß den Kopf hoch, um ihm nachzusehen. Binnen Sekunden war der Funken zu einem dicken Zylinder mit drei Stabilisierungsflossen geworden. Das ganze Ding war rotglühend vor Hitze. Es erinnerte ihn an die Bilder von zukünftigen Raketenschiffen, die mit Überschallgeschwindigkeit landen sollten. Aber das war lächerlich ... Jetzt sauste das Ding in einem Bogen aufs Meer herunter, bereits so groß wie ein kleines Flugzeug. Es prallte in einem flachen Winkel aufs Wasser auf. Eine Dampfwolke zischte hoch, und das seltsame Objekt hüpfte und schnellte über das Wasser – in Kollisionskurs auf die Schaluppe zu.

Cross tat einen sinnlosen Schritt auf die Kabine zu und brüllte nach Al. Aber es blieb keine Zeit mehr. Er zerrte wild an dem aufblasbaren Floß, bekam es frei und sprang damit achtern von Bord. Seine Finger fanden das Ventil, und das Floß füllte sich zischend mit Kohlendioxid aus der Gaspatrone. Durch einen glücklichen Zufall war das Floß mit der richtigen Seite nach oben ins Wasser gefallen, so daß die daran befestigte Notausrüstung erreichbar war. Es gelang ihm mit einiger Mühe, sich hinaufzuziehen, und langsam trieb er von der Schaluppe ab.

Das über das Meer schlitternde Metallungeheuer wurde langsamer, aber es kam noch immer daher wie eine wildgewordene Lokomotive. Dann gab es einen entsetzlichen Krach, und es schoß mit einem unheimlichen Heulen vorbei. Das Floß schwankte und tanzte, und Larry fühlte sich von einer heißen Bö aufgehoben und wieder fallen gelassen. Als er sich aufrappelte, sah er das Ding einen letzten Satz tun und dampfend in den Wellen versinken.

Irgendwie brachte er es fertig, sich herumzuwälzen, sobald das Floß wieder ruhig lag, um nach der Schaluppe zu sehen. Aber das kleine Schiff begann sich bereits nach vorne zu neigen; sein Bug war weggerissen, als wäre er aus Pappe gewesen. Es blieb keine Zeit mehr, Al zu retten oder noch ein paar Vorräte von Bord zu holen. Larry starrte hin und konnte immer noch nicht glauben, daß so etwas geschehen konnte. Er sah zu, wie die Schaluppe sank, bis selbst der Mast verschwunden war. Dann langte er nach dem zusammengeklappten Paddel.

Etwas ploppte an die Oberfläche, und ein Schrei voll wahnsinniger Todesangst durchschnitt die Luft. »Larry! Larry! Um Himmels willen, hilf mir!«

Rote Flecken breiteten sich auf dem Wasser aus, als Simmonds verzweifelt um sich schlug. Larry plagte sich mit dem Paddel, bis er den auf und ab tanzenden Kopf erreichen konnte. Simmonds zog sich mit einiger Nachhilfe an Bord und kreischte auf, als sein offensichtlich gebrochenes Bein das Floß berührte. Der Zusammenprall mußte in der Kajüte fürchterlich gewesen sein. Simmonds war mit Aufschürfungen und Blutergüssen bedeckt, und sein Gesicht war unter den schmutzigen Bartstoppeln weiß vor Angst und Schmerzen.

»War in der Koje festgeklemmt, Gott, und der Kahn sank!« Er ließ sich aufs Floß zurückfallen und zitterte wie im Fieber. »Weiß nicht, wie ich loskam. Verfluchter Torpedo – *tu* was, Larry!«

Larry riß die kleine Notapotheke auf und begann sein Hemd in Streifen zu reißen. Viel konnte er für das verletzte Bein jedoch nicht tun, abgesehen von einer eben noch vertretbaren Überdosis Kodein. »Das war kein Torpedo, Al. Das war ein Raumschiff, und es hatte irgendeine Panne.«

»Du bist verrückt. Wir haben noch keine Raumschiffe. Ich weiß das sehr gut!«

Simmonds wußte immer alles, aber Larry sagte sich, daß er diesmal wohl recht hatte. Er zuckte die Achseln. »Schön, wir haben keine. Dann war's eben vom Mars. Und jetzt lieg still, während ich zu der Insel paddle, die ich vorhin gesehen hab'. Wir haben Glück, daß wir noch leben – überfordere deinen Schutzengel nicht.«

Erst als er zu paddeln begann, ging ihm auf, was er da gesagt hatte, und ein Schauder überlief seinen Rücken. Ungeheuer von den Sternen, die die Erde erobern wollten! Er hatte ein Buch von Charles Fort gelesen, in dem von solchen Dingen die Rede war. Er hatte früher mitunter darüber nachgedacht und romantische Träume über den ersten Kontakt der Menschheit mit fremden Intelligenzen gehegt. Aber mit eigenen Augen den Beweis dafür zu sehen, daß es auf weit entfernten Welten Wesen gab, die die ungeheuren Entfernungen des Weltraums bewältigen konnten . . . Er zitterte, bis seine schmerzenden Muskeln ihn alles andere vergessen ließen. Simmonds stöhnte noch ein Weilchen vor sich hin, dann begann das Kodein zu wirken, und er verlor das Bewußtsein.

Es wurde bereits dunkel, als Larry das Floß an den Strand zog. Simmonds war noch bewußtlos, ächzte jedoch bereits wieder schwach. Der Strand war ein schmaler Sandstreifen, der bei Flut offensichtlich unter Wasser stand, und dahinter stiegen die Felsen vielleicht fünfzehn Meter steil an. Larry war an einer Stelle gelandet, wo ein Felssturz die Klippen etwas zugänglicher gemacht hatte, und begann jetzt nach irgendeiner Art von Unterschlupf zu suchen. Weiter oben schien ein vorspringendes Felsband etwas Schutz zu bieten, aber es war durchaus nicht sicher, daß er es bis dort hinauf schaffte.

Er ließ Al liegen, nahm jedoch einen Wasserkanister, die Apotheke und die Lebensmittel mit. Die Kletterei war anstrengend, aber er erreichte schließlich den Felsvorsprung doch. Sehr viel Schutz bot er nicht, aber Besseres war nicht zu sehen. Die Felsen ragten gut einen Meter weit vor, und der Boden war glatt und einigermaßen zum Schlafen geeignet. Er ließ die Vorräte oben und kletterte wieder hinunter, stolperte immer wieder, da das Licht immer schlechter wurde.

Simmonds stöhnte jetzt lauter und hatte Temperatur. Larry gab ihm noch eine Dosis von der Droge. Er lud sich den dicken Mann auf die Schulter, nahm den zweiten Kanister und die Taschenlampe und machte sich wieder auf den Weg. Jeder Schritt war eine Qual, und er mußte fast den ganzen Felshang hinauf die Taschenlampe benutzen, aber endlich hatte er es geschafft. Al murmelte etwas, als Larry ihn sanft auf den ebenen Fels ablud und sich neben ihn fallen ließ, um etwas auszuruhen.

Ein paar Schluck Wasser verhalfen ihm wieder etwas zu Atem. Er träufelte auch Simmonds ein wenig in den Hals, bevor er sich aufraffte. Er fürchtete diese letzte Tour zum Strand hinunter, aber das Floß würde eine bequemere Unterlage für Simmonds ergeben, und die Angelausrüstung würden sie auch brauchen. Vor allem aber mußte er das kleine Funkgerät heraufholen, um am nächsten Tag bereit für den Notruf zu sein, wenn das Flugzeug vorbeikam.

Als er sich endlich an den Abstieg machte, war es völlig dunkel, und Mond schien auch keiner. Cross behalf sich mit der Taschenlampe, schaltete sie aber nur sparsam ein. Als der Boden ebener wurde, benutzte er sie gar nicht mehr, um die Batterien zu schonen. Seine vorgestreckten Hände fühlten einen großen Felsen, und er tastete sich auf die andere Seite, wo er das Floß gelassen hatte. Er fand es und suchte darin nach dem Notsender.

Er war nicht da. Cross ließ die Lampe aufblitzen und fluchte, als ihn das ungewohnte Licht blendete. Das Floß war leer. Er leuchtete erschrocken den Boden rundherum ab, fand das Angelzeug, aber der

Sender blieb verschwunden. Plötzlich erstarrte er und glotzte entsetzt den feuchten Sand an.

Fußspuren querten seine eigenen, verliefen rund um das Floß und führten den Strand hinunter bis zu dem Felsvorsprung, wo der Sandstreifen zu Ende war.

Schreckbilder von Kannibalen und Kriegsspeeren kamen ihm in den Sinn, doch er riß sich zusammen und dachte an den offensichtlich gestohlenen Sender. Seine Hand fuhr in die Tasche und brachte ein Klappmesser zum Vorschein. Dann prägte er sich mit einem letzten Blick die Linie des Strandes ein, knipste die Lampe aus und ging los.

Der Strand war ziemlich eben und glatt, so daß er fast laufen konnte. Er bemühte sich, nicht zu stolpern oder zuviel Lärm zu machen. Er orientierte sich an der Neigung der Sandfläche; als er um die Biegung herum war, beschleunigte er seinen Trott. Rund hundert Meter weiter endete der Strand an einer bis ins Wasser ragenden, unüberwindbaren Klippe, die vielleicht fünf Meter hoch war. Beim augenblicklichen Gezeitenstand war der Sandstreifen nur wenige Meter breit, so daß er überzeugt war, den Dieb leicht finden zu können, selbst ohne Lampe. Der Überrumpelungseffekt mochte ihm zugute kommen.

Rund fünfzehn Meter vor der Klippe rannte er mit vollem Tempo in etwas hinein, das sich wie lebendiges Fleisch anfühlte. Er kollerte in den Sand, fast gelähmt vor Schrecken. Ein rauhes Knurren erklang, und irgendetwas Scharfes kratzte über sein Gesicht. Dann war er irgendwie wieder auf die Füße gekommen. Zurücktaumelnd knipste er die Lampe an.

Der Lichtkegel traf seinen Gegner, und jetzt, da er ihn sehen konnte, erschrak er noch mehr. Das Wesen hatte wohl zwei Beine, zwei Arme und nur einen Kopf – aber es war nicht im geringsten menschlich zu nennen. Die Glieder hatten Doppelgelenke und waren zu lang, Zehen und Finger waren mit katzenhaften Krallen bedeckt. Nase oder Ohren waren nicht zu erkennen. Die Haut war fleckig graugrün bis auf einen Streifen pulsierenden Purpurs auf dem haarlosen Kopf und ebensolche warzenartige Auswüchse am ganzen Körper. Selbst zusammengeduckt war das Wesen größer als Larry. Unter dem einen Arm trug es den Sender vom Rettungsfloß; die andere Hand suchte nach irgendetwas in einer offenbar natürlichen Hauttasche am Unterleib.

Larry sprang vorwärts und schwang sein Messer. Die Klinge verfehlte das Wesen, aber es mauzte erschrocken. Seine Beine knickten ein, federten hoch und schleuderten es gut fünf Meter in die Luft. Es landete sicher oben auf der Klippe und verschwand, den Sender noch unter dem Arm. Eine Sekunde später flog ein großer Steinbrocken herunter und verfehlte Larry nur um Zentimeter.

Das Messer entfiel ihm. Fluchend tastete er danach, in Erwartung weiterer Felsbrocken. Es kamen keine mehr. Er fand das Messer, hob es auf und rannte zum Floß zurück. Er leuchtete die Klippen ab, aber von dem Wesen war nichts mehr zu sehen.

Es war kein Ungeheuer von Mars, Venus oder sonst einem Planeten des Sonnensystems. Es mußte von einem Planeten mit hoher Schwerkraft, aber Sauerstoffatmosphäre stammen, und das hieß, daß seine Heimatwelt um eine andere Sonne kreiste. Es konnte sich aus einem auf den Meeresboden gesunkenen Schiff befreien, es konnte meilenweit schwimmen, und das schneller, als er das Floß paddeln konnte, und es konnte vom Stand fünf Meter hoch springen. Wahrscheinlich konnte es auch im Dunkeln sehen!

Er suchte alles an angeschwemmtem Holz zusammen, was er finden konnte, und packte es ins Floß, bevor er es sich auf den Rücken lud. Mühsam kroch er zu dem Felsvorsprung hinauf, jeden Augenblick einen Angriff erwartend. Er schwitzte vor Angst, aber es geschah nichts. Nun ging auch endlich der Mond auf und tauchte die Insel in sein sanftes Licht.

Larry ruhte sich kurz aus und leuchtete wieder mit der Taschenlampe umher. Einigermaßen beruhigt wandte er sich Simmonds zu. Er schob das Hosenbein hoch und stellte erleichtert fest, daß der Knochen nicht durch die Haut gedrungen war. Es war anscheinend ein einfacher Bruch. Er studierte die Erste-Hilfe-Anleitung, fand wenig, was ihm weiterhalf, und machte sich an die Arbeit. Aus Treibholz und ihren Gürteln improvisierte er eine Art Schienen.

Er band Al die Arme fest an den Leib und setzte sich auf seine Oberschenkel. Ihm war fast übel vor Erschöpfung und Hilflosigkeit, aber er begann mit der unangenehmen Aufgabe, den gebrochenen Knochen einzurichten. Simmonds wachte bei der ersten Berührung aus seiner Betäubung auf, schlug wild um sich und kreischte erbärmlich. Endlich schien es, daß der Knochen richtig lag, und Larry begann aufatmend mit dem Schienen. Dann hob er den schluchzenden Mann auf und legte ihn auf das weiche Floß.

Simmonds rappelte sich zu einer halb sitzenden Stellung auf, aus der er Larry vorwurfsvoll anstarren konnte. »Du hättest mir wenigstens einen Schluck gönnen sollen. Ich bin ein kranker Mann. Dafür haben wir ja eine Notreserve mitgenommen.«

»Die hast du ausgesoffen, kaum daß wir drei Tage aus New York raus waren«, erklärte Larry dumpf. »Und Dutzende Ersatzflaschen ebenfalls. Da, nimm das.« Er schüttelte noch zwei Kodeintabletten aus dem Röhrchen, stellte fest, daß nur noch wenige übrig waren, und versuchte, nicht unaufhörlich ängstlich nach draußen zu lauschen.

Simmonds brach in eine Flut von Beleidigungen aus und ließ sich erst nach einer guten halben Stunde beruhigen. Larry verfluchte sich selber, daß er den Mann nicht hatte ersaufen lassen. Aber er schluckte die Gemeinheiten des anderen, wie er vieles zu schlucken gelernt hatte. Er wußte, er war für diese Welt ein Nichts, auch wenn er manchmal dagegen aufbegehrte.

Wahrscheinlich wäre er nie auf Fahrt gegangen, hätte es irgendetwas gegeben, für das sich das Daheimbleiben lohnte. Aber er hatte seine Eltern früh verloren und lebte meist bei Verwandten, die ihn nicht haben wollten. Ein Universitätsstipendium hatte er gerade um einen Punkt verfehlt. Er hatte versucht, Romane zu schreiben und hatte sich damit zufriedengeben müssen, Artikel über Angeln und Segeln zu verfassen. Natürlich hatte es auch einmal ein Mädchen gegeben – aber nur so lange, als seine Ersparnisse reichten. Der einzige Glücksfall in seinem Leben war gewesen, als er die Schaluppe von einem Onkel erbte – und die war jetzt von dem fremden Raumschiff versenkt worden.

Als Simmonds wieder eingeschlafen war, trat Larry ins Freie, um die Insel zu mustern, soweit er sie überblicken konnte. Alles schien ruhig zu sein. Das Ungeheuer war noch nicht wieder zum Vorschein gekommen; wahrscheinlich untersuchte es den Sender, wenn es ihn nicht schon als zu primitiv beurteilt und weggeworfen hatte.

Er versuchte zu begreifen, daß dieses Wesen von einer Rasse stammte, die zwischen den Sternen umherreiste, und daß er für den Fremden nicht mehr war als ein Wilder auf einem rückständigen Planeten. Der Fremdling war ein zivilisiertes Wesen, nicht ein Raubtier. Wahrscheinlich war er zurzeit genauso verzweifelt und besorgt wie er. Falls das Wesen etwa Freundschaftsbestrebungen zeigte . . .

Abrupt schüttelte er den Kopf. Schön, er war nur ein Wilder. Aber was würde er tun, wenn er wüßte, daß sich ein wildes, möglicherweise kannibalisches Geschöpf mit ihm auf der Insel befände? Falls er überhaupt so eingestuft werden konnte. Vielleicht war er für den Fremden nur ein halb intelligentes Tier. Und er würde ja auch einem Gorilla nicht trauen, obwohl Gorillas und Menschen wenigstens von denselben Vorfahren und derselben Welt stammten. In einer derartigen Situation mußte jeder annehmen, daß der andere ihn töten wollte. Und selbst wenn beide Wesen nur gute Absichten hatten, konnte sich keines leisten, das zu zeigen.

Die Erinnerung an die Klauen, die das Wesen besaß, brachte ihm zu Bewußtsein, daß der Fremde natürliche Waffen besaß. Fröstelnd und gähnend spähte er nach den Schatten auf dem felsbestreuten Hang. Er durfte nicht einschlafen, wenn dort draußen ein fremdes Wesen lauerte – aber er ertappte sich doch immer wieder, daß er einnickte. Schließlich stand er auf und legte ein paar lose Steine an den Rand des Felsvorsprungs, wo sie unter dem ersten Tritt eines Anschleichers hinunterrasseln mußten. Dann suchte er sich einen Platz im tiefsten Schatten, von dem aus er den Zugang beobachten konnte, nahm eine möglichst unbequeme Stellung ein und versuchte sich einzureden, daß er beim leisesten Geräusch aufwachen würde. Es war jedoch ein Schrei von Simmonds, der ihn aus dem Schlaf riß, gerade, als etwas Großes und Nichtmenschliches mit langen Sätzen an ihm vorbeihuschte, zurück zum Zugang. Es trug etwas, aber bevor er fähig war, sich zu rühren oder klar zu sehen, war es verschwunden. Er schüttelte das alptraumhafte Entsetzen und die Benommenheit des zu plötzlichen Aufschreckens ab und griff nach der Lampe.

Simmonds schrie immer noch, aber jetzt in zusammenhängenden Worten. »Satan! Der Teufel, er will mich holen! O Gott! Gott, nein, ich will nicht! Nein . . .«

Larry schlug ihm hart ins Gesicht, um die aufquellende Hysterie zurückzudrängen. »Hör auf damit, Al. Das war nur der Fremde aus dieser Rakete. Er kommt von den Sternen – nicht aus irgendeiner eingebildeten Hölle. Ich hab' ihn schon vorhin gesehen, unten am Strand. Er ist einfach eine andere Lebensform und genausowenig ein Teufel wie ich – hoff ich!«

»Er hat mich mit einem langen Messer bedroht. Er wollte mich töten! Du hättest zugesehen, wie er mich umbringt!« Simmonds holte tief Luft, hielt inne und atmete dann langsam aus, als er wieder zur Vernunft kam. Seine Haut fühlte sich heiß an, aber nicht heiß genug für Fieberfantasien. Jetzt wurde er plötzlich aufgeregt und vergaß darüber seinen Schrecken.

»Wir sind reich. Verdammt, Junge, wir sind gemachte Leute. Was für ein Glück – ganz allein auf einer Insel mit dem ersten Marsmenschen. Das ist 'ne Sache! Du hast doch noch dein Messer? Gut. Und wenn er von dieser gesunkenen Rakete bis hierher geschwommen ist, kann er kaum Waffen haben. Klar, sein Messer hab' ich mir eingebildet – wär ja auch zu dunkel hier drin, um es überhaupt zu sehen, wenn er eins gehabt hätte.«

Sein Blick streifte in der Felsnische umher, die immer noch von dem schwächer werdenden Licht der Taschenlampe erhellt wurde. »Das Paddel da und das Messer – das würde einen ganz brauchbaren Speer ergeben.«

»Was willst du eigentlich von mir? Daß ich hinausgehe und das Ding umbringe, damit wir eine Trophäe zum Heimbringen haben?« fragte Larry angewidert.

Simmonds nickte. »Und was für eine Trophäe! Wir werden Millionen scheffeln. Das gibt ein Buch! Natürlich, wenn ich laufen könnte, würde ich schon einen Weg finden, das Biest lebendig einzufangen. Aber du bist dazu nicht Manns genug, mein Junge. Spieß ihn lieber einfach auf. Und wenn du dann morgen das Flugzeug anfunkst . . .«

»Er hat den Sender mitgenommen!«

Simmonds fluchte wütend, als Larry ihm die Details berichtete. Dann zuckte er die Achseln. »Na gut. Wenn du ihn erledigt hast, kriegen wir den Sender wieder. Um so mehr Grund, ihn umzubringen. Wie wär's mit einem Schluck Wasser, Larry? Ich bin ganz ausgedörrt.«

Larry reichte ihm den Kanister und wartete, bis er geräuschvoll getrunken hatte. Dann setzte er auch den Kanister an die Lippen, erstarrte aber mitten in der Bewegung. Die Stelle, an der der zweite Kanister stehen sollte, war leer! Erschrocken sah er sich in der Nische um, aber der Kanister war weg. Der Fremde hatte den vollen Behälter mitgenommen!

Vermutlich gab es auf der ganzen Insel kein Süßwasser. Wenn das fremde Wesen ihnen das Wasser nahm und den Sender behielt, so daß er nicht um Hilfe funken konnte, dann ging es nicht mehr um ethische Probleme. Dann gab es nur die Wahl, zu töten oder zu verdursten. Er suchte das Paddel, holte aus dem Angelzeug etwas Nylonschnur, knipste die verglimmende Taschenlampe aus und trat hinaus ins Mondlicht, um den Speer zu machen, wie Simmonds angeregt hatte.

Jetzt war es wohl nötig geworden.

Zivilisierte Geschöpfe! Wenn ein Mensch den ersten Kontakt mit einer fremden Intelligenz nur als Gelegenheit ansieht, zu einer exotischen Trophäe zu kommen, konnte man da noch von gutem Willen sprechen? Vielleicht hatte der Fremde auch nach Trophäen gejagt.

Vielleicht hatte er sich wirklich Simmonds vornehmen wollen, nach Kopfjägermanier.

Die Sonne war aufgegangen, als er mit seinem Speer fertig wurde. Das Ding war schwerfällig und schlecht ausgewogen, aber es würde ausreichen müssen. Er ging hinein, um einen Schluck Wasser zu trinken und stellte fest, daß Simmonds schwer atmete und offensichtlich höheres Fieber hatte. Dann suchte er sich einen Weg um den Felsüberhang herum und weiter hinauf zum höchsten Punkt der Insel.

Sie bestand fast ausschließlich aus Fels und war in zwei Plateaus aufgespalten. Der Riß zog sich quer durch die Insel und endete an dem Zugang zum Felsüberhang. Die Hälfte, auf der er stand, war rund dreizehn Meter hoch und ziemlich einförmig eben; die andere Seite war zerklüftete, aber im Mittel nur etwa fünf Meter hoch. Außer an der Stelle mit dem Sandstrand fiel die Insel überall steil ins Meer ab. Von Süßwasser war nicht eine Spur zu entdecken.

Aber er entdeckte den Fremden. Er hatte sich an einer Stelle auf dem niedrigeren Plateau eingerichtet, gegenüber der Felsnische, von wo aus er sie im Auge behaltenkonnte. Rund um das Versteck lagen die Teile des Senders verstreut, und auch der Wasserkanister stand da. Larry starrte fassungslos hinunter und wußte, daß er den Sender nicht mehr würde zusammensetzen können, selbst wenn er ihn dann irgendwie zurückbekam.

Dann ließ ihn ein Geräusch aufblicken, und er sah das große Flugzeug genau über die Insel hinwegziehen! Mit dem Sender hätte er binnen Minuten Hilfe herbeirufen können; so aber konnte er nicht einmal durch Winken auf sich aufmerksam machen, denn es flog viel zu hoch.

Der Fremde hatte ebenfalls aufgeschaut. Nun entdeckte er Larry, der wütend den Speer gegen ihn schüttelte und den Felssturz hinunterzuklettern begann. Der Fremde beobachtete ihn einen Moment lang. Dann hob er einen Felsbrocken auf, der gut fünfzig Pfund wiegen mußte, und schleuderte ihn mühelos herüber – weiter, als Larry seinen Speer hätte werfen können.

Er senkte seine nutzlose Waffe, während der andere sich wieder mit dem Sender zu befassen begann, genauer gesagt, mit den Einzelteilen.

Larry kletterte den Abhang hinunter bis zu der Nische. Simmonds warf sich fiebernd herum.

»Trinken«, stöhnte der dicke Mann. »Heiß – will was zu trinken. He, Kellnerin, werd' ich nicht bald bedient? Hab' einen neuen

Nachbarn, ganz grün. Verflucht heiß. Heiß. Gebt mir was zu trinken!« Larry hob den Kanister auf und reichte ihn dem anderen. Simmonds setzte ihn zögernd an die Lippen, nahm einen Schluck, noch einen. Dann brach er in Geschrei aus. »Was soll das? Blöder Trick! Ist ja Wasser!«

Er schleuderte den Behälter wütend fort, ehe Larry es verhindern konnte. Der Kanister blieb auf der Seite liegen! Larry stieß einen erstickten Schrei aus und stellte ihn hastig auf. Es war jedoch nur noch ein Schluck Wasser drin. Das übrige war ausgeronnen und sammelte sich in einer Pfütze auf dem felsigen Boden, wo es langsam in einen Spalt einsickerte.

Larry warf sich der Länge nach auf den Boden und schlürfte das schmutzige Wasser auf, bevor es ganz versickern konnte. Er bekam noch etwa einen Mundvoll zusammen, einschließlich Lehm und Staub. Dann starrte er auf den feuchten Fleck und verfluchte sich und Simmonds.

Jenseits der Geröllrinne stand der Fremde und beobachtete sie. Larry schüttelte die Faust gegen ihn. Aber auch Zorn hatte jetzt keinen Sinn mehr. Ohne Wasser mußte er vor allem dazusehen, einen Einfall zu verwirklichen, der ihm vorher gekommen war. Er nahm die Regenplane vom Rettungsfloß, knotete die Ecken zusammen, so daß ein Sack entstand, und kletterte zum Strand hinunter.

Er arbeitete den Großteil des Tages daran, Sand auf das Plateau zu schleppen und in riesigen Lettern aufzuschütten. Seine einzige Hoffnung war jetzt, daß irgend jemand im Flugzeug das Zeichen bemerken würde. Er war nicht allzu optimistisch, aber der Sand hob sich doch recht deutlich von dem dunklen Fels ab.

Der Fremde war noch immer mit dem Sender beschäftigt; er schien Spulen neu zu wickeln und verschiedene Experimente damit zu machen. Um Mittag herum legte er eine Pause ein und sprang von der Klippe ins Meer. Minuten später tauchte er mit einem Fisch wieder auf. Er wiederholte das noch einige Male und streckte sich dann im Schatten aus, als wollte er schlafen. Larry überlegte, ob er versuchen sollte, das Wesen zu überrumpeln, aber dann ließ er es doch sein und schlief selbst ein paar Stunden. Bei Tag war es sicherer. Nachts würde er ja doch wieder Wache halten müssen.

Simmonds jammerte jetzt nach Wasser, und Larry gab ihm die Hälfte von dem winzigen Rest. Seine eigenen Lippen brannten, aber er benetzte sie kaum. Dann machte er sich daran, das Notsignal zu vergrößern. Es war eine Menge Arbeit für einen Mann, der nichts besaß, zu dem er hätte zurückkehren können.

Schließlich gab er Simmonds das letzte Wasser. Al war zurzeit frei von Fieberfantasien und ärgerte sich über den Verlust des Wassers. Er saugte an dem leeren Kanister, wie um noch einen letzten Tropfen herauszubekommen, und jammerte. Larry leckte sich über die trockenen Lippen und ging wieder an die Arbeit.

Der Mond ging auf, als er die letzte Sandlast hinauftrug, um den Pfeil, der auf die Buchstaben wies, mit einer Spitze zu versehen. Als er damit fertig war, machte er sich auf den Rückweg und fragte sich, ob ihn der Fremde aus der Dunkelheit heraus beobachtete.

Da ließ ihn ein Schrei aus der Felsnische zusammenfahren. So schnell er konnte, hetzte er über das Geröll hinunter. Er hörte eine Art Miauen, und Steine kollerten zur Seite, als ein Schatten davonhuschte. Larry packte einen Felsbrocken und holte aus, aber der Fremde war schon verschwunden. Er rannte zur Nische und blieb wie angewurzelt stehen.

Simmonds saß da, den Kanister an den Lippen. Es gurgelte laut, als er gierig trank. Larry entriß ihm den Behälter, bevor er sich volllaufen lassen konnte. »Woher hast du das?«

»Von ihm«, antwortete Simmonds. Seine Angst wich fadenscheinigem Bravado. »Hat sich rangeschlichen und hielt den Kanister hoch, damit ich ihn sehen konnte. Ich wußte sofort, was er vorhatte. Wollte ihn mir geben, damit ich abgelenkt wäre, und mich dann umbringen. Deshalb stellte ich mich dumm – tat, als hätte ich Angst, verstehst du? Als er das Wasser so hinstellte, daß ich danach langen konnte, hab' ich ihn ausgetrickst. Ich schrie los, ließ mich zurückfallen und erwischte diesen Felsbrocken dort. Er hat ihn genau ins Gesicht gekriegt. Wenn ich mein Bein hätte gebrauchen können . . .«

Das mit dem Stein war eine Lüge, erkannte Larry. In Als Reichweite hatte kein Stein gelegen. Das übrige . . . Er konnte sich nicht schlüssig werden. Vielleicht war es eine Friedensgeste gewesen. Vielleicht brauchten die Fremden kein Wasser. Vielleicht war das Wasser vergiftet. Oder es hatte wirklich als Ablenkung dienen sollen, wie Simmonds behauptete. Larry erwähnte die Möglichkeit mit dem Gift nicht; wenn sie zutraf, war das Unglück bereits geschehen, und ansonsten hatte es keinen Sinn, Al Angst einzujagen. Dann fiel sein Blick auf ein Häufchen Fische am Eingang der Nische.

Al entdeckte es ebenfalls und blinzelte verwirrt. »He – die hab' ich gar nicht bemerkt. Aber wozu bringt er uns einen Haufen tote Fische?«

»Damit wir sie essen, vermutlich«, sagte Larry. »Dann könnte er feststellen, welche wir essen und welche nicht – so wie man schaut, was die Affen fressen, wenn man sich im Urwald verirrt hat. Na, er soll sich ruhig den Kopf zerbrechen.«

Er warf die Fische den Hang hinunter. Nach den Kräften des Fremden zu urteilen, mußte er eine höhere metabolische Rate als Menschen haben, also auch einen größeren Nahrungsbedarf. Er und Al konnten von ihren Konzentraten leben, bis das Wesen verhungert war.

Dann kam ihm plötzlich ein Gedanke, und er hetzte auf die Anhöhe zurück.

Sein Verdacht war richtig gewesen. Das Wesen, ein flinker Schatten im Mondlicht, wurde eben mit seinem Vorhaben fertig. Als Larry auf dem Plateau auftauchte, schrie es miauend und sprang über die Felskante ins Wasser, so daß er ihm nicht folgen konnte.

Sein mühsam angefertigtes Notsignal war zerstört. Der Sand war gleichmäßig über den Felsen verteilt. Irgendwie hatte das Wesen erraten, was er damit beabsichtigte, und hatte die Absicht zunichte gemacht.

Unvermittelt fuhr er herum und verfluchte seine eigene Langsamkeit. Jetzt war eine Gelegenheit, wo der Sender unbewacht war. Höchstwahrscheinlich war das Gerät ruiniert, aber vielleicht konnte er es doch soweit hinbekommen, daß es irgendein Signal aussendete. Al behauptete, daß er sich mit Elektronik auskannte – was vermutlich Aufschneiderei war, aber unter Umständen doch ein wenig Wahrheit enthielt. Und selbst der Fremde konnte das Plateau nur erreichen, wenn er um die Insel bis zum Strand schwamm.

Er hastete die Geröllhalde hinunter zum Lager des Fremden.

Der zuvor völlig auseinandergenommene Sender war jetzt wieder zusammengesetzt, allerdings ganz anders. Ein dünner Draht führte zu einem spinnwebartigen Netz rundherum. Larry glaubte den Zweck dieser Anlage erraten zu können. Das Wesen versuchte, so wie er, ein Hilfesignal auszusenden. Es mußte also noch mehr von diesen Fremden geben, und zwar in erreichbarer Entfernung, wenn auch sicher im Raum. Es schien unvorstellbar, daß die geringe Leistung des Senders dafür ausreichen sollte – andererseits wäre es jedem Wilden unmöglich erschienen, daß die paar Watt ausreichten, um die Stimme eines Menschen durch die ganze Welt zu tragen.

Larry stürzte sich auf das Gerät. Ein Fremder war schon schlimm genug, doch ein Rettungstrupp bedeutete ziemlich sicher das Ende für sie. Er zerbrach sich nicht mehr den Kopf darüber, wie er den Sender reparieren würde. Zuerst mußte der Versuch des Fremden vereitelt werden. Er wollte eben nach dem Drahtnetz greifen, als zehn Meter weiter etwas mit einem einzigen Satz auf die Klippe heraufsprang. Das Wesen stieß einen Schrei aus und rannte auf ihn zu. Seine Finger berührten die dünnen Drähte des Netzes.

Und seine Nerven spielten verrückt. Seine Muskeln krampften sich wild zusammen, und eine Flut von wirren Schmerzempfindungen stürmte auf ihn ein. Er sah den Fremden vorwärtsstürzen und merkte, daß er an den Klippenrand taumelte. Er konnte jedoch nichts dagegen tun. Alle seine Muskeln spannten sich zum Bersten, zuckten und verkrampften sich. Plötzlich wurde ihm der Draht aus der Hand gerissen, und er fiel hin.

Er hatte Glück und landete auf dem Sandstreifen und auf den Beinen, was ein purer Zufall war. Der Aufprall schüttelte ihn gehörig durch, aber er war nicht verletzt und kroch hastig davon, noch ziemlich benommen. Die Wirkung der Kraft in dem Netz hatte sofort aufgehört, als er keinen Kontakt mehr damit hatte.

Er schleppte sich über die Geröllhalde bis zur Felsnische und ließ sich auf den Boden fallen. Das fiebrige Stöhnen wurde ihm kaum bewußt. Was für ein Strom auch durch diese Drähte geflossen war – ihm war noch nie etwas Derartiges untergekommen. Er hatte sich schon früher mitunter an Drähten elektrisiert, aber das war etwas ganz anderes gewesen. Ein paar Sekunden länger, und der Muskelkrampf hätte ihn umgebracht, weil sein Herz oder seine Lungen versagten. Vielleicht war es eine Signalanlage. Es war aber auch eine Falle gewesen – in die er geradewegs hineingetappt war.

Dann schüttelte er den Kopf. Der Fremde hatte damit erneut seine Gefährlichkeit bewiesen, aber nicht notwendigerweise seine Böswilligkeit. Vielleicht war es wirklich ein Versuch gewesen, ihn zu töten, der zufällig fehlgeschlagen war. Genausogut konnte aber auch die Signalanlage des Fremden zufällig für Menschen gefährlich sein. Der laute Schrei mochte sogar eine Warnung gewesen sein. Er wußte es nicht.

Am nächsten Tag ging es Al schlechter, und ihr Wasservorrat nahm rasch ab. Larry verfluchte sich, weil er die Fische weggeworfen hatte – ihm war eingefallen, daß man aus rohen Fischen eine Flüssigkeit auspressen konnte, die trinkbar war und ein ausgezeichneter Ersatz für Süßwasser. Er würde es mit dem Angelzeug versuchen müssen, wenn er nicht rechtzeitig Hilfe herbeiholen konnte.

Er schleppte eine neue Sandladung aufs Plateau. Als er hinaufkam, sah er, daß der Fremde ihm diese Chancen gründlich verdorben hatte. Jetzt war die ganze Felsfläche mit Sand bedeckt. Das Wesen mußte die Nacht durchgearbeitet haben, aber es war auch dann noch eine unglaubliche Leistung. Er versuchte, den Sand wegzuwischen, aber er war in jede Ritze gesintert, und der Wind blies immer wieder den Sand über die gesäuberten Stellen. Zumindest an diesem Tag war hier nichts mehr auszurichten.

Der Fremde arbeitete wieder an dem Sender; diesmal wickelte er die Drähte von dem Netz wieder auf. Zweimal sprang er ins Meer, aber seine Bewegungen wirkten langsamer, schwerfälliger. Larry versuchte sich zu dem Sender zu schleichen, während das Wesen fort war. Bevor er noch dort war, lenkte ein miauender Schrei seine Aufmerksamkeit auf den vor ihrer Nische stehenden Fremden.

Es war ein Patt. Das Wesen konnte sich noch immer schneller bewegen als er. Keiner von beiden war jedoch in in der Lage, dem anderen zu schaden, ohne selbst alle Chancen aufs Spiel zu setzen.

In der Nacht frischte der Wind auf und fegte bis zum Morgen den Sand vom Plateau. Al hatte eine schlimme Nacht gehabt, war aber gegen Morgen ruhig geworden. Entweder das Fieber hatte sich gebrochen, und sein Körper begann sich zu erholen, oder sein Zustand hatte sich ernstlich verschlechtert. Larry hatte keine Möglichkeit, das festzustellen. Und helfen konnte er ihm ohnehin nicht.

Er begann wieder hinunterzusteigen, um Sand zu holen. Für das Vormittagsflugzeug war er auf jeden Fall zu spät dran – es würde vorbeikommen, bevor er auch nur die Hälfte des nötigen Sandes hinaufgeschafft hatte. Aber für das Flugzeug von morgen würde er bereit sein.

Unvermittelt blieb er stehen und starrte zum Lager des Fremden hinüber. Der Sender stand in voller Sicht da. Das Wesen kroch davon fort – kroch tatsächlich auf allen vieren. Es machte halt, sank erschöpft zu Boden, ruhte ein wenig. Dann raffte es sich wieder auf und kroch langsam weiter, auf eine Felsgruppe zu, in der es Dekkung finden konnte.

Larry beobachtete es mißtrauisch. Der scheinbar wieder zusammengebaute Sender war einfach ein zu guter Köder. Und das Wesen konnte simulieren. Andererseits war es möglich, daß seine Vermutung stimmte und der Fremde wegen seiner höheren metabolischen Rate schneller verhungerte als ein Mensch. Diese erstaunliche Kraft mußte ja irgendwoher kommen.

Er schob sich vorsichtig näher, suchte nach allen möglichen Fallen. Das Wesen sah ihn kommen und bemühte sich verzweifelt, in den Schutz der Felsen zu gelangen. Es war nun zwischen ihm und dem Sender, aber es trachtete, ihm so schnell wie möglich aus dem Weg zu kriechen.

Dann brach es zusammen. Larry blieb stehen und musterte es nochmals. Wenn er einen Bogen um es machte, konnte es passieren, daß er in eine gut getarnte Falle lief und zum Beispiel einen Stein auf den Kopf bekam. In der Nähe des Wesens dagegen sah das Gelände unverdächtig aus. Hier bestand die Gefahr darin, daß es sich vielleicht verstellte.

Seine Handflächen waren feucht, und seine ausgedörrten Lippen brannten, als er weiterging. Wie konnte nur jemand, der kaum zu trinken gehabt hatte, so heftig schwitzen und dabei höllischen Durst haben? Dann war er nur mehr zwanzig Schritte von dem Fremden entfernt – dann zehn – dann . . .

Die Augen des Wesens blitzten auf, und es fuhr hoch, aber es taumelte ein wenig. Ein zischendes Knurren kam von seinen Lippen, und eine Hand fuhr in die Bauchtasche. Larry riß seinen primitiven Speer hoch und stieß zu.

Das Wesen kam um Haaresbreite davon. Es taumelte zurück und sank zu Boden. Eine Sekunde lang versuchte es, wieder auf die Beine zu kommen, dann gab es sich mit einem fast menschlichen Achselzucken geschlagen. Seine Augen hefteten sich auf Larry, und es schien zu warten.

Er hob den Speer und zielte. Das Wesen rührte sich nicht. Da ließ er langsam den Speer wieder sinken. Er konnte es nicht tun. Er hatte sich einmal Bogen und Pfeil gemacht und war auf die Jagd gegangen. Er hatte sogar ein Eichhörnchen erwischt, aber es war nur betäubt, und er hatte es nicht übers Herz gebracht, es zu töten. Jetzt mußte er wieder erleben, wie sein Wunschtraum, sich wie ein richtiger Mann verhalten zu können, zunichte wurde.

Er drehte sich schroff um und ging auf den Sender zu. Halb erwartete er, wieder eine Falle vorzufinden, aber er mußte es riskieren. Er hob das Gerät auf und zog sich zurück. Die Augen des Fremden folgten ihm, und seine spitze, purpurne Zunge fuhr müde über seine Lippen.

Larry blieb stehen. In der Felsnische hatte er noch konzentrierte Nahrung – und Zucker war wohl für jedes protoplasmische Wesen genießbare Nahrung. Doch dann ging er weiter. Er konnte es einfach nicht riskieren, und er mußte an die alte Redewendung denken, daß selbst der Teufel zu einem Heiligen wird, wenn es ihm schlecht geht.

Ein Donnerschlag zerriß den Himmel. Ein zweiter Schlag folgte, vibrierte grollend durch den Boden. Erschrocken sah er hoch. Ein gut siebzig Meter langer, dicker Zylinder stieß direkt auf ihn herunter. Er konnte keine Stabilisierungsflossen und keine Raketendüsen ausmachen, aber das Brüllen irgendeines Antriebs ließ die Luft erzittern. In einer Höhe von zwanzig Metern schwenkte der Zylinder zur Seite und ging auf einer ebenen Stelle des höheren Plateaus nieder. Larry spürte, wie der Boden vibrierte, dann wurde es ruhig. Eine Tür glitt auf, die Landerampe schob sich heraus.

Endlich gehorchten ihm die Beine wieder. Er rannte zu den Felsen hinüber, in denen sich das fremde Wesen hatte verbergen wollen. Er begann sich einen Weg hindurch zu suchen, hielt dann aber plötzlich inne. Er war auf eine Mulde gestoßen, und der flache Stein daneben konnte sie fast zudecken. Es war kein besonderer Unterschlupf, aber immerhin besser als gar keiner, und außerdem hatte er noch seinen Speer.

Er lächelte bedrückt bei diesem Gedanken. Aber er ließ die Waffe nicht los, während er sich verzweifelt plagte, die Steinplatte über die Mulde zu wälzen. Dann kroch er hinein. Er konnte von seinem Versteck aus immer noch die Felsnische am oberen Hang der Geröllhalde sehen und auch einen Teil des freien Platzes, auf dem der Fremde mit nun geschlossenen Augen lag.

Gestalten brachen aus dem Schiff hervor und schwärmten aus. Plötzlich zeigte einer herüber, worauf die anderen in großen Sprüngen den Hang heruntergestürmt kamen. Binnen Sekunden hatten sie ihren Kameraden erreicht und gossen ihm aus ballonähnlichen Behältern etwas in die Kehle. Sekunden später setzte sich der Fremde auf und schlang eine unglaubliche Menge irgendeiner Nahrung hinunter.

Es war fantastisch, wie schnell er sich erholte. Larry erwartete, daß er den anderen sein Versteck zeigen würde, aber darin irrte er sich anscheinend. Der Fremde schien eine Reihe von Befehlen zu geben. Einige andere wandten sich daraufhin zum Schiff, während der Fremde, den Larry kannte, nur langsam folgte, den Notsender in einer Hand.

Einige Minuten später kam eine neue Gruppe aus dem Zylinderschiff, mit allerlei Bündeln beladen, und hielt auf die Felsnische zu. Entfernt drangen einige Schreie in Als Tonart an seine Ohren und verstummten. Larry sah, wie ihn eine Gruppe von Fremden auf einer Art Bahre heraustrug, während einer von ihnen seinen Brustkorb mit irgendeinem Instrument zu untersuchen schien.

Zumindest handelten sie rasch. Larry hatte erst nach einigen

Tagen zu vermuten begonnen, daß Al innere Verletzungen erlitten hatte. Sie hatten es sofort erraten, obwohl sie zum erstenmal mit einem Menschen zu tun hatten. Ein Musterexemplar, dachte Larry. Vielleicht würden sie sogar versuchen, Al das Leben zu retten. Er würde eine wunderbare Trophäe ergeben! Der Fremde, der ihn untersucht hatte, winkte jetzt plötzlich den anderen zu, sich zu beeilen. Andere hatten inzwischen im Innern der Nische irgendetwas getan. Jetzt kamen sie mit leeren Händen heraus und kletterten den Geröllhang hinauf, mit Ausnahme des einen, der das Sendegerät trug. Während die anderen hinaufstiegen, hantierte er daran herum. Dann lief er auf Larrys Versteck zu, legte den Sender dorthin, wo er vorher gelegen hatte, und eilte den anderen nach.

Larry runzelte die Stirn. Natürlich konnten sie ihn nicht einfach zurücklassen, so daß er sie verraten konnte. Aber glaubten sie wirklich, daß er so naiv war, in ihre tödlichen Fallen zu tappen: den Sender zu verwenden und in die Luft gesprengt zu werden? In die Nische zurückzukehren und dasselbe Schicksal zu erleiden?

Dann wurde ihm klar, daß er eins von beiden früher oder später tun mußte. Seine einzigen Überlebenschancen waren der Sender, die Nahrung und das Wasser im Nischenversteck. Holte er sich die Vorräte, konnte er ein paar Tage länger durchhalten. Holte er sie nicht, dann ging es nur schneller. So oder so, die Fremden konnten gar nicht verlieren!

Er schob sich aus der Mulde und ging auf den Sender zu. Er überlegte, ob er wohl irgendwie herausfinden könnte, was sie damit angestellt hatten. Dann glitt er auf einer feuchten Stelle des Felsens aus und fing sich nur mit Mühe wieder. Als er hinunterschaute, entdeckte er, daß die Flüssigkeit aus einem der Ballonbehälter gesickert war, die die Fremden mitgebracht hatten.

Zögernd roch er daran. Ein Behälter war noch teilweise voll. Er setzte ihn an die Lippen und nippte erst vorsichtig, dann trank er in vollen Zügen. Es war Wasser! Der Fremde war beinahe an Durst und nicht an Hunger zugrundegegangen. Trotzdem hatte er Simmonds den vollen Kanister zurückgebracht ...

Irgendwie hatte er begriffen, daß Simmonds krank und leidend war. Er hatte sich darauf verlassen, daß er selber gerettet werden würde. So wie Larry es getan hatte – er verabscheute Simmonds, aber er gab ihm den Löwenanteil vom Wasser. Er hatte nicht anders handeln können. Und der Fremde hatte sein eigenes Leben aufs Spiel setzen müssen, um einem anderen Wesen zu helfen.

Plötzlich riß Larry den Sender an sich und klappte den Gehäusedeckel hoch. Die Batterien waren verschwunden, aber etwas anderes war an ihre Stelle getreten. Er war überzeugt, daß das Gerät nun einwandfrei funktionieren würde – falls der Fremde irgendwelche Fehler beim Zusammensetzen gemacht hatte, so waren sie in dem großen Schiff in Ordnung gebracht worden. In einer halben Stunde nur würde das Flugzeug auf seinem üblichen Kurs vorbeikommen. Er konnte um Hilfe funken. Der Fremde hatte nicht gewollt, daß er starb.

In zwei Tagen konnte er zu Hause sein.

Seine Augen wanderten zu dem Schiff hinüber, dessen Rampe eben eingezogen wurde. Sie würden zu den Sternen zurückkehren, während er nach Hause zurückkehrte. Und sie würden Al Simmonds mitnehmen, der augenscheinlich zu krank war, um bis zu einer menschlichen Rettungsaktion sich selbst überlassen zu bleiben. Und wahrscheinlich waren sie froh, daß sie heimkehren konnten . . . eine nur durch Simmonds und ihn getrübte Freude.

Er stieß mit dem Fuß nach dem Sender, zertrampelte ihn, bis ihn niemand mehr hätte richten können, und setzte sich laut schreiend in Bewegung, rannte über das Plateau und winkte wild mit den Armen. Hier hatte er nichts mehr, nicht einmal seine Schaluppe. Das einzige Lebewesen, das ihm je einen Gefallen getan hatte – ohne jedes eigensüchtige Motiv und gegen alles Selbstinteresse –, war in diesem Schiff dort oben: ein grüner, häßlicher Mann mit eisernen Muskeln und einem ebenso weichen Herzen wie der oft daran verzweifelnde Larry.

Außerdem konnte er es nicht zulassen, daß eine Rasse, die zu den Sternen reiste und vielleicht einmal zurückkommen würde, sich ihre Meinung über die Menschheit nach jemandem wie Al Simmonds bildete.

Laut rufend erreichte er den oberen Rand der Geröllhalde. Die Rampe begann wieder auszuschwenken. Er erreichte sie und packte den heruntergestreckten Arm des Fremden, der ihn an der Luke erwartete.

Zwanzig Minuten später war er der erste Mensch, der die Rückseite des Mondes sah.

Chad Oliver

Gibt es noch mehr von Ihrer Sorte?

Das Schiff kam durch die endlose Nacht herunter, über einen wasserlosen Ozean, dessen einzige Inseln Sterne waren, und auf dem es keine warmen Brisen gab.

Das Schiff glühte in strahlendem Hellgelb auf, als es in die Atmosphäre der Erde eintauchte. Seine Geschwindigkeit verringerte sich, bis es schließlich an jener fernen Küste hinuntersank, die das Ziel seiner weiten Reise war. Die Welt unter ihm zog es in sausendem Flug herunter.

Zuerst herrschte Dunkelheit.

Dann Lichter.

Und wiederum Dunkelheit, eine andere Dunkelheit.

Das Schiff versuchte wieder hochzuziehen, aber es war zu spät. Sanft und undramatisch prallte es gegen eine Hügelflanke und starb.

Ende der Reise.

Der einzige Passagier des Schiffs war durch automatische Sicherheitsvorrichtungen geschützt, so daß ihm nichts geschehen konnte, außer, daß er von dem Aufschlag etwas benommen war. Er redete hastig in einer fremden Sprache in ein Mikrofon. Dann wischte er sich mit einem Taschentuch die Stirn trocken und kletterte aus seinem zerborstenen Schiff. Seine Hände zitterten. Die feuchtkühle Nachtluft umfing ihn.

Wenn er von hier fortkam, ohne daß man ihn entdeckte, würde das seine Lage wesentlich vereinfachen. Er schaute sich um. Er befand sich anscheinend etwa auf halber Höhe eines gestrüppbewachsenen Hügels. Auf dem schwarzen Hügelkamm über ihm waren Lichter zu erkennen, und eine Kette von Lampen säumte eine Straße im Tal unter ihm. Und keine fünfzig Meter weiter stand ein Haus. Er würde sich beeilen müssen . . .

Nein. Dafür war es nun zu spät.

Der Schein einer Taschenlampe kam ruckhaft nähergewandert, erfaßte ihn. Er war entdeckt worden. Nervös griff er mit einer Hand in die Tasche.

Eine Stimme fragte: »Was ist passiert? Sind Sie verletzt?«

Er versuchte, sich an seine Anweisungen zu erinnern. Er mußte sehr vorsichtig sein. Alles hing von diesen ersten Augenblicken ab.

»Mir fehlt nichts«, sagte er und blinzelte ins Licht. »Es hat nur einen kleinen Unfall gegeben.«

Der Lichtstrahl richtete sich auf das Schiff, das wie ein Haufen Schrott in den Büschen klebte. »Was ist denn das? Ich hab' noch nie so ein Flugzeug gesehen.«

Vorsicht. »Es ist ein Versuchsmodell.«

»Sind Sie ein Testpilot?«

»Nein.«

»Vielleicht von der Air Force?«

»Nein.«

»Na, kommen Sie lieber mal mit rein. Es ist kalt hier draußen.«

Er zögerte.

»Wissen Sie, ich muß diesen Unfall melden. Haben Sie irgendwelche Papiere?«

Er versuchte, das Thema zu wechseln. »Wo bin ich eigentlich? Ich hab' die Orientierung verloren.«

Der Mann mit der Taschenlampe wies nach unten. »Das da ist Beverly Glen. Dort oben ist die Straße nach Bel Air.«

»Welche Stadt ist das?«

»Mann, Sie sind aber durcheinander. Das ist Los Angeles. Kommen Sie mit rein.«

Los Angeles.

Er folgte dem Mann den von Orangenbäumen gesäumten Weg hinüber zu dem kleinen Bungalow. Er ging hinein, mitten in das allzu helle Licht. In dem kleinen Raum hinter der Küche schnurrte ein Kühlschrank.

»Muß ich Sie mir doch mal ansehen«, sagte der Mann mit der Taschenlampe.

Der Mann aus dem Schiff blieb mit ausdruckslosem Gesicht ruhig stehen. Er war ziemlich jung, groß und hatte strohblondes Haar. Er trug sportliche Kleidung.

»Na, nach dem Aussehen sind Sie in Ordnung«, sagte der Mann, immer noch die Taschenlampe in der Hand. »Ich heiße Frank Evans.«

»Mein Name ist Keith.«

»Keith, und wie noch?«

»Nur – Keith.«

»Hmmmm.«

Eine junge Frau kam aus dem Wohnzimmer. Sie trug Torerohosen und eine rote Bluse, war recht hübsch.

»Meine Frau, Babs«, stellte Frank Evans vor. »Dieser Bursche ist

Keith Irgendwer. Er saß in dem Flugzeug, das an den Hügel knallte.«

»Ich glaubte, hier sei die Wüste von Arizona«, sagte Keith mit dem Versuch eines Lächelns.

»Möchte nicht wissen, was passiert, wenn Sie sich mal *wirklich* verirren, Mister«, sagte Babs mit rauchiger Stimme.

»Ich auch nicht«, entgegnete Keith ernsthaft.

»Sie haben keine Papiere, sagen Sie?« fragte Frank wieder.

»Nein. Ich habe keine nötig.«

»Nun, ich muß diese Sache melden. Verstehen Sie mich nicht falsch, aber unidentifizierte Flugobjekte und so . . . Sie haben selbstverständlich nichts zu befürchten, wenn bei Ihnen alles in Ordnung ist. Ruf die Polizei an, Babs.«

Die Frau ging ins Wohnzimmer. Die beiden waren allein.

»Mögen Sie ein Bier?« fragte Frank.

Es ist zu spät. Jetzt muß ich mitspielen. »Ja, bitte.«

»Sie können ruhig reinkommen und es sich gemütlich machen, während wir warten«, sagte Frank. »Sie hatten Glück, daß Sie überhaupt mit dem Leben davongekommen sind.«

Er folgte Frank ins Wohnzimmer, das in einem sehr eigenartigen Grünton ausgemalt war, und setzte sich auf eine Couch. Als er sich eine Zigarette anzündete, merkte er, daß seine Hände noch immer zitterten.

»Mögen Sie Bop?« erkundigte sich Frank unvermittelt.

»Bop?«

»Das *wird* Ihnen gefallen«, sagte Babs, die vom Telefonieren aus dem Nebenzimmer zurückkam. »Frank kennt sich mit seiner Musik aus.«

»Das wird Ihnen helfen, sich zu entspannen«, sagte Frank. »Natürlich Hi-Fi mit allen Schikanen. Ich arbeite in einem Plattengeschäft drüben in Westwood.«

Er drehte eine der gewaltigen Lautsprecherboxen etwas. »Sind Sie für Dizzy? Thelonius Monk am Klavier. Auch ein verdammt guter Bongosolist.«

Lärm erfüllte den Raum.

Der Mann, der sich Keith nannte, nippte unruhig an seinem Bier und war fast froh, als die Polizei zehn Minuten später eintraf. Die beiden Beamten schauten sich das zertrümmerte Schiff an, pfiffen erstaunt und versprachen, in der Frühe Leute zum Abtransport zu schicken.

»Am besten kommen Sie gleich mit uns«, sagte einer von ihnen schließlich. »Sie müssen ja einen ganz schönen Schrecken gekriegt haben.«

»Mir fehlt nichts«, versicherte Keith.

»Ich finde, es wäre besser, Sie kämen mit. Nur eine Formalität, wirklich.«

Nur keine Schwierigkeiten machen. Niemandem widersprechen. »Wahrscheinlich haben Sie recht. Danke für das Bier, Frank.«

»Ist doch nicht der Rede wert. Ich hoffe, es kommt alles in Ordnung.«

Die Polizisten brachten ihn hinauf zu der schmalen, gewundenen Asphaltstraße, die nach Bel Air führte. Ein schwarzer Polizeiwagen, auf dessen Dach ein rotes Licht monoton blinkte, war am Straßenrand geparkt. Eine Schar Neugieriger hatte sich angesammelt.

Keith hielt einen Moment inne, ohne die Menge zu beachten. Sie befanden sich hoch oberhalb der Stadt, und die Straße wand sich den Hügel hinunter wie eine Kette weißer Christbaumlämpchen. Weit unten lag das Zentrum von Los Angeles, ein modernes Mosaik aus einer Milliarde funkelnder Lichter.

»Ich fürchte, nun wird man bis zum Präsidenten gehen müssen«, sagte er resignierend.

»Klar«, meinte der eine Polizist nicht einmal unfreundlich, »kommen Sie nur, wir wollen nachschauen, ob das Weiße Haus noch offen hat.«

Sie stiegen in das schwarze Auto und fuhren durch die Nacht hinunter, an den Palästen der Oberen Zehntausend vorbei, die sich in Bel Air angesiedelt hatten. Die Luft war kühl und feucht, und die Fahrt dauerte ziemlich lange.

Am nächsten Tag brachten die Zeitungen bereits die Meldung, und badeten sie gehörig aus.

Vier Blätter machten einen Ulk daraus:

BEL AIR: KAFFEE VERSCHÜTTET, ALS UNTERTASSE FIEL

PROMINENTER MARSIANER ZU BESUCH

RAUMINVASOREN SCHEITERN AN SMOG

INTERPLANETARISCHE PATROUILLE AUF FALSCHEM KURS

Eine Zeitung verkniff sich die Witzeleien und brachte die Fakten:

FANTASTISCHES SCHIFF IN BEL AIR ABGESTÜRZT;
WISSENSCHAFTLICHE UNTERSUCHUNG ANGELAUFEN

Alle Zeitungen brachten das Foto des Wracks, das keineswegs wie eine Untertasse aussah, weder wie eine fliegende noch wie sonst eine. Alle Zeitungen brachten Fotos von dem Mann, der sich Keith nannte, und der überwiegende Eindruck, den diese Fotos hervorriefen, war Erstaunen über seine Jugend. Nach irdischen Maßstäben konnte er nicht mehr als etwa fünfundzwanzig sein, und es fiel jedermann schwer, in ihm eine ernsthafte Bedrohung von den Sternen zu sehen.

Am zweiten Tag nach dem Absturz konnten die Zeitungen ihren Lesern mit zwei weiteren konkreten Informationen dienen. Die erste war, daß die Techniker das Schiff einer überraschend sorgfältigen, eingehenden Untersuchung unterzogen. Die zweite war, daß Keith begonnen hatte, in einer seltsamen Schrift alle Unterhaltungen aufzuzeichnen, die sich in seiner Hörweite abspielten. Inzwischen war natürlich die Story längst von den Titelseiten verdrängt worden.

Interessant war eigentlich nur, was die Zeitungen *nicht* druckten. Die üblichen Abschlußartikel glänzten durch Abwesenheit. Niemand versuchte die sogenannte fliegende Untertasse als Werbungsgag für einen neuen George-Pal-Film abzutun. Kein unternehmungslustiger Reporter stieß auf mögliche Verbindungen zwischen Keith und der Pacific Rocket Society, der Los Angeles Science Fantasy Society, dem Raketenversuchsgelände White Sands, den Rosenkreuzern, den Novemberwahlen oder dem Weltuntergang.

Und Keith rückte mit keinerlei Informationen heraus. Er gab sich jedoch größte Mühe, zuvorkommend zu sein, und notierte weiterhin in allen Einzelheiten, was die Leute zu ihm sagten. Nach dem dritten Tag gab es einfach keine Meldungen mehr. Soweit es die Zeitungsleser betraf, war Keith ein Drei-Tage-Wunder gewesen, das nicht mehr aktuell war, und außerdem gab es in Hollywood zwei interessante neue Scheidungen, mit denen sich Schlagzeilen machen ließen. Was die Zeitungen wußten, aber nicht veröffentlichen konnten, war die Tatsache, daß Keith heimlich, still und leise nach Washington gebracht worden war.

Nachdem sich gewisse Behörden, so zum Beispiel die Bundespolizei FBI, der Geheimdienst CIA, das Komitee für Unamerikanische Aktivitäten UAAC, eingehend für Keith interessiert hatten, erreichte er endlich das State Department.

Er machte sich immer noch ausführliche Notizen und bat oft Leute, ein Wort oder einen Ausdruck zu wiederholen, den er nicht deutlich verstanden hatte. Seine Schrift allerdings hätte genausogut aztekisch wie die Internationale Lautschrift sein können.

John William Walls, Beamter des State Department, sah so sehr wie ein Diplomat aus, daß er nur schwerlich eine andere Anstellung finden hätte können, außer vielleicht für eine Whiskyannonce im *New Yorker*. Er war schlank, beinahe asketisch hager, untadelig angezogen, und sein makellos gebürstetes Haar war an den Schläfen leicht ergraut. Er trommelte mit den perfekt manikürten Fingernägeln auf seinen Edelholzschreibtisch und schürzte die dünnen Lippen.

»Ihr Fall stellt uns vor zahllose höchst gewichtige Probleme, Keith«, sagte er mit einem diplomatisch entwaffnenden Lächeln.

Keith krizelte etwas in sein Notizbuch. »Ich wollte niemandem Schwierigkeiten machen«, sagte er. Er hatte sich gerade die Haare schneiden lassen, aber das täuschte nicht über die dunklen Ringe unter seinen Augen hinweg. Er sah abgespannt aus. Er mußte sich zwingen, nicht in dem Ledersessel hin- und herzurutschen, und zündete sich nervös eine neue Zigarette an.

»Natürlich wollten Sie das nicht, Keith. Die unangenehme Tatsache bleibt jedoch bestehen, daß wir uns mit Handlungen, nicht mit Absichten befassen müssen. Sie haben diese Regierung in eine ziemlich unmögliche Lage gebracht.«

»Das tut mir leid. Ich habe schon des öfteren meine Bereitwilligkeit beteuert, mit den hiesigen Behörden rückhaltlos zusammenzuarbeiten.«

John William Walls lehnte sich in seinem Stuhl zurück und errichtete eine Pyramide aus seinen langen, gepflegten Fingern. »Im Gegenteil, Ihre Zurückhaltung ist es, Keith, die uns nun einfach keine Wahl mehr läßt«, sagte er, sich für sein Thema erwärmend. »Ich möchte ganz offen mit Ihnen sein. Ihr Schiff ist unbestreitbar außerirdischen Ursprungs. Sie sind durch den Weltraum zu uns gekommen, von irgendeinem uns unbekannten Planeten, und sind ohne offizielle Genehmigung auf unserem Hoheitsgebiet gelandet. Ist Ihnen klar, was das bedeutet?«

»Langsam wird's mir klar«, sagte Keith.

»Gut.« Walls fädelte seine Zigarette in ein langes Elfenbeinmundstück ein und zündete sie mit einem schimmernden Feuerzeug an. »Fahren wir also fort. Sie haben den Abgrund zwischen den Welten in einem Schiff sehr fortgeschrittener Bauweise überquert. Daraus ergibt sich die Schlußfolgerung, daß Sie eine Zivilisation vertreten, die mächtiger ist als die unsere. Offen gesagt – denn ich möchte ehrlich mit Ihnen sein – Sie sind stärker als wir. Würden Sie dieser Schlußfolgerung zustimmen?«

»Wahrscheinlich schon.«

»Sehen Sie. Nun möchten wir natürlich die Gewißheit haben, daß Sie mit friedlichen Absichten zu uns gekommen sind. Wir möchten die Gewißheit haben, daß Sie gekommen sind, den friedlichen Handel zwischen unseren beiden Zivilisationen zu ermöglichen. Wir unsererseits, das darf ich hier ausdrücklich betonen, sind zu Konzessionen bereit. Wir möchten jedoch *nicht* glauben müssen, daß Ihre Absichten feindlicher Natur sind. Wir wären in diesem Fall gezwungen, ernste Maßnahmen zu ergreifen. Wir möchten keinen Grund haben, an Ihrem guten Willen zweifeln zu müssen. Ich hoffe, ich habe mich klar genug ausgedrückt, Keith. Wir möchten Ihre Freunde sein.«

Die verhüllte Drohung war Keith nicht entgangen. Er schaute bedrückt auf, den heruntergebrannten Stummel seiner Zigarette noch im Mundwinkel. »Ich habe keine feindseligen Absichten. Das habe ich Ihnen schon gesagt, so wie ich es gut einer Million Senatoren und Polizisten bereits gesagt habe. Sie werden sich einfach auf mein Wort verlassen müssen.«

Der feine Mund Mr. Walls' kräuselte sich zu einem leichten Lächeln. »Wir sind erwachsene Männer, Keith. Wir haben in größeren Dimensionen zu denken. Es ist unabdingbar, daß wir dieser Angelegenheit eine etwas konkretere Form geben. Sie sind gewiß über die politische Situation auf diesem Planeten informiert worden. Es ist notwendig, daß wir die Beziehung unserer beiden Zivilisationen auf eine feste, dauerhafte Grundlage stellen. Verstehen Sie, was ich meine?«

»Nun, ich . . .«

»Es versteht sich, daß keine Alternative möglich ist.« John William Walls schlug die langen Beine übereinander, wobei er sorgfältig darauf achtete, die messerscharfen Bügelfalten seiner Hosen nicht zu beschädigen. »Ich denke, Sie werden mir zustimmen, daß wir Ihnen in jeder Weise entgegengekommen sind. Es ist nun an der Zeit, daß Sie Ihrerseits Ihren guten Willen beweisen. Wir haben Ihnen erklärt, welche Handlungsweise nun für Sie angebracht wäre, und im übrigen wird man Ihnen in unserem Ministerium gern mit Rat und Hilfe zur Seite stehen. Ich hoffe, Sie werden uns nicht enttäuschen.«

Keith kritzelte ernsthaft in seinem Notizbuch. Er erinnerte sich an seine Instruktionen. »Ich habe Ihnen schon gesagt, daß ich keinerlei

Schwierigkeiten machen will«, sagte er. »Ich werde tun, was Sie wünschen.«

Mr. Walls strahlte befriedigt wie eine Rasierwasserreklame. »Ich wußte, wir würden Freunde werden, Keith. Ich bin stolz, an der Geburt einer neuen Ära Anteil gehabt zu haben.«

Keith setzte zu einer Antwort an, überlegte es sich dann aber. Noch nervöser als zuvor zündete er sich eine frische Zigarette an.

Binnen einer Woche waren in sämtlichen Zeitungen der Welt Fotos von Keith erschienen, wie er dem Präsidenten die Hand schüttelte. Der Präsident blickte ungewöhnlich ernst drein, Keith schaute sehr jung aus und ziemlich beunruhigt. Die Regierung spielte sehr geschickt ihre Trümpfe aus. Keith wurde von der Öffentlichkeit ferngehalten, während die Spannung immer mehr zunahm und die Menschen auf der ganzen Welt in Sorge und Hoffnung warteten.

In der *New York Times* erschien folgender kurzer Leitartikel:

»Ein junger Mann ist aus dem Nirgendwo auf unseren Planeten gekommen. Er ist in einem so hochentwickelten Schiff gekommen, daß unsere besten Flugzeuge im Vergleich dazu aussehen wie amüsante Kinderspielzeuge. Man kann annehmen, daß die Zivilisation, die dieses Schiff entwarf und baute, auch andere Schiffe gebaut hat.

Der Botschafter, den uns diese Zivilisation geschickt hat, scheint ein etwas schüchterner, sympathischer junger Mann zu sein. Seine Absichten sind allem Anschein nach die besten, obwohl konkrete Beweise dafür fehlen. Wir können uns mit diesem Mann zu seinen Bedingungen verständigen, wenn wir wollen, vielleicht nicht als Ebenbürtige, aber doch als Freunde.

Wenn wir uns aber diesen Mann ansehen, der uns so sehr gleicht, können wir nicht umhin, uns zu fragen, warum gerade er für diese Aufgabe ausgewählt wurde. Wir wissen nichts von seiner Welt. Wir wissen nichts von dem Volk, das er vertritt. Es mag wünschen, wie er sagt, unser Freund zu werden. Und vielleicht bietet sein Volk der Menschheit die größte Chance, die sie in ihrer Geschichte je erhalten hat.

Denken wir aber an die Indianer, die unser Land zuerst bewohnten. Die ersten Weißen, die sie sahen, machten ihnen keine Angst. Sie hielten diese Männer für Götter und bewunderten ihre seltsamen Gewohnheiten und ihr hoch überlegenes technisches Wissen. Die Indianer wußten nichts von den vielen weißen Männern, die nachkommen würden.

Daran müssen wir denken, wenn wir heute diesen jungen Mann sehen, der durch den Raum zu uns gekommen ist. Wir lernen ihn kennen und finden ihn sympathisch und bewundern das Schiff, in dem er gekommen ist. Aber wir möchten ihm eine ganz bestimmte Frage stellen:

Gibt es noch mehr von Ihrer Sorte?‹

Der Artikel wurde oft zitiert und hatte gute Aussichten, der *New York Times* einen weiteren Pulitzer-Preis einzubringen.

Ende Jänner kam Keith endlich den in ihn gesetzten Erwartungen nach und hielt eine Rede vor den Vereinten Nationen. Das öffentliche Interesse an dieser Rede war natürlich ungeheuer, so daß Fernseh- und Radioteams scharenweise anrückten.

Keith machte sich während der weitschweifigen Einführungsreden ausführliche Notizen und schien sich ernstlich für das zu interessieren, was die verschiedenen Delegierten zu sagen hatten. Er war immer noch ziemlich hager und schien seinem eigenen Auftritt mit sehr wenig Begeisterung entgegenzusehen.

Nur widerwillig betrat er das Rednerpodium, das von grellen Scheinwerfern, Kameras und Mikrofonen eingekreist war. Seine Hände zitterten, und er mußte sich wiederholt räuspern.

Als er jedoch einmal in Fahrt war, wurde seine Rede sehr eindrucksvoll und bewegend.

»Ich kam auf eine neue Welt«, begann er auf englisch, mit angemessenen Pausen für die Simultandolmetscher. »Ich kam über einen Ozean, der unvorstellbar groß ist. Ich kam nicht an der Spitze einer bewaffneten Streitmacht, sondern allein und wehrlos. Ich kam in Frieden und Freundschaft, um ein Band der Bruderschaft zwischen zwei Zivilisationen zu knüpfen.«

Die versammelten Diplomaten applaudierten spontan.

»Es ist nun an der Zeit«, fuhr er mit wachsender Sicherheit fort, »daß Sie Ihre Zwistigkeiten begraben und den Ihnen zustehenden Platz in der Familie der Welten einnehmen. Kriege müssen fortan der Vergangenheit angehören, so daß wir alle Seite an Seite vereint der Zukunft entgegenschreiten können. Auf allen Planeten einer Million Sonnen gibt es keine stärkere Macht als die Freundschaft, kein beseligenderes Ziel als Harmonie zwischen allen Menschen.«

Verstärkter Applaus.

Er sprach noch über eine Stunde in derselben Art weiter und schloß endlich: »Sie mögen stolz sein auf Ihre großartige Welt, doch sollten Sie auch Demut kennen. Ich selbst schätze Ihre Welt und

Ihre Rasse sehr und hoffe, durch meine Anwesenheit eine Flamme der Zuversicht und des Glaubens zu entzünden. Erinnern Sie sich meiner in Freundschaft in allen kommenden Jahren, denn ich hoffe, daß Sie vom heutigen Tag an alle meine Freunde sind, so wie ich der Ihre bin.«

Der Beifall brachte die Wände zum Zittern.

Alle waren zufrieden.

Mehrere Tage vergingen, bevor einige wenige Leute über die Rede nachzudenken begannen. Was, so fragten sie sich, hatte Keith eigentlich gesagt, wenn man von den glitzernden Allgemeinplätzen und dem verschwommenen Gerede über Freundschaft absah?

Keith war nervöser und unruhiger denn je und schloß sich in seinem Apartment ein. Er überarbeitete mit fast verzweifelter Eile all seine Notizbücher, ging selbst die trivialsten Redewendungen immer wieder durch, und weigerte sich, irgendeinen Besuch zu empfangen. Er sagte, er hätte für seine Regierung einen dringenden Bericht abzufassen.

Als er abreiste, war es eigentlich eher ein spurloses Verschwinden, was den Geheimdienst ziemlich wurmte.

Die letzte Person, die ihn sah, war ein Zeitungsjunge an einer belebten Straßenkreuzung. Der beteuerte den Agenten, die ihn verhörten, immer wieder, daß Keith bei ihm stehengeblieben wäre, eine Zeitung gekauft hätte und irgendetwas in sich hineingemurmelt hätte, das etwa wie »Gott, ich halte das einfach nicht mehr aus«, klang. Sonst nichts.

Damit blieb nichts anderes übrig, als den Fall abzuschließen.

Keith tauchte mehrere Tage später im dritten Stock des Gebäudes für Sozialwissenschaften der Western University in Los Angeles auf, was sämtlichen Behörden unbekannt blieb. Er hatte seine Haare schwarz gefärbt, und eilte rasch den Gang hinunter, am Anthropologischen Museum vorbei, und blieb vor einer geschlossenen Bürotür stehen. Eine weiße Karte an der Tür trug die getippte Aufschrift: *Dr. George Alan Coles, Professor für Linguistik.* Keith holte tief Luft und klopfte.

»Herein!«

Keith trat ein und schloß die Tür hinter sich.

»Sind Sie Dr. Coles?«

»Ich habe diese zweifelhafte Ehre, jawohl.« Der Mann hinter dem Schreibtisch war klein und dünn, und seine randlose Brille war kaum hinter den beißenden Schwaden Zigarrenrauch zu erkennen, die sich aus einem gefährlich aussehenden schwarzen Stumpen kräuselten. »Was kann ich für Sie tun?«

Keith riß sich zusammen. Er hatte versucht, alle seine Anweisungen auf den Buchstaben genau zu befolgen, aber die Anspannung war einfach zuviel für ihn geworden. Irgendwann kam der Zeitpunkt, an dem man selbständig handeln mußte. »Dr. Coles, ich bin in entsetzlichen Schwierigkeiten.«

Coles senkte seine Zigarre und besah sich den jungen Mann vor ihm genauer. Dann zog er seine recht buschigen Augenbrauen hoch. »Sie haben Ihr Haar gefärbt, was?«

»Ich wußte nicht, daß das so offensichtlich ist.«

Coles zuckte die Achseln. »Keith, ich habe seit einer wahren Ewigkeit Ihr Foto in jeder Morgenzeitung bewundern können. Ich halte mich zwar nicht für einen Sherlock Holmes, aber ich habe meine Lebensweise auf der Annahme aufgebaut, daß ich nicht gerade schwachsinnig bin.«

Keith ließ sich auf einen Stuhl sinken. »Ich wollte es Ihnen ohnehin sagen, Sir.«

»Hören Sie, junger Mann.« Coles schwenkte die Zigarre. »Sie können wirklich nicht hierbleiben. Ungefähr eine halbe Milliarde Leute sucht nach Ihnen, nach neuestem Stand, und wenn irgendjemand vom Verwaltungsrat Sie in meinem Arbeitszimmer findet . . .«

Keith zündete sich eine Zigarette an und wischte sich die feuchten Hände an den Hosen ab. Die Ringe unter seinen Augen waren ausgeprägter als sonst, und er hätte sich dringend rasieren müssen. »Professor, ich bin verzweifelt. Ich komme zu Ihnen, weil Sie meine letzte Hoffnung sind. Wollen Sie mich nicht wenigstens *anhören?«*

Coles kaute an seiner Zigarre. Er nahm die randlose Brille ab und begann sie mit einem Papiertaschentuch zu putzen. »Sperren Sie die Tür ab«, sagte er endlich. »Ich werde Sie anhören, aber morgen werde ich mich wahrscheinlich schon fragen, ob ich übergeschnappt war.«

Der Schimmer einer hoffnungsähnlichen Regung tauchte in Keiths Miene auf. Hastig sperrte er die Tür des Arbeitszimmers zu.

»So, und jetzt die Karten auf den Tisch, junger Mann. Was zum Teufel geht hier vor?«

»Glauben Sie mir, Sir, das ist mir alles sehr peinlich.«

»Nett von Ihnen, aber nicht sehr aufschlußreich«, stellte Coles fest und schnippte die Asche von seiner Zigarre.

Keith tat einen tiefen Zug an seiner Zigarette. »Meine Leute werden mich sehr bald abholen«, sagte er. »Ich habe noch eine Nachricht an sie durchgeben können, als ich abstürzte. Wenn sie nur früher hätten kommen können, dann wäre es nie zu dieser unseligen Situation gekommen.«

»Mein Sohn, alles was Sie sagen, klingt immer noch spanisch für mich. Dabei hatte ich gehofft, Sie würden sich jetzt vernünftiger ausdrücken als damals bei den Vereinten Nationen.«

Keith errötete. »Sehen Sie«, sagte er, »die Sache ist wirklich überhaupt nicht verständlich. Sie sind nur noch nicht im Bilde. Ich fürchte, Sie werden einige Ihrer vorgefaßten Ansichten ablegen müssen, wenn Sie alles verstehen wollen.«

»Ich hab' keine«, versicherte ihm Coles.

»Nun, dann hören Sie den ersten Punkt meiner Beichte. Es *gibt* keine galaktische Zivilisation. Ich bin weder Botschafter noch Vertreter von irgendetwas.«

Coles blies ein kleines Rauchwölkchen gegen die Decke und sagte nichts.

Keith sprach rasch weiter, begierig, sich alles von der Seele zu reden. »Ich landete rein zufällig in Los Angeles; das wissen Sie ja. Ich hatte gehofft, in der Arizona-Wüste herunterzukommen, wo mich niemand gesehen hätte und von wo ich dann meinen Angelegenheiten in Frieden hätte nachgehen können. Aber, verdammt nochmal, man entdeckte mich in den ersten paar Minuten, und von da an ließ man mir überhaupt keine Ruhe mehr. Ich hatte strenge Anweisungen, wie ich mich verhalten sollte, falls mich die Eingeborenen – ich meine, die Bürger der Erde, entdeckten . . .«

»Moment mal.« Coles drückte seine Zigarre aus. »Ich dachte, es *gäbe* keine galaktische Zivilisation.«

»Aber ja, es gibt eine Zivilisation dort draußen, wenn Sie sie so nennen wollen«, sagte Keith ungeduldig. »Aber nicht diese Art von Zivilisation, wie Sie denken. Es gibt allein in dieser Galaxis Hunderttausende bewohnte Welten. Können Sie nicht begreifen, was das, nur einmal im Rahmen Ihrer eigenen Wissenschaft, bedeutet?«

»Nun, es ist meinen Gehirnwindungen nicht ganz entgangen, daß das Kommunikationsproblem einer solchen Superzivilisation echtes Kopfzerbrechen bereiten muß. Ich gebe zu, daß ich deswegen schon von Anfang an einige Zweifel hegte. Ich konnte mir nicht recht vorstellen, wie Ihre Zivilisation überhaupt funktionieren konnte.«

»Sie funktioniert auch nicht. Zwischen den Welten besteht wohl ein gewisser Kontakt, aber nicht in diesem Maße. Mein Gott, allein die Beamten einer solchen Organisation hätten auf einem ganzen Planeten nicht Platz! Aus demselben Grund gibt es auch kaum Kriege, außer irgendwelche Selbstmörder zetteln einen an, so daß die einzelnen Welten so ziemlich ihre eigenen Wege gehen. Die nackte Wahrheit ist – entschuldigen Sie, Dr. Coles –, daß wir uns keinen Pfifferling um die Erde scheren. Das letzte Mal, daß Sie einen interplanetarischen Besuch erhielten, war, wenn ich mich recht erinnere, 974 Ihrer Zeitrechnung. Ich schätze, daß noch ein paar Jahrhunderte vergehen dürften, bis wieder jemand kommt.«

»Hmmmm.« Dr. Coles richtete sich eine neue Zigarre her und klemmte sie zwischen die Zähne. »Ich dächte, in Ihrer Rede wurde das Band der Bruderschaft erwähnt, das über den Ozean des Weltraums hinweg geknüpft werden sollte . . .«

»Es tut mir leid.« Keith wurde wieder rot. »Ich mußte leider diesen Schwulst vorbringen, aber *meine* Erfindung ist das nicht.«

»Ehrlich gesagt, es freut mich, das zu hören. Der Gedanke war ziemlich bedrückend, daß unsere Freunde von den Sternen solche Schwätzer sein sollten.«

»Ich hab' doch nur versucht, es allen recht zu machen!« Keith rutschte auf seinem Sessel hin und her und rieb sich die Augen. »Unsere Instruktionen sind in dieser Hinsicht eindeutig: wenn man von einer primitiven Kultur aufgespürt wird, muß man mitspielen und sich aus allen internen Problemen heraushalten. Wenn die Leute einen für einen Gott halten, dann benimmt man sich wie ein Gott. Wenn sie einen für einen Verrückten halten, dann verhält man sich entsprechend. Sie wissen schon – mit den Wölfen heulen, und so. Ich versuchte nur, das zu sein, wofür man mich hielt. Das war alles.«

Coles lächelte augenzwinkernd. »Als wir einmal herausbekommen hatten, daß Sie ein Weltraumdiplomat sind, waren Sie geliefert, was?«

»Genau! Ich mußte nicht nur Raumdiplomat sein, sondern genau ihre Sorte Raumdiplomat. Etwas anderes konnten sie sich gar nicht vorstellen. Ich hatte überhaupt keine Chance – bald war alles an dem Punkt angelangt, an dem ich entweder der Abgesandte einer wohlwollenden Superzivilisation von väterlich sich gebärdenden Genies war oder irgendein Ungeheuer, das die Erde zu vernichten suchte! Was konnte ich da tun? Ich wollte keine Schwierigkeiten machen, und ich wollte auch nicht eingesperrt werden. Was hätten denn Sie getan?«

Coles zuckte die Achseln und zündete seine Zigarre an.

»Ich hab' mich nach bestem Wissen und Gewissen durchgeschlagen«, sagte Keith nervös. »Aber ich hab' alles verpatzt. Es war so mühsam, Englisch aus Radiosendungen zu lernen – das können Sie sich vielleicht vorstellen – und jetzt ist alles umsonst.«

»Nun fangen Sie aber mal mit dem Anfang an, junger Mann. Was, zum Teufel, sind Sie eigentlich? Ein Anthropologe von den Sternen, der auf der armen, rückständigen Erde seine ethnologischen Studien durchführt?«

»Nein.« Keith stand auf und begann im Zimmer herumzuwandern. »Ich habe schon den Besuch eines Forschers im Jahre 974 erwähnt, nicht? Nun, ich wollte seine Forschungen fortsetzen. Ich untersuche die Lautverschiebungen vom alten Englisch bis zum heutigen. Wir hatten eine ganz bestimmte Verschiebung der langen Vokale nach oben und zu Diphtongen hin vorhergesagt. Es freut mich, daß ich dies wenigstens einigermaßen bestätigt fand.«

Coles legte seine Zigarre weg. »Dann sind Sie also ein Linguist?«

Keith sah zu Boden. »Ich hoffte, einer zu werden. Ich will offen zu Ihnen sein, Sir. Ich bin noch Student und arbeite für einen Grad, den Sie Dr. phil. nennen würden. Ich kam hierher, um Daten für meine Doktorarbeit zu sammeln, aber meine Notizen sind hoffnungslos unvollständig. Ich werde nie wieder Gelegenheit bekommen, ein Forschungsstipendium zu erlangen . . .«

Dr. George Alan Coles stützte den Kopf auf die Hände und begann zu lachen. Für einen ziemlich kleinen Mann lachte er beachtlich laut. Er lachte so heftig, daß ihm die Tränen seine Brille benetzten, und er sie herunternehmen mußte. Seit vielen Jahren hatte er nicht mehr so gelacht.

»Ich nehme an, Sie finden das alles sehr amüsant, Sir«, sagte Keith kläglich. »Ich wollte Sie um Ihre Hilfe bitten. Aber wenn Sie mich nur auslachen können . . .«

»Tut mir leid, Keith.« Coles schneuzte sich lautstark. »Ich habe über uns gelacht, nicht über Sie. Da haben wir uns ja in eine hübsche Fantasie verrannt – aber ich muß zugeben, das ist typisch für die Menschen.«

Keith setzte sich etwas besänftigt wieder hin. »Können Sie mir helfen? *Wollen* Sie mir helfen? Ich schäme mich, Sie um so etwas zu bitten, aber mein ganzes Lebenswerk könnte davon abhängen. Das kann man nie wissen.«

Coles lächelte. »Ich weiß das recht gut. Ich war auch mal ein Student. Wieviel Zeit haben wir?«

»Drei Tage. Wenn Sie mir helfen wollen, dann zeigen Sie mir bloß . . .«

»Nur mit der Ruhe.« Coles stand auf und trat zu einem bestimmten Fach der metallenen Bücherregale, die seine Wände bedeckten. »Mal sehen, was wir für Sie haben, Keith. Da wäre *Sprache* von Bloomfield. Fangen wir damit an. Daheim habe ich noch mehr Material, das Ihnen von einigem Nutzen sein könnte.«

Keith trocknete sich die Stirn. Seine Augen glänzten.

Der Abend drei Tage später war klar und unzeitgemäß warm. Die beiden Männer fuhren mit Coles' Chevrolet die Bel-Air-Straße hinauf, schalteten die Scheinwerfer aus und hielten auf dem Hügelkamm.

Leise luden sie eine Kiste mit Büchern und Fachzeitschriften aus und trugen sie den gewundenen Asphaltweg hinunter, der zu dem Haus von Frank Evans führte.

»Wir müssen uns hinter dem Haus vorbeischleichen«, flüsterte Keith. »Wenn wir nur an dieser Veranda vorbeikommen, ist alles in Ordnung.«

»Wird nicht schwer zu schaffen sein«, schnaufte Coles und verlagerte das Gewicht auf seinen Schultern. »Bei diesem Krawall könnte eine Bombe losgehen, und sie würden's nicht hören.«

Die Hi-Fi-Anlage war wie üblich voll aufgedreht. Keith zuckte zusammen.

Sie schafften es unentdeckt und tasteten sich den dunklen Pfad unter den Orangenbäumen entlang. Nach fünfzig Metern konnten sie die Lücke im Buschwerk erkennen, die Keiths Schiff bei der Bruchlandung gepflügt hatte.

Coles sah auf die Uhr. »Noch fünf Minuten, nach meiner Rechnung«, sagte er.

Sie setzten sich schweratmend auf eine Kiste.

»Dr. Coles, ich weiß nicht, wie ich Ihnen danken soll«, sagte Keith leise.

»Ach was, ich hab' mich gefreut, Sie kennenzulernen, Keith. Nicht jeder Professor hat Studenten von so weit her.«

Keith lachte. »Na, wenn Sie je herausbekommen, wie mein Schiff funktioniert, dann können Sie mir vielleicht einmal einen Studenten schicken.«

»Bis dahin sind wir beide längst gestorben, aber die Vorstellung ist jedenfalls nicht uninteressant.«

Genau nach Plan landete eine große Kugel, die in der Dunkelheit kaum zu erkennen war, neben ihnen auf dem Hügel. Eine Rumpfplatte glitt zischend auf, gelbes Licht fiel heraus.

»Leben Sie wohl, Sir.«

»Machen Sie's gut, Keith. Alles Gute.«

Die beiden Männer schüttelten sich die Hände.

Keith hob die Kiste in das Kugelschiff und kletterte nach. Er winkte, dann schloß sich die Platte. Lautlos hob die Kugel von der Erde ab und schwebte zu dem Schiff empor, das hoch oben wartete.

Coles machte sich schweigend auf den Rückweg, den Pfad hinauf, am Haus vorbei, bis zu seinem Wagen. Er blieb einen Augenblick lang stehen, um zu Atem zu kommen. Wie Keith es vor ihm getan hatte, blickte er hinunter auf die große Stadt, die in der Ferne glitzerte. Dann schaute er auf. Viele Sterne waren am Himmel aufgeflammt, und irgendwie wirkte ihr Licht nun wärmer und näher.

Er lächelte still vor sich hin, als er die Hügelstraße hinunter und zurück in seine Stadt fuhr.

Cyril M. Kornbluth

Advent auf Kanal Zwölf

Es begab sich im dritten Quartal des Rechnungsjahres, daß die Nationalbank den Diskontsatz erhöhte und Geld knapp war im Lande. Und gewisse Bankmänner, die da lebten zu New York, sandten dem Ben Graffis in Hollywood ein Schreiben, das besagte, Geld ist knapp im Lande, also laß du Poopy Panda loslegen und aus allen Rohren feuern.

Ben Graffis aber ward von Kummer erfüllt und erwiderte:

O ihr Bankmänner, Poopy Panda ist mir wie mein eigen Fleisch und Blut, ihr aber habt ihn zu einem abscheulichen Ungeheuer gemacht. Einst war ich zufrieden in meinem Studio, als meine Zeichner noch zwölf Poopy Pandas pro Jahr schufen; verflucht sei der Tag, da ich in New York einen Kredit aufnahm. Ihr gabt mir Weisung, abendfüllende Zeichentrickfilme zu machen, und ich gehorchte, und siehe, es wurden Kassenschlager und wir können sie Jahr um Jahr in der Provinz wiederaufführen. Ihr gabt mir Weisung, kurze Tierabenteuerfilme zu drehen, und ich gehorchte, und im Schneideraum tun wir dann gar teuflisch stückeln und übereinanderkopieren und retuschieren, bis daß ich und meine Kameras falsches Zeugnis geben, und die Menschen sehen meine Tierabenteuerfilme und sagen, sehet, diese Tiere und Vögel sind gleich uns in Lachen und Werben, in Spiel und Befriedigung. Es war euer Gebot, daß ich zum Betrüger werde, denn ich baute Poopy-Pandaland, in das die Menschen eingehen mit ihren Kindern, ihrem Silber und ihrem Verstand, und aus dem sie herauskommen alleinig mit ihren Kindern, beraubt und von Sinnen gemacht von Tausenden silberhungrigen Maschinen; auch darin gehorchte ich euch. Es war euer Gebot, daß Poopy Panda jeden Wochentag von fünf bis sechs im Fernsehen erscheine, als Anreißer für den Poopy-Panda-Fanclub, und auch darin gehorchte ich euch, obwohl Poopy Panda mir wie mein eigen Fleisch und Blut ist.

Aber, o ihr Bankmänner, diesem letzten Gebot will ich nicht mehr folgen.

Worauf die Bankmänner, die da lebten zu New York, dem Ben Graffis ein zweites Schreiben sandten, in dem es hieß, wie dem auch sei und trotz alledem lasse du Poopy Panda loslegen und aus allen Rohren feuern, denn bedenke, wir haben deinen Wechsel.

Und Ben Graffis gehorchte ihrem Gebot.

Er rief seine Zeichner und Regisseure und Kameraleute und Drehbuchschreiber zu sich. Sein Herz war schwer, aber er faßte sich und sagte: Im Scherz habt ihr euch Gehirnwäscher genannt, sintemalen ihr fünf Stunden in der Woche den Kindern einhämmert, sie sollen die Waren unseres Sponsors kaufen. Durch euch haben sich die Weissagungen erfüllt, denn steht nicht geschrieben im Buch der Weltraumhändler, daß da kommen werde der Tag der hohlen Köpfe? Und so werben denn die Poopy-Panda-Fans für das Poopy-Panda-Magazin, und das Poopy-Panda-Magazin wirbt für Poopy-Pandaland, und Poopy-Pandaland wirbt für die Poopy-Panda-Fans. Ihr habt die Motivationsforscher gefragt, wie kriegen wir die kleinen Ungeheuer herum, und die Motivationsforscher haben es euch gesagt, und ihr habt danach getan. Ihr laßt die dummen Kinderzuschauer sich identifizieren mit den gescheiten Kinderschauspielern, ihr liefert mit Otto Clodd einen Hampelmann von Vater zum Auslachen und mit Jackie Whipple einen idealisierten großen Bruder für die Jungen und ein Sexidol für die frühreiferen Mädchen. Ihr blast die Eitelkeit der Zuschauer auf, indem ihr ihnen immer wieder sagt, sie würden über das einundzwanzigste Jahrhundert herrschen und sollten sich nicht darum bekümmern, daß jene, die einst im Lande bestimmen würden, ihre Schulaufgaben machten und nicht in den Fernseher glotzten. So habt ihr eine vollständige Liturgie des Poopy-Pandaismus geschaffen, von der Eröffnungshymne bis zum Schlußsegen, und über allem schwebt der Geist Poopy Pandas und predigt den Zuschauern, die Waren unseres Sponsors zu kaufen. Und da holte denn Benn Graffis tief Atem und sah ihnen allen nicht mehr in die Augen, dieweil er zu ihnen sagte, wäre es nicht besser, wenn Poopy Panda nicht mehr predigte, sondern Gebote erteilte wie ein Gott?

Und die Zeichner und Regisseure und Kameraleute und Drehbuchschreiber waren fürwahr erstaunt, und sie sagten zueinander, das schlägt doch dem Faß den Boden aus, und, diese Bankmänner in New York haben den Verstand verloren. Einer aber, der ein alter Zeichner war, sagte bebend zu Ben Graffis, o Boß, nie . . . nie hätte ich damals im Neunundzwanzigerjahr Poopy Panda für dich aus den Illustrationen von Winnie, dem Teddybären, gestohlen, hätte ich gewußt, daß es so kommen würde, und Ben Graffis warf ihn hinaus. Woraufhin ein anderer, der ein Regisseur war, zu Ben Graffis sagte, o Boß, die Sache ist mit einer Vorbereitung von zwei Wochen hinzukriegen, und Ben Graffis barg sein Gesicht in den Händen und sagte, so sei es.

Und es begab sich, daß an jenem Freitag nach der Vorbereitungszeit von zwei Wochen, in der letzten, den Poopy-Panda-Fans gewidmeten Viertelstunde ein besonderer Film gezeigt wurde, in dem Zeichentricks und Natur zu einem nahtlosen Ganzen wurden.

Und in diesem besonderen Film geschah es, daß Poopy Panda einen Heiligenschein bekam, und die gescheiten Kinderschauspieler beteten ihn an, und Otto Clodd stolperte beim Niederknien über seine Füße, und Jackie Whipple sprach ernst und ergriffen, all die Poopy-Panda-Fans im weiten Fernsehland mögen gleiches tun, und der heiligenscheinbewehrte Poopy Panda sprach in seiner freundlich-brummigen Art: Poop-poop-poopy.

Und siebenunddreißig Millionen Seelen versenkten sich in Anbetung.

Und es begab sich, daß Ben Graffis mit seinen Zeichnern und Kameraleuten und Regisseuren und Drehbuchschreibern nach der Sendung in sein Büro ging und sagte, zumindest war's was ganz Neues, und dann ging er zur Bar.

Woraufhin einer, der ein Regisseur war, Jenen bemerkte, Der an dem Schreibtisch saß, welcher des Ben Graffis Schreibtisch war, und zu Ben Graffis sagte, o Boß, das ist ein toller Witz, aber wie haben die Trickleute den Heiligenschein bekommen?

Und Ben Graffis war fürwahr erstaunt über Jenen, Der da an seinem Schreibtisch saß, und er und alle anderen drängten sich um Ihn, als wollten sie Ihn angreifen, woraufhin Er in Seiner freundlich-brummigen Art sagte, Poopy-poop-poopy, und da waren sie nicht mehr.

Und gewisse unreine Geister wandten sich ungläubig von ihren Monitorschirmen ab und sagten, heiliger Strohsack, das ist ja zum Kotzen. Und einer, der ein Puppenspieler war, wandte sich zu seinem Agenten und sagte, Freundchen, wenn Graffis damit durchkommt, sind wir erledigt. Daraufhin sprach eine mächtige und ferne Stimme, Poop-poop-poopy, und es war so; und die Tage des Poopy Panda waren lang im Lande.

Auf Irrtümer durchgesehen,
18. Jänner Anno P. P. 36
Synode für Infiltration
O. Clodd, P. P. F.
J. Whippple, P. P. F.

JACK VANCE

Der Teufel auf der Segensklippe

Wenige Minuten vor Mittag schwenkte die Sonne nach Süden ab und ging unter. Schwester Mary riß den Sonnenschutzhelm von ihrem hellen Haar und schleuderte ihn aufs Sofa – ein Ausbruch, der ihren Mann, Bruder Raymond, erstaunte und beunruhigte.

Er umfaßte ihre bebenden Schultern. »Aber, aber, Liebling. Beruhige dich doch. Es hat keinen Sinn, die Nerven zu verlieren.«

Tränen kollerten über Schwester Marys Wangen. »Kaum verlassen wir das Haus, ist die Sonne weg! Jedesmal ist es so!«

»Nun – wir müssen ein bißchen Geduld haben. Es wird bald eine andere aufgehen.«

»Das kann eine Stunde dauern! Oder zehn! Und wir haben eine Aufgabe!«

Bruder Raymond trat zum Fenster, zog die gestärkten Spitzenvorhänge zur Seite und spähte in die Dämmerung hinaus. »Wenn wir jetzt aufbrechen, sind wir vielleicht vor Anbruch der Nacht in den Hügeln.«

»Vor Anbruch der Nacht?« wiederholte Schwester Mary schrill. »Und wie nennst du das jetzt?«

Bruder Raymond erklärte steif: »Ich meine Nacht nach der *Uhr*. Die richtige Nacht.«

»Die *Uhr* . . .«, seufzte Schwester Mary und ließ sich auf einen Stuhl sinken. »Wenn wir nicht die *Uhr* hätten, würden wir alle verrückt werden.«

Bruder Raymond blickte durchs Fenster hinüber zur Segensklippe, auf der die große Uhr stand, mittlerweile in der Dunkelheit nicht mehr erkennbar. Schwester Mary trat neben ihn; gemeinsam starrten sie in die Nacht hinaus. Schließlich seufzte Mary. »Es tut mir leid. Liebster. Ich bin eben doch ein bißchen mit den Nerven herunter.«

Raymond tätschelte ihr die Schulter. »Es ist kein Vergnügen, auf Gloria leben zu müssen.«

Mary schüttelte entschieden den Kopf. »Ich dürfte nicht die Beherrschung verlieren. Wir müssen immer an die Kolonie denken. Pioniere dürfen keine Schwächlinge sein.«

Sie standen eng beisammen, suchten Trost in der Nähe des anderen.

»Schau!« Raymond zeigte hinaus. »Ein Feuer, oben im alten Dorf!« Verwirrt blickten sie zu dem fernen Lichtpunkt hinüber.

»Sie sollten doch alle unten in Neustadt sein«, murmelte Schwester Mary. »Aber vielleicht veranstalten sie irgendeine Feier . . . Das viele Salz, das sie von uns bekommen haben . . .«

Mit säuerlichem Lächeln äußerte Raymond eine der Grundtatsachen des Lebens auf Gloria. »Man kann nie sicher sein, was die Streuner gerade tun. Denen ist alles zuzutrauen.«

Bedrückt sprach Mary eine noch fundamentalere Wahrheit aus. »Man kann bei dieser ganzen gräßlichen Welt nie sicher sein, was passieren wird.«

»Besonders mit den Streunern . . . Sie wollen jetzt sogar ohne unseren Trost und Beistand sterben!«

»Wir haben unser Bestes getan«, sagte Mary. »Es ist nicht unsere Schuld!« – Es klang, als fürchtete sie genau das.

»Niemand kann uns doch dafür verantwortlich machen.«

»Außer der Inspektor . . . Mit den Streunern stand alles zum besten, bevor unsere Kolonie entstand.«

»Wir haben sie nicht gestört, unterdrückt oder bedrängt. Im Gegenteil, wir haben uns die Hände wund gearbeitet, um ihnen zu helfen. Und zum Dank reißen sie unsere Zäune nieder und zerstören den Kanal und werfen Schlamm auf unsere frischgetünchten Häuser!«

»Manchmal hasse ich die Streuner . . .«, sagte Schwester Mary leise. »Manchmal hasse ich Gloria. Manchmal hasse ich die ganze Kolonie.«

Bruder Raymond zog sie an sich und strich ihr über das goldblonde Haar, das sie zu einem gepflegten Knoten aufgesteckt trug. »Dir wird gleich viel wohler sein, wenn eine der Sonnen aufgeht. Wollen wir aufbrechen?«

»Es ist dunkel«, meinte Mary widerstrebend. »Gloria ist während des Tages schon schlimm genug.«

Raymond schob energisch das Kinn vor und schaute in Richtung der *Uhr*. »Es *ist* Tag. Nach der *Uhr* ist es Tag. Sie verkörpert die einzige Realität, auf die wir uns verlassen können. Wir müssen uns an sie halten! Nur so können wir Ordnung und Vernunft in diese chaotische Welt bringen!«

»Also gut«, sagte Mary. »Gehen wir.«

Raymond küßte sie auf die Wange. »Du bist sehr tapfer, Liebste. Unsere Kolonie kann stolz auf dich sein.«

Mary schüttelte den Kopf. »Nein, Liebling. Ich bin nicht tüchtiger oder tapferer als irgendeiner von den anderen. Wir sind hierher gekommen, um eine neue Heimstätte zu finden und nach der göttlichen Wahrheit zu leben. Wir wußten, daß uns harte Arbeit erwartete. Von jedem einzelnen von uns hängt so viel ab; wir dürfen uns keine Schwächen leisten.«

Raymond küßte sie nochmals, obwohl sie lachend protestierte und den Kopf abwendete. »Ich finde trotzdem, daß du tapfer bist – und eine Prachtfrau.«

»Nimm die Lampe mit«, sagte Mary. »Nimm ein paar Lampen mit. Man weiß nie, wie lange diese – diese unerträglichen Dunkelzeiten dauern.«

Sie traten auf die Straße und marschierten los – private Kraftfahrzeuge wurden in ihrer Kolonie als unsozial angesehen. Deshalb mußten sie alle Wege außerhalb der Siedlung zu Fuß machen. In der Dunkelheit vor ihnen erhob sich das Grande Montagne genannte Bergland, das Reservat der Streuner. Sie konnten die massigen Felsen zwar nicht sehen, aber sie fühlten sie, genauso wie ihnen die Existenz der ordentlichen Felder, Zäune und Straßen der Kolonie instinktiv bewußt war. Sie überquerten den Kanal, der den sich dahinschlängelnden Bach in ein System von Bewässerungsgräben ableitete. Raymond leuchtete mit seiner Lampe in das betonierte Kanalbett. Beide schwiegen bei dem Anblick. Ihr Schweigen war beredter als alle Flüche.

»Kein Wasser! Sie haben die Uferdämme schon wieder zerstört.«

»Warum?« fragte Mary. »*Warum?* Sie verwenden das Bachwasser doch gar nicht!«

Raymond zuckte die Achseln. »Ich nehme an, sie haben einfach was gegen Kanäle. Nun«, seufzte er, »wir können nicht mehr tun, als in unseren Kräften steht.«

Die Straße, die bald zu einem Weg wurde, führte in Serpentinen den Hang hinauf. Sie kamen an dem flechtenüberwachsenen Wrack eines interstellaren Schiffs vorbei, das vor fünfhundert Jahren auf Gloria havariert war. »Es kommt mir so unwahrscheinlich vor«, sagte Mary. »Die Streuner waren einmal Männer und Frauen wie wir.«

»Nicht wie *wir*, Liebes«, korrigierte Raymond freundlich.

Schwester Mary schauderte. »Die Streuner und ihre Ziegen! Manchmal ist es schwer, sie auseinanderzuhalten.«

Einige Minuten später fiel Raymond in ein Schlammloch, eine Grube voll Schlick und Sickerwasser, die nicht ungefährlich war.

Zappelnd und keuchend kam er mit Marys verzweifelter Hilfe wieder auf festen Grund und stand fröstelnd auf – naß und wütend.

»Dieses widerliche Loch war gestern noch nicht da!« Er kratzte sich den Schlamm von den Kleidern, aus dem Gesicht. »Dinge wie das machen einem das Leben hier zur Hölle.«

»Wir werden auch damit fertig werden, Liebling.« Mit wilder Entschlossenheit sagte sie: »Wir werden kämpfen, werden diese Welt besiegen! Irgendwie werden wir Ordnung schaffen auf Gloria!«

Während sie sich berieten, ob sie weitergehen sollten oder nicht, ging die rote Sonne Robundus am nordwestlichen Horizont auf, so daß sie sich über ihren Zustand klarwerden konnten. Bruder Raymonds khakifarbene Gamaschen und sein weißes Hemd starrten natürlich vor Schlamm. Schwester Marys Tracht war kaum weniger schmutzig.

»Ich sollte heimgehen und mich umziehen«, sagte Raymond verdrossen.

»Raymond – dafür haben wir doch keine Zeit?«

»Ich seh ja lächerlich aus, wenn ich so zu den Streunern gehe.«

»Die bemerken das überhaupt nicht.«

»Wie sollten sie auch?« knurrte Raymond.

»Wir haben nicht genug Zeit«, sagte Mary entschieden. »Der Inspektor kann jeden Tag kommen, und die Streuner sterben wie die Fliegen. Man wird sagen, daß das unsere Schuld ist – und das ist dann das Ende der Segenskolonie.« Nach einer kurzen Pause fügte sie tonlos hinzu: »Wir würden den Streunern natürlich auf jeden Fall helfen.«

»Ich glaube immer noch, daß ich in sauberen Kleidern einen bessern Eindruck machen würde«, sagte Raymond unentschlossen.

»Bah! Als ob die sich um saubere Kleider scheren würden, so wie sie selber rumlaufen.«

»Vermutlich hast du recht.«

Am südwestlichen Horizont tauchte eine kleine, gelbgrüne Sonne auf. »Da ist Urban . . . Wenn es nicht stockdunkel ist, müssen gleich drei oder vier Sonnen da sein!«

»Viel Sonnenlicht läßt unsere Pflanzen besser gedeihen«, erklärte Mary sanft.

Sie stiegen noch eine halbe Stunde lang höher, dann legten sie eine Atempause ein und wandten sich zurück, um hinunter ins Tal zu ihrer geliebten Kolonie zu blicken. Zweiundsiebzigtausend Seelen hatten auf der von Feldern grüngescheckten Ebene eine neue Heimat gefunden; Reihen von netten, weißgetünchten Häusern säumten die Straßen, frischgewaschene Gardinen hinter den blitzblanken Fenstern, umgeben von gepflegtem Rasen und Blumenbeeten. Hinter den Häuschen waren ordentliche Gemüsegärten angelegt, in denen Kraut und Kohl und Kürbisse wuchsen.

Raymond warf einen Blick auf den Himmel. »Es wird regnen.«

»Woher willst du das bloß wissen?« fragte Mary.

»Erinnerst du dich, wie es goß, als Urban und Robundus zum letztenmal gleichzeitig im Westen standen?«

Mary schüttelte den Kopf. »Das hat doch nichts zu bedeuten.«

»Alles hat etwas zu bedeuten. Das ist das Grundgesetz des Universums – die Basis für unser gesamtes Denken!«

Ein Windstoß fegte von den Hügelkämmen herunter und wirbelte mächtige Staubfahnen auf. In dem gegensätzlichen Licht der gelbgrünen Sonne Urban und der roten Sonne Robundus wogten die Staubschwaden in seltsam bunten Schatten und Streifen durcheinander.

»Da hast du deinen Regen«, schrie Mary über das Brausen des Windes. Raymond kämpfte sich weiter den Weg hinauf. Endlich legte sich der Wind.

»Auf Gloria glaube ich erst an Regen oder an sonst irgendetwas, wenn ich es sehe«, sagte Mary.

»Wir haben einfach nicht genug Daten«, erklärte Raymond. »Wenn etwas nicht voraussagbar ist, ist es deshalb noch lange nicht schwarze Magie.«

»Nein – aber ich möchte mich auf etwas verlassen können.« Sie blickte zurück zu den Felshügeln am Rand der Grande Montagne. »Ich danke Gott für die *Uhr* – wenigstens ein Ding, an das man sich halten kann.«

Der Weg führte immer höher, durch holzige Stachelstauden, graublättriges Gebüsch, an Rotdorndickichten vorbei. Manchmal hörte er überhaupt auf; dann mußten sie sich auf gut Glück voranarbeiten. Manchmal verschwand der Pfad auch an einem Abbruch oder an einer senkrechten Wand und ging ein paar Meter höher oder tiefer weiter. Dies waren kleinere Schwierigkeiten, denen sie mit Gelassenheit begegneten. Erst als Robundus nach Süden hinuntersank und Urban sich dem nördlichen Horizont näherte, wurden sie unruhig.

»Einfach unvorstellbar, daß mal eine Sonne um sieben Uhr abends untergehen sollte«, sagte Mary. »Das wäre zu normal, zu selbstverständlich.«

Um viertel nach sieben gingen beide Sonnen unter. Der prachtvolle Doppeluntergang dauerte zehn Minuten. Darauf würde eine Viertelstunde Zwielicht folgen, dann Dunkelheit von unbestimmbarer Dauer.

Ein kleines Erdbeben brachte sie um den Genuß des Sonnenuntergangs. Eine Steinlawine prasselte über den Weg herunter; hastig suchten sie unter einem Felsvorsprung Schutz, während große Steinbrocken auf den Pfad krachten und weiter den Hang hinunterkollerten. Dann verhallte das Dröhnen des Felssturzes; nur mehr ein paar Steinchen kamen gleich Schlußpunkten nachgeklickert. »Ist es vorbei?« fragte Mary mit heiserem Flüstern.

»Sieht so aus.«

»Ich bin durstig.«

Raymond gab ihr die Feldflasche, und sie trank.

»Wie weit ist es noch bis zum Streunerdorf?«

»Zum alten Dorf oder bis Neustadt?«

»Ist mir egal«, sagte sie müde. »Wenn wir nur irgendwohin kommen.«

Raymond zögerte. »Ich muß zugeben, daß ich keine Ahnung habe, wie weit wir noch haben.«

»Nun, wir können nicht die ganze Nacht hier bleiben.«

»Schau, es wird Tag«, sagte Raymond, als die weiße Zwergsonne Maude den Himmel im Nordosten mit Silber zu überziehen begann.

»Es ist Nacht«, stellte Mary in stiller Verzweiflung fest. »Nach der *Uhr* haben wir Nacht, und es ist mir gleich, ob jede Sonne der Milchstraße scheint, einschließlich der Heimatsonne. Solange die *Uhr* Nachtzeit zeigt, ist Nacht!«

»Aber wenigstens können wir den Weg erkennen . . . Neustadt liegt gleich hinter diesem Hügelkamm; ich kenne diesen dicken Dornstrauch da wieder. Ich bin das letzte Mal daran vorbeigekommen.«

Trotzdem war Raymond überrascht, als Neustadt tatsächlich dort lag, wo er glaubte. Sie wanderten durch die Siedlung. »Es ist so schrecklich still hier.«

›Neustadt‹ bestand aus drei Dutzend Hütten aus Beton und Glas; jedes der Häuschen wurde mit gefiltertem Wasser versorgt, besaß eine Dusche, eine Badewanne und eine Toilette. Als Zugeständnis an den Geschmack der Streuner waren die Dächer mit Dornbuschästen gedeckt, und der Hütteninnenraum war nicht abgeteilt. Sämtliche Häuser waren leer.

Mary schaute in eins hinein. »Puuuh – gräßlich!« Sie rümpfte die Nase. »Dieser Gestank!«

In den Fenstern der zweiten Hütte fehlte das Glas. Raymonds Miene war starr und verärgert. »Und ich habe alles Glas auf meinem müden Buckel hierher geschleppt! So danken sie unsere Mühe.«

»Es kümmert mich wenig, ob sie uns dankbar sind oder nicht«, sagte Mary. »Was mir Sorgen macht, das ist der Inspektor. Er wird uns für diese Zustände« – sie zeigte rundum – »verantwortlich machen. Als ob wir etwas gegen diesen Dreck tun könnten.«

Kochend vor Entrüstung durchforschte Raymond das Dorf. Er entsann sich des Tages, da Neustadt fertig geworden war – eine Modellsiedlung von sechsunddreißig makellosen Hütten, die kaum den Häusern der Kolonie nachstanden. Erzdiakon Burnette hatte die Einsegnung vorgenommen; die freiwilligen Arbeiter knieten auf dem Dorfplatz zum Gebet nieder. Fünfzig oder sechzig Streuner waren aus den Hügeln heruntergekommen, um zuzusehen – eine gaffende, heruntergekommene Schar: die Männer stoppelbärtig und mit zottteligem Haar, die Frauen tückisch und gerissen, faul und nach Ansicht vor allem der Kolonistinnen zu jeglicher Schamlosigkeit bereit.

Nach dem Segen hatte Erzdiakon Burnette dem Häuptling des Stammes einen großen Schlüssel aus golden angestrichenem Sperrholz überreicht. »Hiermit übergebe ich die Siedlung in Ihre Obhut, Häuptling – möge Ihr Volk hier eine neue Zukunft finden!«

Der Häuptling war gut zwei Meter groß, schlank und besaß ein recht eindrucksvolles Profil mit einer Schnabelnase. Seine Kleidung bestand aus ein paar schmierigen, schwärzlichen Lumpen. Offenbar als Zeichen seines Amtes trug er einen mit Ziegenleder überzogenen Stab. Als einziger seines Stammes beherrschte er die Sprache der Kolonisten; zu deren Erstaunen sprach er sie fast ohne Akzent. »Das ist nicht mein Volk«, korrigierte er gleichgültig. »Die Leute tun, was sie wollen. So ist es am besten.«

Erzdiakon Burnette war schon früher dieser Einstellung begegnet. Als toleranter und großherziger Mann empfand er keine Entrüstung, sondern versuchte eher, den Leuten solche irrationalen Ansichten auszureden. »Wollt ihr denn nicht wie zivilisierte Menschen leben? Wollt ihr nicht Gott ehren, ein sauberes, gesundes Leben führen?«

»Nein.«

Der Erzdiakon lächelte. »Nun, wir werden euch jedenfalls nach besten Kräften behilflich sein. Wir können euch Lesen und Rechnen beibringen und eure Krankheiten heilen. Natürlich müßt ihr für Sauberkeit sorgen und euch an ein geregeltes Leben gewöhnen – das ist die Grundlage jeder Zivilisation.«

Der Häuptling grunzte. »Ihr könnt ja nicht einmal Ziegen züchten.«

»Wir sind keine Missionare«, fuhr der Erzdiakon fort, »doch wenn ihr bereit seid, die göttliche Wahrheit aufzunehmen, so wollen wir euch helfen.«

»Hmmm – und was habt ihr davon?«

Der Erzdiakon schmunzelte. »Nichts. Ihr seid unsere Mitmenschen und Brüder; wir sind verpflichtet, euch zu helfen.«

Der Häuptling drehte sich um und rief seine Leute zusammen; flink kletterte die zerlumpte Schar den Geröllhang hinauf.

»Was ist denn los?« rief der Erzdiakon. »Kommen Sie doch zurück!« schrie er dem Häuptling nach, als dieser eilig seinem Stamm folgte.

Der Häuptling blieb auf einem Felsvorsprung stehen. »Nein. Ihr seid alle verrückt.«

»Aber nein, nein«, beteuerte der Erzdiakon. Es war eine bewegende Szene, ein eindrucksvolles Bild: der weißhaarige Erzdiakon, beschwörend dem wilden Häuptling und seinem Stamm zugewendet – ein Heiliger, der eine Horde Satyrn in seinem Bann hielt. Das wechselnde Licht dreier Sonnen sorgte für eine dramatische Beleuchtung.

Irgendwie brachte er den Häuptling dazu, in die neue Siedlung zurückzukommen. Das alte Streunerdorf lag eine halbe Meile höher, in einem Paßeinschnitt, durch den Wind und Wetter der Grande Montagne herunterpfiffen, so daß selbst die Ziegen nur mit Mühe Halt an den felsigen Hängen fanden. Das alte Dorf war kalt, düster und trostlos. Der Erzdiakon zählte eindringlich alle Nachteile auf. Der Häuptling stellte fest, daß er trotzdem das alte Dorf der neuen Siedlung vorziehe.

Fünfzig Pfund Salz ließen ihn seine Meinung ändern, nachdem der Erzdiakon erst einmal seine Prinzipien bezüglich Bestechungsgeschenken über Bord geworfen hatte. Etwa sechzig Angehörige des Stammes zogen mit einer Art amüsierter Gleichgültigkeit in die neuen Hütten ein, so als hätte der Erzdiakon sie gebeten, irgendein kindisches Spiel zu veranstalten.

Nochmals segnete der Erzdiakon das neue Dorf; die Kolonisten knieten nieder, die Streuner schauten neugierig aus Türen und Fenstern ihrer neuen Heime zu. Weitere zwanzig oder dreißig kamen mit einer Ziegenherde den Felshang herunter, die sie gleich in der kleinen Kapelle einquartierten. Das Lächeln von Erzdiakon Burnette wurde etwas starr; er wirkte schmerzlich berührt, aber er griff in keiner Weise ein, was ihm sicherlich nicht leichtfiel.

Eine Weile später kehrten die Kolonisten hinunter ins Tal zurück. Sie hatten getan, was sie konnten, aber sie waren sich nicht ganz sicher, was sie damit erreicht hatten.

Zwei Monate später war Neustadt verlassen. Bruder Raymond und Schwester Mary Dunton wanderten durch die Siedlung und sahen nur dunkle Fenster und offenstehende Türen.

»Wo sind sie alle hin?« fragte Mary mit gedämpfter Stimme.

»Sie sind verrückt«, stellte Raymond fest. »Komplett verrückt.« Er ging zur Kapelle und streckte den Kopf durch den Torspalt. Plötzlich krampfte sich seine Hand um den Türstock, daß die Knöchel weiß wurden.

»Was ist?« fragte Mary beunruhigt.

Raymond hielt sie zurück. »Leichen . . . Hier sind – zehn, zwölf, vielleicht fünfzehn Tote.«

»Raymond!« Sie blickten einander an. »Warum? Weshalb?«

Raymond schüttelte den Kopf. Als hätte sie ein Gedanke bewegt, wandten sie sich nach dem Hügel um, hinter dem das alte Dorf lag.

»Ich glaube, das werden wir herausfinden müssen.«

»Aber – aber es ist hier so schön«, brach es aus Mary hervor. »Das sind – *Tiere!* Sie sollten *glücklich* sein hier!« Sie drehte sich um und blickte über das Tal hinaus, damit Raymond nicht ihre Tränen bemerkte. Neustadt hatte ihr so viel bedeutet; eigenhändig hatte sie Steine gesammelt und weiß getüncht und damit säuberliche Begrenzungsränder um die Häuser gelegt. Die Steinränder waren mutwillig zerstört worden, was Mary zutiefst verletzte. »Sollen die Streuner doch leben, wie sie wollen, als schmutzige, unstete Geschöpfe. Sie sind einfach unverantwortlich«, erklärte sie Raymond. »Völlig unverantwortlich!«

Raymond nickte. »Gehen wir noch hinauf, Mary; wir haben unsere Pflicht.«

Mary trocknete sich die Augen. »Ich nehme an, auch sie sind Gottes Geschöpfe, obwohl mir das durchaus nicht einleuchtet.« Sie warf Raymond einen Blick zu.

»Und sag mir nun bloß nicht, daß Gottes Wege unerforschlich sind.«

»Wie du meinst«, sagte Raymond. Sie begannen den felsigen Hang zum alten Streunerdorf hinaufzuklettern. Das Tal blieb unter ihnen zurück, wurde kleiner, unbedeutender. Maude stieg zum Zenit hoch und schien dort stehenbleiben zu wollen.

Endlich rasteten sie. Mary wischte sich die Stirn. »Bin ich übergeschnappt, oder wird Maude wirklich größer?«

Raymond schaute hoch. »Sie scheint etwas anzuwachsen, kommt mir vor.«

»Entweder wird sie zur Nova, oder wir fallen auf sie zu!«

»In diesem System ist wohl alles möglich«, seufzte Raymond. »Falls an der Bahn von Gloria irgendetwas Regelmäßiges ist, dann ist man noch nicht draufgekommen.«

»Diese Welt könnte durchaus in eine der Sonnen fallen«, sagte Mary bedrückt.

Raymond zuckte die Achseln. »Das System existiert jetzt schon etliche Millionen Jahre ohne solche Katastrophen. Das ist eine recht gute Garantie für unsere Sicherheit.«

»Die einzige Garantie.« Sie ballte die Fäuste. »Wenn es nur irgendeine Gewißheit gäbe – etwas, das man anschauen könnte und sagen, das ist beständig, das ist unveränderlich, darauf kannst du dich verlassen. Aber es gibt nichts! Das kann einen schon um den Verstand bringen!«

Raymonds Gesicht zeigte plötzlich ein gefrorenes Lächeln. »Nicht, Liebling. Die Kolonie hat mit solchen Fällen schon allzuviel Sorgen.«

Mary beruhigte sich sofort.

»Tut mir leid . . . wirklich, Raymond. Ich werde mich zusammennehmen.«

»Die Sache macht mir Kopfzerbrechen«, sagte Raymond. »Ich habe gestern mit Direktor Birch vom Sanatorium gesprochen.«

»Wie viele neue Fälle?«

»Insgesamt sind es schon fast dreitausend. Und jeden Tag kommen weitere dazu.« Er seufzte. »Es stimmt schon – der Planet Gloria hat etwas an sich, das die Leute durcheinanderbringt.«

Mary holte tief Luft und drückte Raymonds Hand. »Wir werden dagegen ankämpfen, Liebster, und damit fertig werden! Es wird alles in Ordnung kommen; wir werden siegen über das Chaos!«

Raymond beugte den Kopf. »Mit Gottes Hilfe.«

»Maude wird bald untergehen«, sagte Mary. »Wir sollten sehen, daß wir ins alte Dorf kommen, solange es noch hell ist.«

Einige Minuten später stießen sie auf ein Dutzend Ziegen, die von beinahe ebenso vielen Kindern gehütet wurden. Einige der kleinen Hirten trugen nur ein paar Fetzen am Leib, andere hatten Ziegenlederkleider, und etliche liefen völlig nackt herum, und der Wind blies ihnen über die hervortretenden Lippen.

Jenseits des Weges sahen sie eine zweite Ziegenherde, an die hundert Tiere, die sich unter der Obhut eines einzigen schmutzigen Burschen befanden.

»Typisch für die Streuner«, sagte Raymond. »Zwölf Jungen hüten zwölf Ziegen und ein Junge hütet hundert Ziegen.«

»So unlogisch ... vermutlich leiden sie an irgendeiner Geisteskrankheit. Ist Geisteskrankheit erblich?«

»Das läßt sich nicht so einfach feststellen ... Ich kann das alte Dorf schon riechen.«

Maude ging in so flachem Winkel unter, daß man mit einer langen Dämmerung rechnen konnte. Atemlos und mit schmerzenden Beinen kletterten Raymond und Mary hinauf ins Dorf. Kinder und Ziegen folgten in buntem Durcheinander.

»Wie können sie nur Neustadt verlassen, die hübsche, saubere neue Siedlung – um in diesen Schmutz zurückzukehren!« sagte Mary angewidert.

»Paß auf – tritt nicht auf diese Ziege!« Raymond half ihr an dem angefressenen und halb verwesten Kadaver vorbei, der auf dem engen Pfad lag. Mary preßte die Lippen zusammen.

Der Häuptling saß auf einem Felsblock und starrte in die Luft, als sie zu ihm kamen. Er begrüßte sie weder überrascht noch erfreut. Eine Schar Kinder schichtete dürres Gestrüpp und Dornbuschäste zu einem Haufen.

»Was ist los?« erkundigte sich Raymond mit erzwungener Heiterkeit. »Gibt es ein Fest? Einen Tanz?«

»Vier Männer, zwei Frauen. Sie werden verrückt, sterben. Wir verbrennen sie.«

Mary warf einen Blick auf den Scheiterhaufen. »Ich wußte nicht, daß ihr eure Toten einäschert.«

»Diesmal verbrennen wir sie eben.« Er streckte den Arm aus und berührte Marys glänzendes, goldenes Haar. »Du – sei meine Frau, für eine Weile.«

Mary trat zurück und antwortete mit zittriger Stimme: »Nein, danke. Ich bin mit Raymond verheiratet.«

»Die ganze Zeit?«

»Die ganze Zeit.«

Der Häuptling schüttelte den Kopf. »Ihr seid verrückt. Bald sterbt ihr auch.«

»Warum habt ihr den Kanal zerstört?« fragte Raymond streng.

»Zehnmal haben wir ihn repariert; zehnmal kommt ihr Streuner in der Dunkelzeit herunter und reißt die Dämme ein.«

Der Häuptling überlegte. »Der Kanal ist verrückt.«

»Der ist nicht verrückt. Er hilft den Bauern, das Land, ihre Felder zu bewässern.«

»Er geht zu lange in gleiche Richtung.«

»Du meinst, er ist gerade?«

»Gerade? Gerade? Was für ein Wort ist das?«

»Es bedeutet, in einer Richtung.«

Der Häuptling wiegte sich vor und zurück. »Schaut – die Berge. Gerade?«

»Nein. Natürlich nicht.«

»Sonne – gerade?«

»So hör doch . . .«

»Mein Bein.« Der Häuptling streckte sein linkes Bein vor. Es war knochig, krumm und behaart. »Gerade?«

»Nein«, seufzte Raymond. »Dein Bein ist nicht gerade.«

»Warum wollt ihr dann Kanal gerade machen? Verrückt.« Er lehnte sich zurück. Das Thema war für ihn erledigt. »Weshalb kommt ihr?«

»Nun«, sagte Raymond. »Es sterben immer mehr Streuner. Wir wollen euch helfen.«

»Wieso? Ich sterb nicht, ihr sterbt nicht.«

»Wir wollen nicht, daß Menschen von eurem Volk sterben müssen. Warum lebt ihr nicht in dem neuen Dorf?«

»Streuner werden verrückt dort, springen von Felsen herunter.« Er stand auf. »Kommt, es gibt Essen.«

Mit unterdrückter Abscheu knabberten Raymond und Mary an halbgaren Stücken gebratener Ziege. Ohne irgendwelche Zeremonien wurden vier Tote ins Feuer geworfen. Es stank bestialisch. Einige der Streuner begannen zu tanzen.

Mary stieß Raymond an. »Man kann eine Kultur nach ihren Tänzen beurteilen. Sieh dir das an.«

Raymond sah es sich an. »Es scheint keinerlei Schema zu geben. Einige hopsen ein Stückchen, setzen sich hin; andere rennen im Kreis; ein paar wedeln einfach mit den Armen.«

»Sie sind alle verrückt. Verrückt wie kopflose Hühner«, flüsterte Mary.

Raymond nickte. »Du hast wohl recht.«

Es begann zu regnen. Die rote Sonne Robundus steckte den östlichen Himmel in Brand, fand es aber nicht der Mühe wert, über den

Horizont zu steigen. Der Regen wurde zu Hagel. Mary und Raymond suchten in einer Hütte Zuflucht. Mehrere Männer und Frauen kamen ebenfalls herein, und da sie nichts Besseres zu tun hatten, begannen sie sich ziemlich geräuschvoll zu paaren.

»Sie werden es doch nicht vor uns tun!« flüsterte Mary peinlich berührt. »Sie haben wirklich nicht das geringste Schamgefühl!«

»Ich geh nicht in diesen Regen hinaus«, erklärte Raymond grimmig. »Von mir aus können sie tun, was sie wollen.«

Mary stieß einen der Männer zurück, der ihr die Bluse auszuziehen versuchte; überrascht wandte er sich ab. »Wie die Hunde!« keuchte sie.

»Keinerlei Hemmungen«, stellte Raymond müde fest. »Und Hemmungen bewirken Psychosen.«

»Dann leide ich an einer Psychose«, seufzte Mary, »denn ich habe Hemmungen!«

»Ich auch.«

Der Hagel hörte auf; ein eisiger Wind fegte die Wolken über den Paß davon, und in kürzester Zeit war der Himmel klar. Raymond und Mary verließen die Hütte mit Erleichterung.

Der Scheiterhaufen war völlig durchnäßt; vier halbverkohlte Leichen lagen in der Asche; niemand kümmerte sich darum.

Raymond sagte nachdenklich: »Ich habe da so eine vage Idee . . .«

»Was?«

»Eine mögliche Lösung für das Streunerproblem.«

»Ja?«

»Nun, es ist doch so: Die Streuner sind verrückt, irrational, verantwortungslos.«

»Das kann man wohl sagen.«

»Der Inspektor wird bald eintreffen. Wir müssen ihm beweisen, daß unsere Kolonie keine Bedrohung für die Eingeborenen – die Streuner – darstellt.«

»Wir können die Streuner nicht zwingen, ihren Lebensstandard zu verbessern.«

»Nein. Aber wenn wir sie zu Verstand bringen könnten, wenn wir etwas gegen ihre Massenpsychose unternehmen könnten . . .«

Mary schaute nicht sehr begeistert drein. »Gerade das kommt mir ziemlich unmöglich vor.«

Raymond schüttelte den Kopf. »Wir wollen das Problem einmal logisch durchdenken, Liebling. Es ist eine ernste Sache: Irgendeine Psychose läßt diese Eingeborenen sterben. Wir *müssen* sie jedoch am Leben erhalten, wenn sie selbst nicht mehr dazu fähig sind. Die einzige Lösung ist, die Psychose aufzuspüren und sie davon zu heilen.«

»Das klingt ja ganz vernünftig, aber wie um alles in der Welt sollen wir das anfangen?«

An einem Stück Ziegendarm kauend kam der Häuptling hinter einer Hütte hervorgestelzt. »Wir müssen mit dem Häuptling beginnen«, sagte Raymond.

»Du hast gut reden – wenn er mit sich beginnen läßt.«

»Salz«, sagte Raymond. »Für Salz würde er seiner eigenen Großmutter die Haut abziehen.«

Raymond ging zum Häuptling hinüber, der überrascht zu sein schien, daß die Besucher noch im Dorf waren. Mary hielt sich beobachtend im Hintergrund.

Raymond argumentierte heftig; der Häuptling blickte zuerst erschrocken, dann finster drein. Raymond erklärte, redete ihm gut zu. Dann kam er zu seinem Hauptargument: Salz – soviel der Häuptling den Berg herauftragen könne. Der Häuptling starrte aus der Höhe seiner zwei Meter auf Raymond hinunter, hob die Hände, ging fort, setzte sich auf einen Felsblock, kaute weiter an dem Darmstück. Raymond kam zu Mary zurück. »Er ist einverstanden.«

Direktor Birch empfing den Häuptling äußerst herzlich. »Welche Ehre für uns! Wir haben nicht oft so bedeutende Gäste. Ich hoffe, daß wir Ihnen binnen kürzester Zeit helfen können!«

Der Häuptling kratzte mit seinem Stab sinnlose Kurven in den Boden. Leise fragte er Raymond: »Wann bekomme ich das Salz?«

»Sehr bald. Aber zuerst mußt du mit Direkor Birch mitgehen.«

»Kommen Sie, mein Lieber«, sagte Direktor Birch. »Die Fahrt wird Ihnen gefallen.«

Der Häuptling drehte sich um und marschierte in Richtung Grande Montagne davon. »Nein, nein!« schrie Raymond. »Komm zurück!« Der Häuptling machte längere Schritte.

Raymond setzte ihm nach und packte ihn an den knochigen Beinen. Der Häuptling fiel der Länge nach hin. Direktor Birch gab ihm eine Beruhigungsspritze, und endlich wurde der taumelnde, stumpf dreinblickende Häuptling in den Ambulanzwagen geschoben.

Bruder Raymond und Schwester Mary sahen der davonrollenden Ambulanz nach. Staubwolken wirbelten auf, schwebten in dem grünlichen Sonnenlicht. Die Schatten schienen blaupurpurne Ränder zu haben.

»Ich hoffe von Herzen, daß wir das Richtige getan haben ...«, sagte Mary mit einem Beben in der Stimme. »Der arme Häuptling sah so – so hilflos aus. Wie eine von seinen Ziegen, die zum Schlachten gefesselt wird.«

»Wir können nichts anderes tun, als das, was wir für richtig halten, Liebste«, sagte Raymond.

»Aber ist es für ihn am besten?«

Der Ambulanzwagen war nicht mehr zu sehen; die Staubschwaden hatten sich gelegt. Über der Grande Montagne zuckten Blitze aus schwarzgrünen Gewitterwolken. Die Sonne Faro stand wie ein Katzenauge im Zenit. Die *Uhr*, die zuverlässige, gute, genaue *Uhr* zeigte zwölf Uhr mittags.

»Das Beste«, sagte Mary nachdenklich. »Das ist immer nur relativ ...«

»Wenn wir die Streuner von ihrer Psychose befreien können – wenn wir sie lehren können, ein sauberes, ordentliches Leben zu führen – dann ist das für sie doch wohl das Beste«, sagte Raymond. Einen Moment später ergänzte er: »Und für die Kolonie ist es ganz sicher das Beste.«

»Hoffen wir es«, seufzte Mary. »Der Häuptling hat nur so niedergeschlagen ausgesehen.«

»Wir werden ihn morgen besuchen«, schlug Raymond vor. »Jetzt haben wir vor allem Schlaf nötig!«

Als Raymond und Mary erwachten, sickerte rosiges Licht durch die geschlossenen Läden: Robundus, vielleicht auch Maude. »Schau auf die Uhr«, gähnte Mary. »Ist es Tag oder Nacht?«

Raymond richtete sich auf einen Ellbogen auf. Ihre Uhr war in eine Wand eingebaut, ein Gegenstück der *Uhr* auf der Segensklippe, die durch Radioimpulse alle anderen Uhren der Kolonie synchron steuerte.

»Es ist sechs Uhr nachmittags – zehn nach.«

Sie standen auf und legten frische weiße Kleidung an. Sie aßen etwas in der blitzsauberen kleinen Küche, dann rief Raymond das Sanatorium an.

Direktor Birchs Stimme drang munter aus dem Hörer. »Gottes Hilfe und Segen, Bruder Raymond.«

»Gottes Hilfe, Direktor. Wie geht's dem Häuptling?«

Direktor Birch zögerte. »Wir müssen ihn die ganze Zeit unter Sedativen halten. Seine Probleme scheinen ziemlich tief verwurzelt zu sein.«

»Können Sie ihm helfen? Es ist wichtig.«

»Wir können nicht mehr tun, als es zu versuchen. Wir werden ihn uns heute abend das erste Mal vornehmen.«

»Vielleicht sollten wir dabei sein«, sagte Mary.

»Wenn Sie wollen . . . Sagen wir, acht Uhr?«

»In Ordnung.«

Das Sanatorium war ein langgestrecktes, niedriges Gebäude am Rande der Stadt Gloria. Erst vor kurzem waren neue Flügel angebaut worden; weiter hinten konnte man auch etliche provisorische Baracken erkennen. Direktor Birch empfing sie mit gequälter Miene. »Wir haben so wenig Zeit und Platz; ist dieser Streuner denn wirklich so furchtbar wichtig?«

Raymond versicherte ihm, daß die geistige Gesundheit des Häuptlings von höchster Bedeutung für die Gemeinschaft war.

Direktor Birch hob verzweifelt die Hände. »Unsere Brüder und Schwestern drängen sich um Behandlung. Ich nehme an, sie werden also weiter warten müssen.«

»Das – das Problem besteht noch?« fragte Mary nüchtern.

»Das Sanatorium wurde für fünfhundert Betten gebaut«, sagte Direktor Birch. »Zurzeit haben wir dreitausendsechshundert Patienten; von den achtzehnhundert Kolonisten, die wir auf die Erde zurückbringen ließen, will ich gar nicht reden.«

»Aber die Situation bessert sich doch gewiß?« erkundigte sich Raymond. »Die Kolonie hat alle Anfangsschwierigkeiten überwunden; es gibt keinen Grund zur Besorgnis mehr.«

»Besorgnis scheint nicht die Ursache zu sein.«

»Was *ist* die Ursache?«

»Die neue Umgebung, nehme ich an. Wir sind Erdtyp-Menschen; die Umgebung ist sehr fremdartig für uns.«

»Das ist sie doch gar nicht mehr!« warf Mary ein. »Wir haben diese Gegend genau nach dem Vorbild einer irdischen Siedlung gestaltet. Und zwar nach einer der hübschesten. Unsere Häuser sind wie auf der Erde. Und wir haben Blumen von der Erde und Bäume von der Erde.«

»Wo ist der Häuptling?« fragte Bruder Raymond.

»Nun – im Augenblick befindet er sich auf der Station für besonderen Gewahrsam.«

»Ist er gewalttätig?«

»Nicht eigentlich. Er will nur heraus. Sein Verhalten ist äußerst destruktiv. Mir ist so was bisher noch nicht untergekommen!«

»Haben Sie sich schon eine Meinung gebildet – wenigstens eine vorläufige?«

Direktor Birch schüttelte ernst den Kopf. »Wir versuchen immer noch, sein Leiden zu klassifizieren. Sehen Sie.« Er reichte Raymond ein Datenblatt. »Das sind seine Testergebnisse in den verschiedenen Bereichen.«

»Intelligenz null.« Raymond blickte auf. »Ich *weiß*, daß er nicht so blöd ist.«

»Sollte man meinen. Nun, der Aussagewert dieser Ergebnisse ist recht vage. Wir können bei ihm ja nicht die üblichen Tests anwenden – thematische Apperzeption und ähnliches, weil das nach unserem kulturellen Hintergrund ausgewertet wird. Diese Tests hier jedoch ...« Er tippte auf das Ergebnisblatt. »... die sind universell gültig; wir wenden sie auch bei Tieren an: Klötzchen in zugehörige Löcher einpassen, Farben zusammenstellen, unzugehörige Teile eines Musters herausfinden, Labyrinthaufgaben lösen.«

»Und wie hat er dabei abgeschnitten?«

Direktor Birch schüttelte niedergeschlagen den Kopf. »Wenn es möglich wäre, eine negative Punktzahl zu erreichen, dann hätte er das geschafft.«

»Wieso das?«

»Nun, er hat zum Beispiel, anstatt ein kleines rundes Klötzchen in ein kleines rundes Loch einzupassen, zuerst das sternförmige Klötzchen zerbrochen und dann mit Gewalt quer hineingesteckt. Dann hat er das Testbrett zerbrochen.«

»Aber warum?«

»Gehen wir zu ihm«, sagte Mary.

»Er ist doch nicht gefährlich, oder?« fragte Raymond den Direktor.

»Durchaus nicht.«

Der Häuptling wurde in einem gemütlichen Zimmer von etwa drei mal drei Metern gefangengehalten. Er hatte ein weißes Bett mit weißen Bezügen und einer grauen Wolldecke. Die Decke des Raums war in beruhigendem Grün gehalten, der Boden sanftgrau.

»Oh!« meinte Mary fröhlich, »du warst aber fleißig, Häuptling!«

»Ja«, sagte Direktor Birch mit zusammengebissenen Zähnen, »er war fleißig.«

Die Bettbezüge waren in Fetzen gerissen, das Bett lag umgekippt mitten im Zimmer, die Wände waren beschmiert. Der Häuptling saß auf der zusammengefalteten Matratze.

»Warum machst du hier so einen Saustall?« sagte Direktor Birch streng. »Das ist wirklich nicht sehr anständig, weißt du!«

»Ihr haltet mich hier fest«, fauchte der Häuptling. »Ich mache es so, daß es mir gefällt. In deinem Haus mach du so, wie dir gefällt.« Er schaute Mary und Raymond an. »Wie lange noch?«

»Eine kleine Weile«, sagte Mary. »Wir versuchen doch nur, dir zu helfen.«

»Verrückte Reden, alle verrückt.« Der schöne Akzent des Häuptlings wurde weniger schön, rauhe Kehllaute häuften sich. »Warum bringt ihr mich her?«

»Nur für ein oder zwei Tage«, sagte Mary besänftigend. »Dann bekommst du Salz – viel Salz.«

»Tag – ist das, wenn Sonne am Himmel?«

»Nein«, erklärte Bruder Raymond. »Siehst du dieses runde Ding?« Er zeigte auf die Wanduhr. »Wenn dieser kleine Stab hier zweimal herumgegangen ist – das ist ein Tag.«

Der Häuptling lächelte verächtlich.

»Wir ordnen unser Leben danach«, sagte Raymond. »Es ist uns eine große Hilfe.«

»Genauso wie die große Uhr auf der Segensklippe«, sagte Mary.

»Großer Teufel«, stellte der Häuptling grimmig fest. »Ihr gute Leute; ihr alle verrückt. Kommt ins Streunerdorf. Ich helfe euch; viel gutes Ziegenfleisch. Wir werfen dann Steine hinunter auf großen Teufel.«

»Nein«, sagte Mary ruhig. »Das geht nicht. Und jetzt bemühe dich zu tun, was der Doktor sagt. Diese Unordnung hier – das ist sehr häßlich.«

Der Häuptling vergrub den Kopf in den Händen. »Laßt mich gehen. Behaltet Salz; ich will heimgehen!«

»Nun, nun«, sagte Direktor Birch freundlich. »Wir tun dir doch nichts.«

Er blickte auf die Uhr. »Zeit für deine erste Behandlung.«

Zwei Wärter waren erforderlich, um den Chef ins Untersuchungslabor zu bringen. Er wurde in einen gepolsterten Stuhl gesetzt, und seine Arme und Beine wurden von Klammern festgehalten, so daß er nicht um sich schlagen und sich verletzen konnte. Er stieß einen gräßlichen, heiseren Schrei aus. »Der Teufel, der große Teufel – er kommt und starrt in mein Leben . . .«

»Decken Sie die Wanduhr ab. Sie beunruhigt den Patienten«, befahl Direktor Birch dem Wärter.

»Bleib ganz ruhig«, sagte Mary. »Wir versuchen nur, dir zu helfen – dir und deinem Stamm.«

Der Wärter gab ihm eine Injektion D-Beta-Hypnidin. Der

Häuptling wurde ruhig, sein Blick leer. Seine knochige Brust hob und senkte sich langsam.

»Er ist nun völlig beeinflußbar«, sagte Direktor Birch leise zu Mary und Raymond. »Verhalten Sie sich also ganz ruhig; sprechen Sie nicht.«

Mary und Raymond schlichen zu den Stühlen auf der anderen Seite des Raums und setzten sich vorsichtig.

»Hallo, Häuptling«, sagte Direktor Birch.

»Hallo.«

»Hast du es bequem?«

»Zuviel Licht – zuviel weiß.«

Der Wärter dämpfte die Beleuchtung.

»Besser so?«

»Besser.«

»Hast du irgendwelche Sorgen?«

»Ziegen verletzen sich Füße, bleiben in den Bergen. Verrückte Leute im Tal gehen nicht fort.«

»Was meinst du mit ›verrückt‹?«

Der Häuptling blieb stumm. Direktor Birch flüsterte Mary und Raymond zu: »Indem wir seine Vorstellung von geistiger Gesundheit analysieren, erhalten wir einen Hinweis auf seine eigene Störung.«

Der Häuptling lag still und in sich zusammengesunken im Untersuchungsstuhl. Direktor Birch sagte in beruhigendem Tonfall: »Erzähl uns doch ein bißchen über dein Leben.«

Der Häuptling begann bereitwillig. »Oh, das ist fein. Ich bin Häuptling. Ich versteh alle Reden; niemand sonst weiß so viele Sachen.«

»Du hast also ein feines Leben, ja?«

»Ja, alles gut.« Er sprach weiter, in zusammenhanglosen Sätzen. Manchmal war ein Wort unverständlich, doch das Bild seines einfachen Lebens kam klar heraus. »Alles so einfach – keine Sorgen, kein Ärger – alles gut. Wenn Regen, dann ist Feuer gut. Wenn Sonne heiß scheint, dann bläst Wind, ist kühl, ist gut. Viele, viele Ziegen, alle haben zu essen.«

»Hast du keinen Kummer, keine Sorgen?«

»Doch. Verrückte Leute im Tal. Sie machen Stadt: Neustadt. Nicht gut. Gerade – gerade – gerade. Nicht gut, verrückt. Wir kriegen viel Salz, aber wir gehen fort aus Neustadt, laufen in die Hügel in altes Dorf.«

»Warum mögt ihr die Leute im Tal nicht?«

»Sie sind gute Leute, aber alle verrückt. Großer Teufel bringt sie ins Tal. Großer Teufel beobachtet sie immer. Bald machen sie auch tick-tick-tick, wie großer Teufel.«

Direktor Birch wandte sich zu Raymond und Mary. Seine Miene war besorgt, verwirrt. »Das gefällt mir gar nicht. Er ist zu selbstsicher, zu offen.«

»Können Sie ihn heilen?« fragte Raymond vorsichtig.

»Bevor ich eine Psychose heilen kann«, erklärte Direktor Birch, »muß ich sie erst aufspüren. Bisher klingt es mir gar nicht danach, als ob er überhaupt eine hätte.«

»Es muß aber psychische Ursachen haben, daß die Streuner wie die Fliegen sterben«, wisperte Mary. »Es gibt keine äußeren Ursachen!«

Der Direktor wandte sich wieder dem Häuptling zu. »Warum sterben deine Leute, Häuptling? Warum sterben sie in Neustadt?«

Der Häuptling sagte heiser: »Sie schauen hinunter. Keine nette Landschaft. Verrückte Sachen. Kein Fluß, nur gerades Wasser. Das tut Augen weh; wir machen Kanal auf, machen Fluß wieder schön . . . Tut trotzdem weh. Macht Leute verrückt, Ansehen von verrückten Sachen. Verrückte Leute bringen wir um.«

»Ich glaube, es wäre unklug, jetzt noch mehr zu fragen, bevor wir den Fall genauer untersucht haben«, sagte Direktor Birch.

»Ja«, meinte Bruder Raymond beunruhigt. »Wir müssen über das alles nachdenken.«

Sie verließen das Sanatorium durch die Hauptaufnahmehalle. Auf den Wartebänken drängten sich Aufnahmesuchende und ihre Verwandten, Wärter mit den ihnen anvertrauten Kranken. Draußen herrschte ein trübes Licht, das vermuten ließ, daß über der tiefhängenden Wolkenschicht Urban irgendwo am Himmel stand. Große, schwere Regentropfen klatschten auf die staubige Straße.

Bruder Raymond und Schwester Mary warteten an der Kreuzung auf den Bus.

»Irgendetwas stimmt nicht«, sagte Bruder Raymond bedrückt. »Irgendetwas stimmt ganz und gar nicht.«

»Und ich bin nicht einmal sicher, ob das nicht an uns liegt.« Schwester Mary blickte sich um, sah ordentliche Häuser und junge Obstbäume, die in Reih und Glied die Sarah-Gulvin-Straße säumten, die ins Zentrum von Gloria führte.

»Ein fremder Planet ist immer eine Herausforderung«, sagte Bruder Raymond. »Wir müssen sie akzeptieren, auf Gott vertrauen – und kämpfen!«

Mary packte ihn plötzlich am Arm. Er drehte sich um. »Was ist?«

»Ich – ich glaube, ich hab' jemanden durch die Büsche dort rennen gesehen.«

Raymond reckte den Hals. »Ich kann niemanden entdecken.«

»Ich dachte schon, es sei der Häuptling.«

»Das bildest du dir nur ein, Liebste.«

Sie stiegen in den Bus, und bald waren sie in die Geborgenheit ihres weißgetünchten, blumengeschmückten Häuschens zurückgekehrt.

Die Rufanlage summte. Direktor Birch war am Apparat. Seine Stimme klang besorgt. »Ich möchte Sie nicht beunruhigen, aber der Häuptling ist uns entwischt. Er befindet sich nicht mehr auf Sanatoriumsgelände – wir haben keine Ahnung, wo er sein könnte.«

»Ich wußte es, ich wußte es!« flüsterte Mary entsetzt.

Raymond fragte nüchtern: »Sie glauben doch nicht, daß er gefährlich werden könnte?«

»Nein. Er ist nicht der gewalttätige Typ. Aber ich würde trotzdem meine Tür absperren.«

»Danke für Ihren Anruf, Direktor.«

»War doch selbstverständlich, Bruder Raymond.«

Einen Augenblick lang herrschte Schweigen. »Was nun?« fragte Mary dann.

»Ich werde alle Türen abschließen, und dann werden wir zusehen, daß wir zu ein bißchen Schlaf kommen.«

Irgendwann in der Nacht fuhr Mary erschrocken hoch. Bruder Raymond wälzte sich auf die Seite. »Was hast du?«

»Ich weiß nicht«, sagte Mary. »Wie spät ist es?«

Raymond blinzelte nach der Wanduhr. »Fünf Minuten vor eins.«

Schwester Mary lag reglos da.

»Hast du irgendetwas gehört?« fragte Raymond.

»Nein. Ich hatte nur – etwas hat mich geweckt. Irgendetwas stimmt nicht, Raymond!«

Er zog sie an sich, bettete ihr blondes Köpfchen in die Mulde zwischen Hals und Schulter. »Wir können nicht mehr als unser Bestes tun, Liebling. Beten wir, daß es Gottes Wille ist.«

Danach schliefen sie beide unruhig, warfen sich hin und her. Raymond stand einmal auf, um auf die Toilette zu gehen. Draußen war es Nacht – der Himmel war schwarz bis auf einen rötlichen Schimmer am nördlichen Horizont. Die rote Sonne Robundus trieb sich irgendwo dort herum.

Raymond stolperte schläfrig zurück ins Bett.

»Wie spät ist es, Liebling?« fragte Marys Stimme aus dem Dunkel.

Raymond schaute folgsam auf die Uhr. »Fünf Minuten vor eins.«

Er stieg wieder ins Bett. Mary hatte sich starr aufgesetzt. »Hast du gesagt, fünf vor eins?«

»Wieso, ja«, murmelte Raymond. Ein paar Sekunden später fuhr er hoch, kletterte aus dem Bett und ging in die Küche. »Hier ist es auch fünf vor eins. Ich werde bei der *Uhr* anrufen und mir ein Zeitzeichen geben lassen.«

Er tappte zur Rufanlage, drückte auf die entsprechenden Nummerntasten. Der Apparat blieb stumm.

»Es meldet sich niemand.«

Mary stand neben ihm. »Versuch es nochmals.«

Raymond tippte die Rufnummer ein. »Sonderbar.«

»Ruf die Auskunft an«, sagte Mary.

Raymond tastete die Auskunftnummer ein. Bevor er seine Frage herausbrachte, sagte eine entschiedene Stimme: »Die Zentraluhr ist zurzeit nicht funktionsfähig. Bitte haben Sie Geduld. Die Zentraluhr ist nicht funktionsfähig.«

Raymond glaubte die Stimme zu erkennen. Er drückte auf die Taste für den Sichtschirm. »Gott schütze Sie, Bruder Raymond«, sagte die Stimme.

»Gott schütze Sie, Bruder Ramsdell . . . Was in aller Welt ist passiert?«

»Einer Ihrer Schützlinge, Raymond. Ein Streuner – er muß völlig den Verstand verloren haben. Er hat Felsbrocken auf die *Uhr* herunterrollen lassen.«

»Ist – hat er . . .«

»Er hat einen Felssturz ausgelöst. Wir haben keine *Uhr* mehr.«

Inspektor Coble fand auf dem Raumhafen von Gloria zu seiner Verblüffung kein Empfangskomitee vor. Er spähte das Landefeld hinauf und hinunter – keine Menschenseele zu sehen. Der Wind blies einen Papierfetzen über den Platz; ansonsten rührte sich nichts.

Seltsam, dachte Inspektor Coble. Sonst war er immer von einer Kolonistenabordnung willkommen geheißen worden, worauf ein ehrendes, aber ziemlich langweiliges Programm ablief. Erst wurde er in den Bungalow des Erzdiakons zu einem Bankett gebeten, dann gab es zuversichtliche Reden und Erfolgsberichte, dann einen Gottesdienst in der Hauptkapelle, und schließlich wurde er formell in die Vorberge der Grande Montagne ins Eingeborenenreservat geleitet.

Tüchtige Leute, aber für Inspektor Cobles Geschmack doch zu pedantisch ehrlich, arbeitsam und ordentlich. *Zu* tüchtig.

Er gab den beiden Männern, die die Besatzung seines Inspektionsschiffs darstellten, die nötigen Anweisungen und machte sich auf den Weg in die Stadt Gloria. Die rote Sonne Robundus stand hoch, sank aber bereits nach Osten; er warf einen Blick zur Segensklippe, um die Ortszeit festzustellen, doch dichte Dunstschleier nahmen ihm die Sicht auf die große Uhr.

Inspektor Coble marschierte flott die Straße entlang, doch plötzlich gab es ihm einen Riß und er blieb abrupt stehen. Er hob den Kopf, als wollte er eine Witterung aufnehmen, und musterte die Umgebung ringsum. Er runzelte die Stirn und ging langsam weiter.

Die Kolonisten hatten etliches geändert, dachte er. Was genau und wie, konnte er nicht so unvermittelt feststellen: Der Zaun dort – ein Teil war niedergerissen. In dem Graben neben der Straße wucherte das Unkraut. Als er sich den Graben näher besah, nahm er eine Bewegung im Harfengras jenseits davon wahr, hörte den Klang junger Stimmen. Neugierig geworden, sprang Coble über den Graben und teilte das Harfengras.

Ein Junge und ein Mädchen von etwa sechzehn standen in einem seichten Teich; das Mädchen hielt drei welke Blüten einer Wasserpflanze in der Hand. Der Junge küßte sie. Erschrocken blickten sie auf, und Inspektor Coble zog sich taktvoll zurück.

Als er wieder auf der Straße stand, sah er sich nochmals um. Wo zum Kuckuck waren alle? Die Felder – leer. Niemand arbeitete. Inspektor Coble zuckte die Achseln und ging weiter.

Er kam am Sanatorium vorbei und musterte es neugierig. Es kam ihm wesentlich größer vor, als er es in Erinnerung hatte: zwei Flügel und einige Notbaracken waren hinzugefügt worden. Es fiel ihm auf, daß der Kies der Einfahrt nicht so gepflegt war, wie man hätte erwarten können. Der auf der Seite geparkte Ambulanzwagen war schmutzig. Das ganze Areal wirkte leicht vernachlässigt. Zum zweitenmal blieb der Inspektor wie angewurzelt stehen. Musik? Aus dem Sanatorium?

Er bog in die Einfahrt ein und ging näher. Die Musik wurde deutlicher. Bedächtig stieß Inspektor Coble die große Tür auf. In der Aufnahmehalle waren acht oder zehn Leute – in bizarren Kostümen:

Federn, bunt gefärbten Grasröckchen, fantastischen Halsketten aus Glas und Metall. Aus einem Lautsprecher drang wilde Tanzmusik.

»Inspektor!« rief eine hübsche Frau mit blondem Haar. »Inspektor Coble! Sind Sie endlich da!«

Inspektor Coble starrte sie an. Sie trug eine Art Flickenjacke, die mit kleinen Eisenglöckchen besetzt war. »Sie – Sie sind Schwester Mary Dunton, nicht wahr?«

»Natürlich! Sie kommen gerade zur rechten Zeit! Wir veranstalten einen Maskenball – mit Kostümen und allem Drum und Dran!«

Bruder Raymond klopfte dem Inspektor herzlich auf die Schulter. »Fein, daß Sie hier sind, alter Junge! Trinken Sie mit uns – Apfelmost von der ersten Ernte!«

Inspektor Coble entzog sich seinem Griff. »Nein, nein, danke.« Er räusperte sich. »Ich muß meine Runde machen . . . aber vielleicht schaue ich später noch einmal vorbei.«

Inspektor Coble begab sich ins Grande-Montagne-Reservat. Unterwegs stellte er fest, daß ein Großteil der Häuser in der Kolonie bunt getüncht worden war, grün, blau, gelb; daß eine Menge Zäune niedergerissen worden waren; daß die Gärten ziemlich verwildert aussahen. Er kletterte den Pfad ins alte Streunerdorf hinauf, wo er den Häuptling interviewte. Die Streuner wurden offensichtlich nicht ausgebeutet, eingeschüchtert, betrogen, angesteckt, versklavt, gewaltsam bekehrt oder systematisch belästigt. Der Häuptling war außergewöhnlich guter Laune.

»Ich bringe den großen Teufel um«, erzählte er dem Inspektor. »Jetzt ist alles besser.«

Inspektor Coble hatte vor, zum Raumhafen zurückzukehren und sich unauffällig zu empfehlen, doch Bruder Raymond Dunton rief ihn an, als er an dem Bungalow des Ehepaars vorbeikam.

»Wie wär's mit einem Frühstück, Inspektor?«

»Abendessen, Liebling!« rief Mary von drinnen. »Urban ist eben untergegangen.«

»Aber Maude geht gerade auf.«

»Nun, Eier mit Speck gibt's – mögen Sie, Inspektor?«

Der Inspektor war müde; er konnte heißen Kaffee riechen. »Danke«, sagte er. »Ich hätte nichts dagegen.«

Nach den Eiern mit Speck, eine zweite Tasse Kaffee vor sich, sagte der Inspektor vorsichtig: »Sie beide scheinen sich recht wohl zu fühlen.«

Schwester Mary sah besonders reizend aus, da sie ihr leuchtendes Haar jetzt offen trug.

»Haben uns nie wohler gefühlt«, bestätigte Bruder Raymond. »Es ist einfach eine Sache des Rhythmus', Inspektor.«

Der Inspektor blinzelte verwirrt. »Rhythmus, wieso?«

»Genauer gesagt«, meinte Schwester Mary, »ist es der Verzicht auf einen Rhythmus.«

»Es begann«, sagte Bruder Raymond, »als wir unsere *Uhr* verloren.«

Nach und nach bekam Inspektor Coble die Geschichte heraus. Drei Wochen später, als er nach Surge City zurückgekehrt war, erzählte er seinem Kollegen, Inspektor Keefer, davon.

»Sie haben einen Großteil ihrer Kräfte darauf verschwendet, eine – nun, sagen wir, auf einer falschen Wirklichkeit zu beharren. Sie fürchteten alle den neuen Planeten. Sie konnten mit ihm einfach nicht warm werden, deshalb taten sie so, als sei er die Erde – versuchten ihn umzumodeln, ihn mit Gewalt zu einer zweiten Erde zu machen. Natürlich waren sie von Anfang an die Unterlegenen. Gloria ist die unzuverlässigste, ungeordnetste Welt, die man sich vorstellen kann. Die armen Kerle zwangen sich zu einem irdischen Lebensrhythmus, einer irdischen Zeiteinteilung, und das auf einer geradezu großartig chaotischen Welt!«

»Kein Wunder, daß sie alle überschnappten.«

Inspektor Coble nickte. »Anfangs, als die *Uhr* eben zerstört worden war, glaubten sie, jetzt sei alles aus. Empfahlen ihre Seelen Gott und warteten auf das Ende. Dann, denke ich mir, sind ein paar Tage vergangen – und sie stellten erstaunt fest, daß sie immer noch lebten. Daß ihnen das Leben sogar ungewohnt Spaß machte. Jetzt schliefen sie, wenn es dunkel wurde, arbeiteten, wenn eine Sonne schien.«

»Das klingt, als wäre das eine Welt, auf der man sich gern zur Ruhe setzen würde«, meinte Inspektor Keefer. »Kann man angeln auf Gloria?«

»Ich glaube, mit Fischen ist es dort nicht so gut bestellt. Aber wenn Sie was für Ziegenbraten übrig haben, dann nichts wie hin!«

Fritz Leiber

Raum-Zeit-Sprünge

Gummiez war ein ganz besonderer Katzenjüngling, eigentlich noch ein Kätzchen, mit einem Intelligenzquotienten von etwa 160. Natürlich konnte er nicht sprechen, aber man weiß ja wohl allgemein, daß IQ-Tests, die auf sprachlicher Ausdrucksfähigkeit beruhen, sehr einseitig sind. Außerdem würde er zu sprechen beginnen, sobald sie am Tisch für ihn deckten und ihn Kaffee trinken ließen. Assurbanipal und Kleopatra bekamen Dosenfleisch aus Schüsselchen auf dem Boden und konnten nicht sprechen. Baby bekam Milch in einer Flasche und konnte nicht sprechen. Sissy saß mit bei Tisch, aber sie gaben ihr keinen Kaffee, und sie konnte nicht sprechen – nicht ein Wort. Vater und Mutter (die Gummiez für sich Dosenfutter und Miez-Miez-Kooomm getauft hatte) saßen am Tisch und schenkten einander Kaffee ein, und *sie* konnten sprechen. Q.e.d.

Mittlerweile konnte er, Gummiez, recht gut mit Gedankenprojektion und intuitivem Begreifen der gesamten menschlichen Sprache durchkommen – von dem Katzenpatois ganz zu schweigen, das fast jedes zivilisierte Tier instinktiv beherrschte. Die dramatischen Monologe und sokratischen Dialoge, die Auftritte in Quiz- und Diskussionssendungen, die felidologische Expedition ins dunkelste Afrika (wo er die Wahrheit über Löwen und Tiger enthüllen würde), die Erforschung der äußeren Planeten – all dies konnte warten. Das galt auch für die Bücher, für die er unermüdlich Material sammelte: Die Enzyklopädie der Gerüche, Anthropofeline Psychologie, Unsichtbare Zeichen und Geheime Wunder, Raum-Zeit-Sprünge, Schlitzaugen sehen das Leben, und so fort. Im Augenblick war es genug, das Dasein von der Schwanzspitze bis zu den Schnurrbarthaaren auszukosten, Wissen zu sammeln und keine Erfahrung zu versäumen, die seinem Alter entsprach – nicht einmal, mit angesengtem Schwanz herumzusausen.

So blieb Gummiez allem äußeren Anschein nach ein ganz normales, wenn auch äußerst lebendiges Kätzchen, wie der Folge von Spitznamen zu entnehmen ist, die ihn auf dem zauberhaften Pfad vom blauäugigen Säuglingsalter bis zur Pubertät geleiteten: Winzy, Mauz, der Große Schnurrbartputzer (was auf hygienischen Gründen und nicht auf Eitelkeit beruhte), Tapser, Alter Vielfraß, Schmusekatz (liebevolle Veranlagung, nicht Sex), Streuner und Katznik.

Von diesen Namen erfordert wohl nur der letzte eine genauere Erläuterung: die Russen hatten eben ihrem Sputnik einen Hundnik (Sputnik plus Hund) nachgeschickt – wie also eines Abends Gummiez dreimal in der gleichen Richtung über das Firmament des Wohnzimmerbodens, vorbei an den Fixsternen der Menschen und den relativ viel langsameren Himmelskörpern der beiden älteren Katzen huschte, war es wohl unvermeidlich, daß Dosenfutter bemerkte: »Schaut mal – ein Katznik!«

Dieser neue Name hielt sich ganze drei Tage lang, bis er von Gummiez ersetzt wurde, was mit einer gewissen physischen Elastizität zusammenhing und anscheinend dauerhafter sein würde.

Die kleine Katze stand im Begriff, wirklich erwachsen zu werden, zumindest hörte Gummiez Dosenfutter eine diesbezügliche Bemerkung zu Miez-Miez-Kooomm machen. In ein paar kurzen Wochen, so sagte Dosenfutter, würde Gummiez harte Muskeln bekommen, sein schlanker Hals würde ein dicker Katerhals werden, seine knisternde Lebendigkeit sich nur mehr im Fell bemerkbar machen, kurzum, seine ganzen reizenden Kätzcheneigenschaften würden bald in den eingleisigen Charakter eines echten Katers münden. Sie könnten froh sein, schloß Dosenfutter, wenn er nicht ein so grantiger wie Assurbanipal wurde.

Gummiez lauschte diesen Vorhersagen mit fröhlicher Unbeteiligtheit und geheimem Amüsement, das auf seinem besseren Wissen beruhte. In der gleichen Geisteshaltung akzeptierte er viele Umstände seines nach außen hin so konventionellen Lebens: die mörderischen Seitenblicke, die er von Assurbanipal und Kleopatra erntete, wenn er sein Pferdefleisch aus seinem eigenen kleinen Blechtellerchen verschlang – sie bekamen nämlich manchmal Katzenfutter aus Dosen, er nie; dann die aufreizende Stupidität des Säuglings, der den Unterschied zwischen einer lebendigen Katze und einem ausgestopften Teddybären nicht kannte und seine Unkenntnis durch allerlei glucksende Geräusche zu verschleiern suchte und überdies einem nach den Augen stocherte; die weit ernstere – weil schlau bemäntelte – Bosheit von Sissy, vor der man sehr auf der Hut sein mußte, insbesondere, wenn man allein war, und deren stockende, ja abnorme Entwicklung, wie Gummiez wußte, die geheimste und schrecklichste Sorge von Dosenfutter und Miez-Miez-Kooomm war (mehr über Sissy und ihre Verworfenheit folgt in Kürze); schließlich die Beschränktheit von Miez-Miez-Kooomm, die trotz der Mengen Kaffee, die sie trank, genauso hirnlos war, wie es Kätzchen nach allgemeiner menschlicher Ansicht sind, und die zum Beispiel fest davon überzeugt war, daß Katzen sich in der gleichen Raumzeit bewegten wie andere Lebewesen – daß sie, um von *hier* nach *dort* zu kommen, den Raum *dazwischen* durchqueren müßten – und ähnliche entschuldbare Irrtümer; ebenso die geistige Schwerfälligkeit von Dosenfutter, der zwar einen großen Teil der geheimen Riten kannte und sich recht intelligent mit Gummiez unterhielt, wenn sie allein waren, der aber nichtsdestotrotz unter den Einschränkungen seines Status litt – ein recht netter alter Gott, aber leider ein aufreizend langsam denkender.

Gummiez fiel es jedoch leicht, all die Unzulänglichkeiten und Widrigkeiten dieses Katzen-Menschen-Haushalts zu übersehen, denn er war sich klar darüber, daß er allein die Wahrheit über sich und andere Kätzchen und auch Babys wußte, eine Wahrheit, die beschränkteren Geistern verborgen blieb, eine Wahrheit, die an sich so unglaubhaft war wie die Theorie, daß Keime Krankheiten verursachten, oder daß das ganze große Universum mit der Explosion eines einzigen Atoms begann.

Als sehr junges Kätzchen hatte Gummiez geglaubt, daß Dosenfutters zwei Hände haarlose Kätzchen waren, die zwar an den Enden von Dosenfutters Armen angewachsen waren, aber durchaus ein Eigenleben führten. Wie hatte er diese beiden fünfbeinigen, blassen Ungeheuer gehaßt und geliebt, die seine ersten Spielkameraden, Tröster und Kampfgegner gewesen waren!

Nun, selbst diese fantastische, längst überlebte Ansicht war alltäglich und harmlos, verglichen mit der Wahrheit über ihn selbst!

Die Stirn des Zeus spaltete sich und gebar Athene. Gummiez war aus der Bauchfalte eines schmuddeligen alten Bademantels, Dosenfutters häufigster Gewandung, geboren worden. Das Kätzchen war intuitiv davon überzeugt und hatte, einem Descartes oder Aristoteles gleich, sich selbst die logische Beweisführung erarbeitet. In einer kätzchengroßen Falte jenes ehrwürdigen Bademantels hatten sich die Atome seines Körpers zusammengefügt und waren zum Leben erwacht. Gummiez' älteste Erinnerung zeigte ihn eingewickelt in abgewetztes Frottee, friedlich schlummernd, gewärmt von Dosenfutters Körper. Miez-Miez-Kooomm und Dosenfutter waren seine wirklichen Eltern. Die andere Theorie seiner Abkunft, jene, die er hin und wieder Dosenfutter und Miez-Miez-Kooomm erzählen hörte – daß er nämlich das einzige überlebende Kätzchen von einem nebenan ausgesetzten Wurf gewesen sei, daß er an Vitaminmangel und Unterernährung fast eingegangen sei und dadurch seine

Schwanzspitze und die Haare auf seinen Pfoten verloren hätte und mit einer warmen, gelblichen Milch-Vitamin-Mixtur aus einem Augentropfer wieder auf die Beine gebracht werden mußte – diese andere Theorie war einfach eine dieser rationalisierenden Erklärungen, mit denen die geheimnisvolle Natur die Geburt von Helden bemäntelt, weise die Wahrheit jenen verhüllend, deren Geist nicht fähig war, sie zu ertragen. Dieser Rationalisierung war jedenfalls ebenso falsch wie Miez-Miez-Kooomms und Dosenfleischs rührender Glaube, daß Sissy und Baby ihre Kinder waren und nicht die Jungen von Assurbanipal und Kleopatra.

An dem Tag, da Gummiez rein intuitiv das Geheimnis seiner Geburt lüftete, hätte er sich im ersten Augenblick vor Aufregung fast in den Schwanz gebissen. Nur, indem er in die Küche raste und die Klauen in eine gebackene Muschel schlug und sie verschlang, nachdem er ihr zwanzig Minuten lang übel mitgespielt hatte, nur so konnte er verhindern, daß ihn diese grandiose Erleuchtung in Stücke riß.

Und das Geheimnis seiner Geburt war nur ein Anfang. Da nun seine intellektuellen Fähigkeiten geweckt waren, hatte Gummiez zwei Tage später ein weiteres, noch gewaltigeres Geheimnis entdeckt: da er das Kind von Menschen war, würde er, wenn er bald erwachsen wurde, wie Dosenfutter gesagt hatte, nicht zu einem grantigen Kater werden, sondern sich in einen gottgleichen menschlichen Jüngling mit rotgoldenem Haar verwandeln, der Farbe seines jetzigen Pelzes. Man würde ihm Kaffee einschenken, und er würde augenblicklich sprechen können, höchstwahrscheinlich in allen Sprachen. Sissy dagegen (wie klar nun alles wurde!) würde ungefähr zur gleichen Zeit zusammenschrumpfen und sich bepelzen und zu einem scharfkralligen und bösartigen Katzenmädchen werden, schwarz wie ihr Haar jetzt, ein Geschöpf, dem nur Sex und Egoismus etwas bedeuteten, eine passende Haremskollegin für Kleopatra und Konkubine von Assurbanipal.

Genau dasselbe galt auch, das begriff Gummiez sofort, für sämtliche Kätzchen und Babys, für alle Menschen und Katzen, wo immer sie auch lebten. Metamorphose war ebenso wie bei Insekten ein untrennbarer Teil ihres Lebens, außerdem natürlich die Grundlage für alle jene Legenden über Werwölfe, Vampire und Hexenkatzen.

Wenn man sich einmal von vorgefaßten Ansichten freimachte, sagte sich Gummiez, dann war das alles ganz logisch. Babys waren dumme, tolpatschige, gemeine Geschöpfe ohne Verstand und Sprechfähigkeit. Was war natürlicher, als daß sie zu stummen, egoistischen Tieren heranwuchsen, die sich nur um ihre Behaglichkeit, ihr Fressen und ihre Fortpflanzung kümmerten? Kätzchen dagegen waren flink, lebendig, empfindsam, feinfühlig und zärtlich. Welches andere Geschick konnte ihnen bestimmt sein als zu den geistvollen, sprechenden, schreibenden, musizierenden, Fleisch besorgenden und austeilenden Herren dieser Welt heranzuwachsen? Was nun rein physische Unterschiede anbelangt, so hieße es, den Wald vor lauter Bäumen nicht sehen, wollte man darauf hinweisen, daß Kätzchen und Menschen, Babys und Katzen weder nach Aussehen noch nach Größe besonders ähnlich sind – es wäre so, als würde ein Entomologe die Metamorphose von Insekten als ein Märchen abtun, weil er mit seinem Mikroskop nicht die Flügel eines Schmetterlings in einer fetten Raupe oder die eines schimmernden Käfers in einer Made finden konnte.

Trotzdem war es eine so gewaltige, revolutionäre Erkenntnis, daß Gummiez sehr gut verstand, warum die Menschen, Katzen, Babys und wohl auch die meisten Kätzchen keine Ahnung davon hatten. Wie kann man einem Schmetterling taktvoll erklären, daß er einst ein behaarter Kriechwurm war, oder einer unansehnlichen Larve, daß sie eines Tages ein lebendes Juwel werden wird? Nein, in solchen Situationen mußte der empfindsame Geist von Menschen wie Katzen durch eine gnädige Massenamnesie vor der Erkenntnis der Wahrheit geschützt werden – vergleichbar der Massenamnesie, die uns laut Velikovsky davor bewahrt, uns zu erinnern, daß die Erde noch in historischer Zeit in einer fürchterlichen Katastrophe von dem Planeten Venus angerempelt wurde, der sich wie ein Komet benahm, bevor er sich (gewiß mit einem kosmischen Seufzer der Erleichterung!) in seiner jetzigen Bahn niederließ.

Diese Schlußfolgerung wurde bestätigt, als Gummiez im ersten Fieber der Erleuchtung versuchte, seine große Erkenntnis anderen mitzuteilen. Er sprach im Katzenpatois, soweit es dieser nicht eben ausdrucksreiche Jargon erlaubte, zu Assurbanipal und Kleopatra davon, ja selbst zu Sissy und Baby, obwohl das wirklich ein Schuß ins Blaue war. Niemand zeigte auch nur das geringste Interesse, wenn man davon absieht, daß Sissy seine blinde Begeisterung ausnützte und ihn mit einer Gabel piekte.

Später, als er mit Dosenfutter allein war, strahlte er die grandiosen neuen Gedanken aus und starrte den alten Gott mit ernsten gelben Augen an, bis dieser merklich unruhig wurde, ja bereits Anzeichen von echter Furcht erkennen ließ, so daß Gummiez von seinen Kommunikationsbemühungen abließ. (»Ich hätte schwören mögen, daß er mir etwas mindestens so Tiefsinniges wie Einsteins Theorie oder die Doktrin der Erbsünde mitteilen wollte«, erzählte Dosenfutter später Miez-Miez-Kooomm.)

Gummiez war jedoch jetzt in allem bis auf das Äußere ein Mensch, das rief er sich nach diesen Fehlschlägen in Erinnerung, und es war wohl Teil seiner Bestimmung, allein die Last eines Geheimnisses zu tragen, wenn es nötig war. Er fragte sich, ob die allgemeine Amnesie ihn nach seiner Metamorphose auch überkommen würde. Diese Frage ließ sich nicht im vorhinein beantworten, doch er hoffte, daß er eine Ausnahme war – und manchmal glaubte er zu fühlen, daß seine Hoffnung begründet war. Vielleicht würde er der erste echte Kätzchenmensch werden, in dessen Wissen es keine verschlossenen Türen mehr gab.

Einmal geriet er in Versuchung, den Prozeß durch Drogen zu beschleunigen. Niemand sonst war in der Küche, also sprang er auf den Tisch und begann die schwarze Pfütze am Grund von Dosenfutters Kaffeetasse aufzulecken. Das Zeug schmeckte bitter und giftig, und er zog sich mit einem leisen, spuckenden Fauchen zurück, erschrocken und auch abgestoßen. Der dunkle Trank würde, das war ihm nun klar, seine zungenlösende Wirkung erst zur richtigen Zeit und mit den richtigen Zeremonien ausüben. Wahrscheinlich waren auch diverse Zaubersprüche erforderlich. Gewiß war, daß unerlaubtes Kosten sehr gefährlich war.

Gummiez erhielt einen weiteren Beweis dafür, daß Kaffee allein keine Wunder wirkte, als Miez-Miez-Kooomm auf die stumme Forderung von Sissy hin dem kleinen Mädchen ein paar Löffel voll gab, nachdem sie das Getränk zuvor mit ausgiebig Milch und Zucker gemildert hatte. Natürlich wußte Gummiez inzwischen, daß Sissy sich bald in eine Katze verwandeln mußte, und daß keine noch so große Dosis Kaffee sie jemals zum Sprechen bringen würde, aber es war trotzdem sehr lehrreich zu sehen, wie vehement sie den ersten Mundvoll ausspuckte, ein wenig Speichel nachrinnen ließ, und die Tasse samt Inhalt Miez-Miez-Kooomm ins Gesicht schleuderte.

Natürlich empfand Gummiez auch weiterhin großes Mitgefühl mit seinen Eltern, weil sie sich solche Sorgen wegen Sissy machten, und er sehnte sich nach dem Tag seiner Metamorphose, da er als echtes Menschenkind imstande sein würde, sie zu trösten. Es brach ihm fast das Herz, ihre verzweifelten Versuche, das kleine Mädchen zum Reden zu bewegen, mitansehen zu müssen. Immer versuchten sie es, wenn der andere gerade nicht da war, und stürzten sich begierig auf jeden zufällig wortähnlichen Ton, den sie ausstieß und wiederholten ihn hoffnungsvoll . . . Mehr und mehr erfaßte die beiden Unbehagen, ja Furcht, weniger wegen der verzögerten (wie sie dachten) Entwicklung ihrer Tochter, sondern wegen ihrer immer deutlicher zutage tretenden Bösartigkeit, die sich hauptsächlich gegen Baby richtete . . . obwohl die beiden Katzen und Gummiez auch ihr Teil zu tragen hatten. Einmal erwischte sie Baby allein in seiner Wiege und benutzte die scharfe Ecke eines Spielklötzchens, um Babys flaumbedeckten Kopf mit dreieckigen roten Druckstellen zu verzieren. Miez-Miez-Kooomm ertappte sie dabei, doch das erste, was die Frau tat, war, Babys Kopf zu massieren, damit die Druckstellen verschwanden und Dosenfutter nichts von dem Vorfall merkte. Das war der Abend, an dem Miez-Miez-Kooomm die Bücher über abnorme Psychologie versteckte.

Gummiez verstand sehr gut, daß Miez-Miez-Kooomm und Dosenfutter, da sie ehrlich überzeugt waren, Sissys Eltern zu sein, ihretwegen geradeso tief bekümmert waren, als wären sie es wirklich gewesen. So bemühte er sich, ihnen wenigstens soweit zu helfen, als es die augenblicklichen Umstände gestatteten. Seit einiger Zeit empfand er eine Art Zuneigung für Baby – diese armselige kleine Protokatze war so schrecklich dumm und hilflos – und so ernannte er sich selbst zum inoffiziellen Wächter des kleinen Wesens, machte fürderhin seine Nickerchen hinter der Tür des Kinderzimmers und jagte mit viel Getöse umher, wann immer Sissy auftauchte. Er begriff jedenfalls, daß er als zukünftiges, erwachsenes Mitglied eines Menschen-Katzen-Haushalts gewisse selbstverständliche Pflichten hatte.

Sich seiner Pflichten bewußt zu sein, gehörte nach Gummiez' Ansicht ebenso zum Leben eines Kätzchens wie das Hüten von unaussprechlichen Geheimnissen und Erkenntnissen, deren Zahl sich übrigens von Tag zu Tag mehrte.

Da war zum Beispiel der Vorfall mit dem Eichhörnchenspiegel.

Gummiez hatte bereits frühzeitig das Geheimnis gewöhnlicher Spiegel und der darin erscheinenden Wesen gelöst. Eine kurze Begutachtung und ein flüchtiges Beriechen sowie ein etwas unrühmlicher Versuch, hinter den massiven Wandspiegel im Wohnzimmer zu kriechen, hatten ihn davon überzeugt, daß die Spiegelwesen entweder immateriell oder zumindest hermetisch in ihre eigene Welt eingeschlossen waren, rein geistige Geschöpfe, harmlose, alles imitierende Gespenster – und das stumme Gummiez-Double, das sanft und doch so kühl einen Pfotendruck mit ihm gewechselt hatte, gehörte zweifelsohne zu ihnen.

Dessenungeachtet spielte Gummiez in seiner Fantasie mit dem Gedanken, wie es wäre, wenn er eines Tages in die Spiegelwelt schaute und ihm sein eigener Geist entglitt und hinüberwechselte in den Gummiez-Doppelgänger, während dessen Geist in seinen Körper überging – kurz, wenn er mit dem geruchlosen Geisterkätzchen die Rollen tauschte. Zu einem zur Gänze aus Nachahmung bestehenden Leben verurteilt zu sein, in dem es völlig an Gelegenheiten mangelte, Initiative zu beweisen, das würde gräßlich langweilig sein, entschied Gummiez, selbst wenn die Geisterkatze hinter der Szene einiges zu tun hatte, um rechtzeitig von einem Spiegel zum anderen zu gelangen, zugleich mit dem echten Gummiez. Er beschloß, in der Nähe von Spiegeln immer gut auf seinen Geist aufzupassen.

Aber wir wollten von dem Vorfall mit dem Eichhörnchenspiegel berichten. Eines Morgens spähte Gummiez aus dem Fenster des vorderen Schlafzimmers, von dem aus man über das Verandadach hinwegsah. Gummiez hatte Fenster längst als Semi-Spiegel eingestuft, auf deren anderer Seite es zwei Welten gab: die Spiegelwelt, und jene geheimnisvolle Region gefährlich klingender Geräusche und undurchschaubarer Vorgänge, die man die Außenwelt nannte, und in die sich die erwachsenen Menschen von Zeit zu Zeit hinauswagten, nachdem sie Spezialkleidung angelegt und laute Abschiedsgrüße gerufen hatten, die tröstend wirken sollten, doch gerade das Gegenteil erreichten. Das gleichzeitige Vorhandensein von zwei Arten Raum stellte kein Paradoxon für ein Kätzchen dar, in dessen Gedächtnis ein 27 Kapitel langes Exposé von *Raum-Zeit-Sprünge* druckreif bereitlag – es war vielmehr eines der Nebenthemen des Buches.

An diesem Morgen war es im Schlafzimmer recht dunkel, und in der Außenwelt war es trüb und sonnenlos, deshalb konnte man die Spiegelwelt ungewöhnlich schwer wahrnehmen. Gummiez hob eben mit zuckendem Näschen das Gesicht, die Vorderpfoten noch auf dem Fenstersims, um besser sehen zu können, als plötzlich auf der anderen Seite, genau an der Stelle, die normalerweise der Gummiez-Doppelgänger einnahm, ein schmutzigbraunes, schmalschnäuziges Gesicht mit entsetzlich niedriger Stirne, bösen, dunklen Äuglein und gewaltigen, schaufelförmigen Zähnen auftauchte.

Gummiez erschrak furchtbar. Er fühlte, wie ihm sein Geist zu entgleiten drohte, und teleportierte sich unwillkürlich drei Meter zurück – in Ausnützung jener Fähigkeit, Abkürzungen im Raum-Zeit-Kontinuum zu nehmen, genaugenommen durch Bewegung in der vierten Dimension: eine seiner Künste, an die zu glauben Miez-Miez-Kooomm sich strikt weigerte, und die selbst Dosenfutter nicht ganz geheuer vorkamen.

Jetzt zögerte er keine Sekunde, wirbelte auf seinem bepelzten Hinterteil herum, raste mit Höchstgeschwindigkeit die Treppe hinunter, sprang auf die Lehne des Sofas und starrte eine volle Minute lang unverwandt den Gummiez-Doppelgänger im Wandspiegel an – nicht eine Muskelfaser entspannte er, bis er sich hundertprozentig überzeugt hatte, daß er immer noch er selber war und nicht in dieses häßliche braune Wesen verwandelt worden war, das ihm im Schlafzimmerfenster konfrontiert worden war.

»Weißt du, was jetzt wieder in ihn gefahren ist?« erkundigte sich Dosenfutter bei Miez-Miez-Kooomm.

Später erfuhr Gummiez, daß er ein Eichhörnchen gesehen hatte, ein wildes, Nüsse jagendes Geschöpf, das zur Gänze der Außenwelt angehörte (abgesehen von sporadischen Streifzügen in Dachkammern) und nicht der Spiegelwelt. Trotzdem konnte er seine sekundenlange, tiefe Überzeugung nicht vergessen, daß das Eichhörnchen den Platz des Gummiez-Doppelgängers eingenommen hatte und im Begriff stand, sich auch den seinen anzueignen. Ihm schauderte bei dem Gedanken, was geschehen wäre, hätte das Eichhörnchen tatsächlich mit ihm den Geist austauschen wollen. Anscheinend waren Spiegel und Spiegelbilder wirklich, wie er immer gefürchtet hatte, sehr förderlich für einen Seelentransfer. Er speicherte die Information in jener Kammer seines Gedächtnisses, die für gefährliche, aufregende und möglicherweise brauchbare Fakten reserviert war, wie zum Beispiel den Plan, eine senkrechte Glasfläche hinaufzuklettern (mit diamantenverstärkten Krallen!), oder über die höchsten Baumwipfel hinauszufliegen.

In diesen Tagen begannen sich seine Gedächtniskammern bis zum Bersten zu füllen, und er konnte kaum den Augenblick erwarten, da der wahre, volle Geschmack von Kaffee, zur rechten Zeit getrunken, ihm die Gabe der Sprache verleihen würde.

Er sah die Szene in allen Einzelheiten vor sich: das Familienkonklave am Küchentisch, Assurbanipal und Kleopatra als ehrfürchtiges Parterrepublikum, er selber aufrecht in einem Sessel, leicht die dünne Porzellantasse mit den Pfoten (oder würden es Hände sein?) festhaltend, während Dosenfutter in dünnem Strahl das schwarze, dampfende Getränk einschenkte. Gummiez fühlte, daß die Große Verwandlung kurz bevorstand. Zur gleichen Zeit fühlte er, daß eine weitere kritische Situation ihrem Höhepunkt zustrebte. Sissy, erkannte er, war viel älter als Baby und hätte schon längst ihre wohl weniger glorreiche, doch ebenso nötige Verwandlung durchmachen müssen (das erste Schüsselchen mit rohem Pferdefleisch war wohl kaum so aufregend wie die erste Tasse Kaffee). Es war wirklich allerhöchste Zeit. Gummiez graute immer mehr vor diesem stummen, vampirhaften Wesen, das den Körper eines rasch wachsenden kleinen Mädchens bewohnte, aber selbst nichts als eine blutgierige weibliche Katze war. Wie schrecklich war der Gedanke, daß Dosenfutter und Miez-Miez-Kooomm ihr Leben lang für ein solches Ungeheuer sorgen müßten! Gummiez entschloß sich, daß er keinen Augenblick zögern würde, sollte sich je eine Gelegenheit bieten, das Unglück seiner Eltern zu vermindern.

Eines Nachts dann, als die Vorahnung der Veränderung ihn so stark überkam, daß er wußte, morgen war es soweit – eines Nachts, als das Haus von einer seltsamen Unruhe erfüllt war, Dielen knarrten und knackten, Wasserhähne tropften und Vorhänge sich geheimnisvoll bewegten, obwohl die Fenster geschlossen waren (was deutlich zeigte, wie nahe in jener Nacht die vielen Geisterwelten einschließlich der Spiegelwelt der wirklichen waren), da kam jene Gelegenheit für Gummiez.

Miez-Miez-Kooomm und Dosenfutter schliefen tief und betäubt – erstere arg mitgenommen von einer heftigen Erkältung, letzterer von einem unseligen Whiskysoda zuviel (Gummiez wußte, daß er sich wegen Sissy Sorgen gemacht hatte). Auch Baby schlief, doch mit unruhigem Wimmern und Strampeln – der Mond schien voll in sein Bettchen, da das Rolleau ohne menschliches oder kätzisches Zutun schnarrend hochgesaust war. Gummiez hielt unter dem Bett Wache, die Augen geschlossen, während sein Geist in größter Aufregung bis in die äußersten Winkel des Hauses vordrang, ja sich selbst hier und da in die anderen Welten vorwagte. In dieser Nacht aller Nächte war Schlaf undenkbar.

Plötzlich vernahm er Schritte, Schritte, die so leise waren, daß er zuerst dachte, sie stammten von Kleopatra.

Nein, sie waren noch leiser, so leise, daß sie fast wie das lautlose Tappen des Gummiez-Doppelgängers wirkten, der vielleicht doch endlich aus seiner Spiegelwelt entkommen war und durch die dunklen Zimmer näher und näher schlich. Der Fellstreifen längs seines Rückgrats sträubte sich knisternd.

Da tauchte Sissy im Kinderzimmer auf. Sie sah zierlich aus wie eine ägyptische Prinzessin in ihrem langen, dünnen gelben Nachthemd, und sie wirkte ebenso selbstsicher, aber ihre Katzennatur war in dieser Nacht besonders stark: ihre Augen blickten starr und ausdruckslos, ihre kleinen, weißen Eckzähne waren leicht entblößt – hätte Miez-Miez-Kooomm sie so gesehen, sie wäre sofort zum Telefon gestürzt und hätte jene Nummer gewählt, die sie immer versteckt hielt, die Telefonnummer des besonderen Doktors. Gummiez begriff, daß er Zeuge einer ungeheuerlichen Verletzung der Naturgesetze wurde, denn wie sonst konnte dieses Wesen auch nur einen Augenblick länger existieren, ohne einen Pelz zu bekommen und schmale Spaltpupillen statt runden.

Er zog sich in die dunkelste Ecke des Zimmers zurück und unterdrückte ein Fauchen.

Sissy trat an die Wiege und beugte sich im Mondlicht über den Säugling, achtete aber darauf, daß ihr Schatten nicht auf ihn fiel. Eine Weile starrte sie ihn nur kalt an. Dann fing sie an, über seine Wange zu kratzen – mit einer langen Hutnadel, die sie mitgebracht hatte. Sie kam dem Auge sehr nahe mit der Spitze, gefährlich nahe. Baby wachte auf und sah sie und weinte nicht, rührte sich nicht. Sissy kratzte ein wenig fester. Das Mondlicht glitzerte auf dem Schmuckknopf am Ende der Nadel.

Gummiez wußte, daß er es hier mit etwas Entsetzlichem zu tun hatte, gegen das kein Herumtoben, Fauchen oder Schreien half. Nur mit Magie konnte man eine so offensichtlich übernatürliche Manifestation bekämpfen. Auch war dies nicht der Augenblick, an die Folgen zu denken, selbst wenn sie seinem wachen Geist mit bitterer Deutlichkeit vor Augen standen.

Er sprang auf den anderen Rand des Bettchens hinauf, lautlos, richtete aus dem Mondlicht heraus seine gelben Augen auf Sissy und fing ihren Blick ein. Dann bewegte er sich geradewegs auf ihr böses Gesicht zu, ganz langsam, ohne Eile; indem er sein außerordentliches Wissen um die Eigenschaften des Raums anwendete, *glitt er durch ihre Hand, ihren Arm, als sie mit der Hutnadel nach ihm stach.* Wie seine Nasenspitze endlich kaum einen Zentimeter vor der ihren haltmachte, konnte sie seinem Blick nicht mehr ausweichen. Und jetzt schleuderte er ohne Zögern seinen Geist in sie hinein wie ein Bündel flammender Pfeile und machte den Spiegelzauber.

Sissys monderhelltes Gesicht, eine erschrockene Katzenfratze, war in gewissem Sinn das letzte, was Gummiez, das wahre Gummiez-Kätzchen, von dieser Welt sah. Denn im nächsten Augenblick fühlte er, wie sich die dumpfe, dunkle Wolke von Sissys Geist um ihn legte. Zur gleichen Zeit hörte er das kleine Mädchen rufen, sehr laut, sehr schrill und sehr deutlich: *»Mama!«*

Dieser Schrei hätte Miez-Miez-Kooomm selbst aus dem Grab geholt, geschweige denn aus noch so tiefem, schnupfendumpfem Schlaf. Binnen Sekunden war sie im Kinderzimmer, gefolgt von Dosenfutter, und hatte das kleine Mädchen in die Arme genommen. Immer wieder sagte es das wunderbare Wort und ließ, ein noch viel größeres Wunder, die Aufforderung folgen: »Halt mich fest!« Da gab es keine Zweifel mehr, selbst Dosenfutter hatte es gehört.

Dann traute sich Baby endlich zu weinen. Die Kratzer auf seiner Backe wurden entdeckt, und Gummiez – wie von ihm vorausgesehen – wurde unter Entsetzensrufen und Beschimpfungen von Miez-Miez-Kooomm in den Keller verbannt.

Dem kleinen Kater machte das nichts aus. Kein Keller konnte auch nur ein Zehntel so dunkel sein wie Sissys Geist, der ihn nun für immer gefangenhielt und all die schönen Karteikästen und Aktenmappen seines Gedächtnisses verhüllte und jene oft vorgestellte Szene des ersten Kaffeetrinkens und ersten Sprechens verblassen ließ.

Bevor er vollständig in tierhaftem Dunkel versank, begriff Gummiez in einer letzten, intuitiven Erkenntnis noch, daß der Geist nicht dasselbe ist wie das Bewußtsein, und daß man wohl den Geist verlieren, nein, opfern kann, aber immer noch mit dem Bewußtsein belastet ist.

Dosenfutter hatte die Hutnadel gesehen (und hastig vor Miez-Miez-Kooomm versteckt), deshalb wußte er sehr genau, daß die wahre Situation nicht dem Anschein entsprach und Gummiez irgendwie zum Sündenbock gemacht worden war. Er versuchte, Abbitte zu leisten, wenn er dem kleinen Kater während dessen Exil das Futterschüsselchen in den Keller hinunterbrachte. Für Gummiez war das ein Trost, allerdings nur ein recht geringer. In seiner neuen, dumpfen, stockenden Denkweise sagte sich Gummiez, daß schließlich und endlich der beste Freund einer Katze ihr Mensch war.

Von jener Nacht an gab es in Sissys Entwicklung nicht mehr die geringsten Rückschläge. Binnen zwei Monaten hatte sie die Sprechfortschritte von drei Jahren gemacht. Sie wurde ein außergewöhnlich kluges, leichtfüßiges, fröhliches kleines Mädchen. Sie erzählte nie jemandem davon, aber das mondhelle Kinderzimmer und Gummiez' riesiges Gesicht waren ihre ersten Erinnerungen. Alles davor war dumpfe Schwärze. Auf etwas zurückhaltende Art war sie immer sehr nett zu Gummiez. Sie machte jedoch nie das Spiel mit, bei dem man einander in die Augen starrt, bis einer den Blick abwendet.

Nach einigen Wochen überwand Miez-Miez-Kooomm ihre Besorgnis, und Gummiez wurde wieder in Gnaden aufgenommen und konnte sich frei im Haus bewegen. Inzwischen aber war die Veränderung, von der Dosenfutter gesprochen hatte, eingetreten. Gummiez war kein Kätzchen mehr, sondern ein stämmiger Kater. In psychischer Hinsicht bewirkte die Veränderung nicht, daß er grantig oder unfreundlich wurde, sondern lediglich ungeheuer würdevoll. Manchmal wirkte er wie ein alter Seeräuber, der über vergrabene Schätze nachbrütet, über ferne Küsten voller Abenteuer, die er nie mehr erreichen würde. Und manchmal, wenn man ihm in die gelben Augen schaute, begriff man, daß hinter dieser pelzigen Stirn das gesammelte Material für das Buch *Schlitzaugen sehen das Leben* – zumindest drei oder vier Bände – lag, wenn er es auch nie schreiben würde. Und das war, wie man einsehen wird, ganz natürlich, da es sein Schicksal war (wie Gummiez selbst mit bitterer Deutlichkeit erkannte), das einzige Kätzchen der Welt zu sein, das nicht zu einem Menschen heranwuchs.

Philip K. Dick

Foster, du bist tot

Die Schule war eine Qual wie immer. Heute war es allerdings besonders schlimm.

Mike Foster flocht seine beiden wasserfesten Körbe fertig und saß dann still da, während um ihn herum die anderen Kinder sich weiter mit ihren Arbeiten beschäftigten. Draußen über dem Stahlbetongebäude schien eine matte Nachmittagssonne. Grüne und braune Hügel schimmerten in der kühlen Herbstluft. Am Himmel kreisten ein paar NATS über der Stadt.

Die plumpe, bedrohliche Gestalt der Lehrerin, Mrs. Cummings, näherte sich leise seinem Pult. »Foster, bist du schon fertig?«

»Ja, Frau Lehrerin«, antwortete er eifrig. Er schob ihr die Körbe hin. »Kann ich jetzt gehen?«

Mrs. Cummings besah sich die Körbe prüfend. »Und wie weit bist du mit deinen Fallen?« wollte sie wissen.

Er suchte in seinem Fach herum und holte die zwei komplizierten Kleintierfallen heraus. »Alles fertig. Schauen Sie, ich hab' auch mein Messer schon hergerichtet.« Er zeigte ihr die rasiermesserscharfe Klinge seines Messers, die er aus einem gebrauchten Benzinbehälter gemacht hatte. Sie nahm das Messer und prüfte zweifelnd mit dem Daumen die Klinge.

»Nicht stark genug«, stellte sie fest. »Du hast es zu sehr geschliffen. Es wird seine Schärfe verlieren, kaum daß du es einmal verwendet hast. Geh hinunter in die große Waffenwerkstatt und schau dir die Messer an, die sie dort haben. Dann such dir eine dickere Klinge und schleif sie nicht wieder so zu Tode.«

»Mrs. Cummings«, flehte Mike Foster, »kann ich das nicht *morgen* machen? Ich möchte es nicht jetzt machen, bitte!«

Der Rest der Klasse hörte interessiert zu. Mike Foster wurde rot; er haßte es, aufzufallen und angestarrt zu werden, aber er *mußte* hier heraus. Er konnte einfach keine Minute länger in der Schule bleiben.

Mrs. Cummings ließ sich nicht erweichen. »Morgen ist Grabetag. Da wirst du keine Zeit haben, an deinem Messer zu arbeiten.«

»Bestimmt«, versprach er hastig. »Nach dem Graben.«

»Nein, du bist nicht so tüchtig im Graben.« Die Frau musterte die mageren Arme und Beine des Jungen. »Ich glaube, du machst dein

Messer lieber heute fertig. Und bleibst morgen den ganzen Tag auf dem Übungsplatz.«

»Wozu ist diese Graberei überhaupt gut?« fragte Mike Foster verzweifelt.

»Jeder muß wissen, wie man gräbt«, antwortete Mrs. Cummings geduldig. Rundherum gab es Gekicher und Getuschel; sie brachte ihre Schüler mit einem erzürnten Blick zum Schweigen. »Ihr wißt alle, wie wichtig Graben ist. Wenn der Krieg beginnt, wird die ganze Oberfläche bald mit Schutt und Geröll bedeckt sein. Wenn wir überleben wollen, müssen wir uns unter die Erde graben können, nicht? Hat jemand von euch schon einmal einen Maulwurf gesehen, der nach Pflanzenwurzeln gräbt? Der Maulwurf weiß, daß es unter der Erde gute Sachen gibt. Wir alle werden kleine, braune Maulwürfe sein. Wir müssen alle lernen, uns durch den Schutt hinunterzugraben, die guten Sachen auszugraben, denn dann wird es nur noch dort welche geben.«

Mike Foster saß bedrückt da und spielte mit seinem Messer. Mrs. Cummings verließ seinen Platz und ging die Sitzreihe entlang. Ein paar Kinder warfen ihm spöttische Blicke zu, aber davon merkte er in seinem Elend nichts. Graben würde ihm nichts nützen. Wenn die Bomben kamen, würde es ihn sofort erwischen. Die zahllosen Impfungen und Spritzen, die er an Armen und Beinen und am Hinterteil bekommen hatte, würden ihm nichts mehr nützen. Sein Taschengeld hatte er auch schon ausgegeben: nein, Mike Foster würde gar keine Gelegenheit mehr haben, irgendwelchen Bakterien zum Opfer zu fallen. Nicht, solange . . .

Er sprang auf und folgte Mrs. Cummings zu ihrem Pult. In gequälter Verzweiflung platzte er heraus: »Bitte, ich muß gehen, ich muß etwas erledigen. Bitte!«

Mrs. Cummings verzog grimmig den Mund. Dann ließ die Angst in den Augen des Jungen sie innehalten. »Was ist los?« fragte sie. »Fühlst du dich nicht gut?«

Der Junge stand wie versteinert vor ihr und brachte keine Antwort heraus. Die Klasse fand die Szene unterhaltsam, kicherte und flüsterte, bis Mrs. Cummings erbost mit einem Schreiber aufs Pult klopfte. »Ruhe!« fauchte sie. Ihre Stimme verlor etwas von ihrer Strenge: »Michael, wenn du nicht richtig funktionierst, dann geh hinunter in die Psychoklinik. Es hat keinen Sinn, daß du zu arbeiten versuchst, solange du unvollkommen angepaßt bist. Miß Grooves wird dir gerne helfen, dich zu optimieren.«

»Nein«, sagte Foster.

»Was hast du denn dann?«

Die Klasse wurde unruhig, mehrere Stimmen antworteten anstelle von Foster, der vor Beschämung und Angst kein Wort hervorbrachte. »Sein Vater ist ein Anti-S«, erklärten die Stimmen. »Sie haben keinen Bunker zu Hause. – Und er ist auch nicht für den Zivilschutz registriert. – Sein Vater hat nicht einmal die Gebühr für die NATS gezahlt. – Sie haben einfach überhaupt nichts getan.«

Mrs. Cummings starrte den sprachlosen Jungen erstaunt an. »Ihr habt keinen Bunker?«

Er schüttelte den Kopf.

Ein sonderbares Gefühl bemächtigte sich der Frau. »Aber . . .« Sie hätte beinahe gesagt, *aber ihr werdet da oben umkommen.* Statt dessen sagte sie: »Aber wohin wollt ihr gehen, wenn es ernst wird?«

»Nirgends hin«, antworteten die boshaften Stimmen. »Alle Leute werden sicher in ihren Bunkern sitzen, und er wird noch oben sein. – Er hat nicht einmal eine Karte für den Schulbunker.«

Mrs. Cummings war entsetzt. In ihrer unbeteiligten Lehrerinnenart hatte sie es für selbstverständlich gehalten, daß jeder Schüler eine Einlaßkarte für die ausgeklügelten unterirdischen Schutzräume besaß. Aber natürlich war dem nicht so. Nur Kinder, deren Eltern dem ZS angehörten, die dazu beitrugen, die Gemeinschaft verteidigungsfähig zu machen, die ihren Beitrag für die Nationalen Sicherheits-Flieger zahlten, durften in den Bunker. Und wenn Fosters Vater ein Anti-S war . . .

»Er hat Angst, hier zu sitzen«, murmelten die Stimmen kalt. »Er hat Angst, daß es passiert, während er hier ist, und alle anderen sicher im Bunker sind, nur er nicht.«

Langsam wanderte er durch die Straßen, die Hände tief in die Hosentaschen vergraben. Hin und wieder trat er nach einem Stein auf dem Gehsteig. Die Sonne war im Untergehen. Stumpfnasige Pendlerraketen spien müde Menschen aus, die froh waren, nach einem Arbeitstag in der Fabriksregion hundert Meilen westlich nach Hause zu kommen. Auf den Hügeln in der Ferne blitzte etwas auf: eine Radarantenne rotierte lautlos in der abendlichen Dämmerung. Die kreisenden NATS bekamen Verstärkung. Die Dämmerstunden waren am gefährlichsten. Sichtbeobachter konnten schnelle, tieffliegende Fernlenkgeschosse nicht mehr erkennen. Wenn die Geschosse kamen.

Ein Nachrichtenautomat rief ihm eifrig die neuesten Meldungen zu, als er vorbeiging. Krieg, Tod, fantastische neue Waffen im In- und Ausland. Er zog die Schultern hoch, als ob ihn fröre, und ging weiter, an den kleinen Betonkästen vorbei, die als Häuser dienten, alle völlig gleichartige, verstärkte Schutzunterkünfte. Weiter vorne erhellten grelle Leuchtreklamen die Dämmerung: das Geschäftsviertel, voll hastender Menschen, voll Verkehr.

Einen Häuserblock vor dem hellen Neonschein blieb er stehen. Hier auf der rechten Seite war ein öffentlicher Bunker mit dem dunklen, tunnelartigen Eingang, den ein automatisches Drehkreuz versperrte. Der Einlaß kostete fünfzig Cent. Wenn er hier auf der Straße war, wenn es passierte, *und* wenn er fünfzig Cent besaß, war alles in Ordnung. Er war schon oft während eines Probealarms in die öffentlichen Bunker geflüchtet. Manchmal aber – und diese Gelegenheiten blieben wie ein Alptraum in seinem Gedächtnis haften – hatte er keine fünfzig Cent mehr gehabt. Er war stumm und entsetzt auf der Straße stehengeblieben, während die Menschen aufgeregt an ihm vorbeiströmten und von allen Seiten her das unheilschwangere Heulen von Sirenen auf ihn einstürmte.

Langsam ging er weiter, bis er die am hellsten und aufwendigsten beleuchtete Stelle erreichte, die riesigen, luxuriösen Schauräume von General Electronics, zwei Häuserblocks lang, von allen Seiten her angestrahlt, ein gewaltiger Quader aus Licht und Farbe und Glanz. Er blieb stehen und starrte zum millionsten Mal all die wunderbaren Dinge, die faszinierenden Ausstellungsstücke an, die ihn immer, wenn er vorbeikam, mit hypnotischer Kraft anzogen.

In der Mitte des gewaltigen Ausstellungssaals stand ein einzelnes Riesending. Eine komplizierte Apparatur, aus pulsierenden Maschinen, Verstärkungsstreben, mächtigen Wänden und Balken und Schleusen. Alle Scheinwerfer waren darauf konzentriert; riesige Plakate machten auf die hundertundeins Vorteile aufmerksam, die dieses Wunder aufwies – als hätte irgendjemand daran zweifeln können.

> DER NEUE BOMBEN- UND STRAHLUNGSSICHERE UNTERGRUNDBUNKER IST DA!
>
> Sehen Sie sich die vielen Verbesserungen an:
> - automatischer Schleusenlift – funktionssicher, eigene Energieversorgung, Superversiegelung
> - Dreifachgehäuse – garantiert keine Deformation bis 5 g
> - A-Energie versorgtes Heiz- und Kühlsystem – Luftreinigungsanlage selbstwartend

- drei Entseuchungsstufen für Nahrungsmittel und Wasser
- vier Hygienephasen für bakteriologische Entseuchung vor Eintritt
- komplette, antibiotische Rezirkulationsanlage
- bequeme Teilzahlung

Er starrte den Bunker lange Zeit an. Im wesentlichen war das Ding eine Art Tank mit einem Stutzen an der einen Seite, nämlich dem Liftschacht, und einer Notluke auf der anderen. Der Bunker war völlig unabhängig von der Umgebung – eine Welt im Kleinen, die Licht, Wärme, Luft, Wasser, Medikamente und einen fast unerschöpflichen Lebensmittelvorrat enthielt. Die volle Ausstattung umfaßte Film- und Tonbänder, Unterhaltungsstoff, Betten, Stühle, Videoschirm, kurz, alles, was zu einem oberirdischen Heim gehörte. Genaugenommen war es ein Heim, ein Heim unter der Erde. Allen Bedürfnissen und Wünschen war Rechnung getragen. Hier konnte eine Familie sich wohl und sicher fühlen, selbst während des schwersten H-Bombenangriffs oder bei bakteriologischer Verseuchung.

Der Bunker kostete zwanzigtausend Dollar.

Während er stumm in den eindrucksvollen Ausstellungsraum starrte, trat einer der Verkäufer heraus auf den dunklen Gehweg, weil er in die Imbißstube nebenan wollte. »Hallo, Kleiner«, sagte er automatisch, als er an Mike Foster vorbeikam, »nicht übel, was?«

»Darf ich einmal hinein?« fragte Foster schnell. »Kann ich ganz kurz mit dem Lift runter?«

Der Verkäufer blieb stehen, als er den Jungen erkannte. »Du bist doch der Bursche«, sagte er lauernd, »dieser lästige Bursche, der uns öfters auf den Wecker fällt mit solchen Wünschen, was?«

»Ich möchte nur einmal hinein. Nur ein paar Minuten lang. Ich werde nichts kaputtmachen – bestimmt. Ich werde überhaupt nichts angreifen.«

Der Verkäufer war jung, blond und sah gut und vertrauenerweckend aus. Er zögerte, da er sich in einem gewissen Zwiespalt befand. Der Junge *war* lästig – andererseits hatte er Eltern, die als mögliche Kunden durchaus in Frage kamen. Das Geschäft ging flau; es war Ende September und saisonbedingt ruhig in der Branche. Es hatte also keinen Sinn, dem Jungen zu sagen, er solle abhauen und seine Bandzeitungen verkaufen; dagegen widersprach es natürlich allen vernünftigen Geschäftspraktiken, irgendwelche Gören in den Verkaufsobjekten herumkrabbeln zu lassen. Sie stahlen einem die Zeit; sie ruinierten und verdreckten die Sachen; sie klauten Kleinigkeiten, wenn niemand hinschaute.

»Nichts zu machen«, erklärte der Verkäufer. »Hör mal, schick doch deinen alten Herrn rüber. Hat er sich schon unsere Neuheiten angeschaut?«

»Ja«, sagte Mike Foster gepreßt.

»Was hält ihn dann noch zurück?« Der Verkäufer wies mit einer großartigen Geste auf das gewaltige, schimmernde Ausstellungsstück. »Er kann sein altes Modell eintauschen, wenn es nicht zu veraltet ist. Was hat er denn für eins?«

»Wir haben gar keins«, antwortete Mike Foster.

Der Verkäufer riß die Augen auf. »Wie war das?«

»Mein Vater sagt, es ist Geldverschwendung. Er sagt, daß den Leuten Angst gemacht wird, damit sie Sachen kaufen, die sie nicht brauchen. Er sagt . . .«

»Ist dein Vater ein Anti-S?«

»Ja«, sagte Mike Foster unglücklich.

Der Verkäufer atmete tief durch. »Na schön, mein Junge. Tut mir leid für dich. Du kannst nichts dafür.« Er zögerte. »Was zum Kuckuck hat er nur? Zahlt er den NATS-Beitrag?«

»Nein.«

Der Verkäufer fluchte im stillen. Wieder so ein Parasit, der sich's auf Kosten anderer gut gehen ließ, der sicher war, weil andere Leute für einen leistungsfähigen Zivilschutz aufkamen. Immer gab es ein paar solche Kerle, in jeder Stadt. »Was sagt denn deine Mutter dazu?« wollte der Verkäufer wissen. »Hat sie auch solche Anschauungen?«

»Sie sagt . . .« Mike Foster brach ab. »Könnte ich nicht ein ganz kleines bißchen hinunter? Ich werde nichts kaputtmachen. Nur *einmal.*«

»Wie sollen wir das Ding je verkaufen, wenn wir kleine Jungens reinlassen? Wir denken nicht daran, das als Vorführmodell preisreduziert abzugeben – damit sind wir schon öfters zu kurz gekommen.« Der Verkäufer war neugierig geworden. »Aber sag mal, wie wird ein Mann ein Anti-S? War er immer so, oder hat ihn mal einer mit irgendeiner Schutzeinrichtung reingelegt?«

»Er sagt, daß den Leuten schon so viele Autos und Waschmaschinen und Fernsehapparate verkauft wurden, wie sie brauchen. Er sagt, NATS und Bombenbunker sind zu nichts nütze, deshalb gibt's dabei keine Bedarfsdeckung. Er sagt, die Fabriken können Waffen und Gasmasken herstellen, soviel sie wollen, denn solange die Leute Angst haben, werden sie Geld dafür ausgeben, weil sie glauben, wenn sie die Sachen nicht haben, müssen sie sterben, und wenn's auch jemand satt bekommen kann, jedes Jahr für ein neues Auto zu zahlen, und aufhört, so wird er doch nie aufhören, für einen Bunker und solche Sachen zu zahlen, schon um seine Kinder zu schützen.«

»Glaubst du das?« fragte der Verkäufer.

»Ich wünschte, wir hätten diesen Bunker«, antwortete Mike Foster sehnsüchtig. »Wenn wir so einen Bunker hätten, würde ich jede Nacht hinuntergehen und darin schlafen. Er wäre immer da, wenn wir ihn brauchten.«

»Vielleicht gibt's gar keinen Krieg«, sagte der Verkäufer. Er spürte den Schrecken und die Angst des Jungen und grinste ihn beruhigend an. »Mach dir doch nicht dauernd Sorgen. Wahrscheinlich schaust du dir zu viele Videos an – geh lieber hinaus und spiel mal zur Abwechslung.«

»Draußen ist niemand sicher«, sagte Mike Foster. »Ich möchte unten sein, aber ich hab' keinen Platz, wo ich hinkönnte.«

»Schick deinen Vater her«, brummte der Verkäufer etwas verstört. »Vielleicht können wir ihn überreden. Wir haben viele verschiedene Teilzahlungsmöglichkeiten. Sag ihm, er soll nach Bill O'Neill fragen, ja?«

Mike Foster wanderte durch die abendlich dunkle Straße heim. Er wußte, daß er schon längst zu Hause sein sollte, aber seine Füße schlurften müde und widerwillig über das Pflaster. Er fühlte sich schrecklich müde und mußte daran denken, was der Gymnastiklehrer am Vortag während der Übungen zu ihm gesagt hatte. Sie übten gerade das Luftanhalten. Man mußte tief einatmen und laufen, mit angehaltenem Atem natürlich. Das war keine Sache, bei der er glänzte. Die anderen rannten alle noch mit rotem Gesicht dahin, als er stehenblieb, den Atem ausstieß und krampfhaft nach Luft rang.

»Foster«, sagte der Gymnastiklehrer erbost, »du bist tot. Ist dir das klar? Wenn das jetzt ein Gasangriff gewesen wäre . . .« Er schüttelte resignierend den Kopf. »Geh dort hinüber und übe das für dich. Du mußt es besser können, wenn du überleben willst.«

Er wollte überleben, aber er würde nicht überleben.

Als er heimkam und in die Diele trat, sah er, daß im Wohnzimmer schon Licht brannte. Er vernahm die Stimme seines Vaters, und undeutlicher aus der Küche die der Mutter. Er schloß die Haustür hinter sich und begann den Mantel auszuziehen.

»Bist du das?« erkundigte sich sein Vater. Bob Foster saß ausgestreckt in seinem Lehnstuhl, eine Menge Bänder und Berichte auf dem Bauch, die er von seinem Möbelgeschäft mit nach Hause gebracht hatte. »Wo bist du bloß gewesen? Das Abendessen ist seit 'ner halben Stunde fertig.« Er hatte den Rock ausgezogen und die Ärmel hochgerollt. Seine Arme waren blaß und mager, doch muskulös. Er war offensichtlich müde; unter seinen dunklen Augen lagen Schatten. Sein Haar wurde bereits schütter. Nervös stapelte er die Bänder auf, schichtete sie von einem Stoß auf den anderen um.

»Es tut mir leid«, sagte Mike Foster.

Sein Vater blickte auf die Taschenuhr; er war höchstwahrscheinlich der einzige Mann der Stadt, der noch eine Uhr in der Tasche trug. »Geh dir die Hände waschen. Was hast du denn gemacht?« Er musterte seinen Sohn. »Du siehst so komisch drein. Ist was los?«

»Ich war in der Stadt«, sagte Mike Foster.

»Was wolltest du dort?«

»Ich hab' mir die Bunker angeschaut.«

Wortlos griff sein Vater nach einer Handvoll Berichte und stopfte sie in eine Mappe. Seine dünnen Lippen preßten sich zusammen; auf seiner Stirn erschienen tiefe Falten. Er schnaubte wütend, als die Bandkassetten nach allen Seiten davonkollerten; ächzend bückte er sich nach ihnen. Mike Foster machte keine Anstalten, ihm zu helfen. Er ging zum Kasten hinüber und gab seinen Mantel dem Aufhänger ab. Als er sich umdrehte, dirigierte seine Mutter bereits den gedeckten Tisch von der Küche ins Eßzimmer.

Sie aßen, ohne etwas zu sagen. Jeder beschäftigte sich mit seinem Essen, keiner sah die anderen an. Schließlich sagte sein Vater widerwillig: »Was hast du denn gesehen? Dieselben alten Hüte wie immer, was?«

»Nein, sie haben schon das neue 62-Modell dort«, antwortete Mike Foster.

»Ist auch nicht anders als das 61-Modell.« Sein Vater warf wütend die Gabel auf den Tisch. Die Platte fing sie auf und schluckte sie. »Ein paar neue Kinkerlitzchen drin, ein bißchen mehr Chrom außenrum. Das ist alles.« Plötzlich starrte er seinen Sohn herausfordernd an. »Oder nicht?«

Mike Foster spielte bedrückt mit seiner Rahmhuhnportion. »Die neuen haben einen absolut funktionssicheren Lift. Man kann nicht mitten im Schacht steckenbleiben. Und er ist vollautomatisch. Man braucht nur einsteigen, und der Rest geht von selber.«

»Und nächstes Jahr gibt's einen, der dich aufhebt und runterträgt.

Der neue Bunker ist sofort veraltet, sobald ihn Leute gekauft haben. Genau das wollen sie – sie wollen, daß man kauft und kauft und kauft. Sie bringen die neuen Modelle raus, so schnell sie können. Wir haben noch nicht 1962, sondern 1961. Was tut dieses Ding jetzt schon auf dem Markt? Können sie nicht warten?«

Mike Foster antwortete nicht. Er hatte das alles schon viele Male gehört. Es gab niemals etwas wirklich Neues, nur Chrom und Kinkerlitzchen; trotzdem veralteten die Modelle irgendwie. Die Argumentation seines Vaters war laut, vehement, fast hysterisch, aber auf jeden Fall unlogisch. »Dann kaufen wir doch wenigstens einen alten«, platzte Mike heraus. »Das macht mir nichts, mir ist jeder recht. Sogar ein gebrauchter.«

»Ach wo, du möchtest den *neuen*. Ein schimmerndes, glitzerndes Ding, um die Nachbarn zu beeindrucken. Einen Haufen Knöpfe und Skalen und Apparate. Wieviel wollen sie denn für das Ding?«

»Zwanzigtausend Dollar.«

Sein Vater stieß heftig den Atem aus. »Einfach so.«

»Sie haben bequeme Teilzahlungsmöglichkeiten.«

»Klar. Man zahlt für den Rest seines Lebens an dem Ding. Zinsen, Bearbeitungsgebühren – wie lange läuft eigentlich die Garantie?«

»Drei Monate.«

»Was ist, wenn es kaputt geht? Wenn es nicht mehr entseucht und sterilisiert? Ich wette, es fällt auseinander, kaum daß die drei Monate um sind.«

Mike Foster schüttelte den Kopf. »Nein. Es ist groß und massiv und haltbar.«

Sein Vater lief rot an. Er war ein kleiner Mann, dünn, mit leichten Knochen. Er mußte plötzlich an ein Leben voller verlorener Kämpfe zurückdenken, wie er sich langsam hochgearbeitet hatte, mühsam festgehalten, was er sich erarbeitet hatte, eine Stelle, Geld, das Möbelgeschäft, zuerst Buchhalter, dann Geschäftsführer, schließlich Eigentümer. »Sie jagen uns Angst ein, damit sie ein Geschäft machen«, schrie er aufgeregt. »Es geht ihnen ja nur darum, eine Wirtschaftskrise zu vermeiden.«

»Bob«, mahnte ihn seine Frau leise, »hör bitte damit auf. Ich halte das nicht mehr aus.«

Bob Foster blinzelte. »Was soll das heißen?« knurrte er. »Ich bin müde. Diese verdammten Steuern. Ein kleines Geschäft hat heutzutage kaum Chancen, wo sie überall diese Riesenläden aufmachen. Dagegen sollte es ein Gesetz geben.« Seine Stimme wurde leiser. »Ich bin fertig, glaub ich.« Er schob den Teller weg und stand auf.

»Ich leg mich ein bißchen auf die Couch und mach ein Nickerchen.«

In dem schmalen Gesicht seiner Frau flammte plötzlich Zorn auf. »Du mußt einen Bunker anschaffen! Ich halt's nicht mehr aus, wie sie über uns reden. Alle Nachbarn und die Geschäftsleute, alle, die's wissen. Ich kann nirgends mehr hingehen und nichts mehr tun, ohne daß ich es zu hören bekomme. Schon seit dem Tag, an dem sie diese Fahne aufzogen. *Anti-S.* Der letzte in der ganzen Stadt. Diese Flieger da oben, und alle zahlen dafür außer uns.«

»Nein«, sagte Bob Foster. »Ich kann keinen anschaffen.«

»Wieso nicht?«

»Weil ich«, antwortete er einfach, »mir keinen leisten kann.«

Einen Augenblick lang war es still.

»Du hast alles in dieses Geschäft gesteckt«, sagte Ruth schließlich. »Und trotzdem geht es zugrunde. Du bist wie ein Hamster, stopfst alles, was wir haben, in dieses miese kleine Loch. Kein Mensch will heutzutage noch Holzmöbel. Du bist hinter dem Mond, sag ich dir.« Sie schlug auf den Tisch, der darauf einen wilden Satz machte, wie ein erschrecktes Tier, und die benützten Teller zusammenzuschieben begann. Dann sauste er in die Küche zurück, die Teller bereits in seinem Waschtank spülend.

Bob Foster seufzte müde. »Wir wollen uns nicht streiten. Ich geh rüber ins Wohnzimmer. Laß mich ein bißchen schlafen, eine Stunde oder so. Vielleicht können wir später noch darüber reden.«

»Immer erst später«, sagte Ruth bitter.

Ihr Mann verschwand im Wohnzimmer, eine kleine, gebeugte Gestalt, mit grauen, wirren Haaren, die Schulterblätter hochgezogen wie gebrochene Schwingen.

Im Wohnzimmer war es ruhig; das Videogerät war ausgeschaltet, das Licht der Lampe gedämpft. Ruth war in der Küche und stellte auf dem Herd die Mahlzeiten des nächsten Monats ein. Bob Foster lag ausgestreckt auf der Couch, die Schuhe ausgezogen, ein Polster unter dem Kopf. Sein Gesicht war grau vor Müdigkeit. Mike zögerte einen Augenblick lang und sagte dann: »Darf ich dich was fragen?«

Sein Vater grunzte, regte sich schwerfällig und öffnete die Augen. »Was?«

Mike setzte sich gegenüber hin.

»Erzähl's mir noch einmal – wie war das, als du mit dem Präsidenten eine Diskussion hattest?«

Sein Vater richtete sich auf. »Ich hab' keine Diskussion mit ihm gehabt. Ich hab' ganz einfach mit ihm geredet.«

»Erzähl's mir.«

»Ich hab's dir schon millionenmal erzählt. Immer wieder, schon seit du kaum sprechen konntest. Du warst dabei.« Seine Stimme wurde in der Erinnerung weicher. »Du warst noch ein richtiger Knirps – ich mußte dich tragen.«

»Wie hat er ausgesehen?«

»Nun«, begann sein Vater, in eine Routine abgleitend, die seit Jahren ausgearbeitet und erstarrt war, »er sah so aus wie im Video. Nur irgendwie kleiner.«

»Warum war er hier?« fragte Mike eifrig, obwohl er jedes Detail bereits auswendig kannte. Der Präsident war sein Held, der Mann, den er auf der ganzen Welt am meisten bewunderte. »Warum ist er so weit hierher gereist, in *unsere* Stadt?«

»Er war auf einer Besuchstour.« Bitterkeit schlich sich in die Stimme seines Vaters. »Er kam ganz zufällig vorbei.«

»Was für eine Tour?«

»Nun, er besuchte alle möglichen Städte.« Die Schroffheit wurde deutlicher. »Wollte sehen, wie es uns ging, und ob wir genug NATS und Bombenbunker und Impfeinrichtungen und Gasmasken und Radarsysteme kauften, um einen Angriff abwehren zu können. Die General Electronics Corporation hatte gerade damit begonnen, ihre großen Ausstellungen und Schauräume einzurichten – alles blitzend und funkelnd und sündteuer. Die erste vollständige Defensivausrüstung für den Privathaushalt.« Sein Mund verzog sich. »Alles mit bequemer Teilzahlung. Anzeigen, Plakate, Scheinwerfer, gratis Knopflochblumen für die Herrn und Geschirr für die Damen.«

Mike Foster atmete heftig. »Das war der Tag, an dem wir die Zivilschutzfahne bekamen«, sagte er sehnsüchtig. »An diesem Tag hat er uns die Fahne gegeben. Und sie haben sie an der Stange mitten in der Stadt aufgezogen, und alle Leute waren dort und schrien und jubelten.«

»Daran erinnerst du dich?«

»Ich – ich glaube. Ich erinnere mich an viele Leute, an Lärm. Und heiß war es. Es war im Juni, nicht?«

»Am 10. Juni 1955. Ein ziemlich spektakuläres Ereignis. Damals hatten noch nicht viele Städte die große, grüne Flagge erhalten. Die Leute kauften noch mehr Autos und Fernseher. Sie hatten noch nicht begriffen, daß diese Zeit vorüber war. Fernseher und Autos haben einen Zweck – deshalb kann man nur eine bestimmte Anzahl davon verkaufen.«

»Er hat *dir* die Fahne übergeben, nicht?«

»Nun, er gab sie uns Geschäftsleuten, weißt du. Die Handelskammer hatte die ganze Sache aufgezogen. Als eine Art Wettstreit zwischen den Städten . . . wer am schnellsten am meisten kaufen könnte. Um etwas für unsere Stadt zu tun und gleichzeitig das Geschäft anzukurbeln. Natürlich stellten sie es zuerst so hin, als müßten wir unsere Gasmasken und Bombenbunker nur deshalb selber kaufen, damit wir besser darauf aufpaßten. Als ob wir je Telefonzellen oder Gehsteige beschädigt hätten, oder Autobahnen, nur weil die der Staat zahlte. Und was ist mit den Streitkräften? Als ob's die nicht immer gegeben hätte, als ob nicht immer der Staat für die Verteidigung seiner Bürger zu sorgen gehabt hätte! Aber das ist vermutlich zu teuer geworden. Ich stell mir vor, daß sich der Staat so eine Menge Geld erspart, vielleicht um das Budget auszugleichen, was weiß ich.«

»Erzähl mir, was er gesagt hat«, bat Mike Foster leise.

Sein Vater tastete nach seiner Pfeife und steckte sie mit zitternden Fingern an. »Er sagte: *›Hier ist eure Fahne, Freunde. Ihr habt gute Arbeit geleistet.‹«* Bob Foster hustete, als beißender Pfeifenrauch aufquoll. »Er war so ein sonnengebräunter, ganz unförmlicher Bursche. Er grinste und schwitzte ungeniert. Wußte, wie man mit den Leuten umgehen muß. Viele kannte er beim Vornamen. Er hat auch einen guten Witz erzählt.«

Die Augen des Jungen waren weit vor Ehrfurcht. »Er ist von so weit hierher gekommen, und du hast mit ihm gesprochen.«

»Ja«, sagte sein Vater. »Ich hab' mit ihm gesprochen. Die anderen schrien und applaudierten, und die Fahne wurde gerade hochgezogen – die große, grüne Zivilschutzfahne.«

»Und du hast gesagt . . .«

»Ich sagte zu ihm: *›Ist das alles, was Sie für uns haben? Ein Fetzen grünes Tuch?‹«* Bob Foster zog ärgerlich an seiner Pfeife. »Damals wurde ich zu einem Anti-S. Es war mir nur noch nicht klar geworden. Ich wußte bloß, daß wir auf einmal allein dasaßen, mit einem Fetzen grünen Tuchs. Wir hätten ein Land sein sollen, eine Nation, einhundertsiebzig Millionen Menschen, die gemeinsam für ihre Verteidigung arbeiten. Statt dessen waren wir zu einer Menge abgeschlossener kleiner Städte geworden, zu vielen vereinzelten Festungen. Beinahe so wie im Mittelalter, mit seinen Burgen und Privatarmeen . . .«

»Wird der Präsident einmal wiederkommen?« fragte Mike.

»Das bezweifle ich. Er war nur – nun, auf der Durchreise.«

»Wenn er wiederkommt«, flüsterte Mike gespannt und wagte kaum zu hoffen, »können wir dann zu ihm gehen? Können wir ihn *sehen?*«

Bob Foster setzte sich auf. Seine knochigen Arme, blaß und nackt, verliehen ihm das Aussehen eines Kranken. Sein hageres Gesicht drückte nichts als Müdigkeit aus, Müdigkeit, die Resignation war. »Was hat dieses verdammte Ding gekostet, das du dir angesehen hast?« fragte er rauh. »Dieser Bombenbunker?«

Mikes Herz setzte aus. »Zwanzigtausend Dollar.«

»Heute ist Dienstag. Ich werd' mit dir und deiner Mutter nächsten Samstag hingehen.« Bob Foster klopfte seine glosende, halb erloschene Pfeife aus. »Ich werde es eben mit dieser bequemen Ratenzahlung versuchen. Die herbstliche Einkaufszeit beginnt bald. Da geht das Geschäft üblicherweise ganz gut – die Leute kaufen Holzmöbel als Weihnachtsgeschenke.« Abrupt stand er auf. »Na, zufrieden?«

Mike brachte keine Antwort heraus; er konnte nur nicken.

»Dann ist's ja gut«, sagte sein Vater mit einer Art munterer Verzweiflung. »Du brauchst dann wenigstens nicht mehr hingehen und das Ding im Schaufenster anstarren.«

Der Bunker wurde – gegen eine Extragebühr von zweihundert Dollar – von einem flinken Trupp Techniker installiert, die braune Arbeitsmäntel mit der eingestickten Aufschrift GENERAL ELECTRONICS auf dem Rücken trugen. Der Hinterhof wurde rasch wieder in Ordnung gebracht, Erde und Sträucher wie zuvor angeordnet, die Oberfläche geglättet und respektvoll die Rechnung unter der Eingangstür durchgeschoben. Der riesige, nun leere Lieferwagen rumpelte die Straße hinunter, und in der Nachbarschaft trat wieder Frieden ein.

Mike Foster stand mit seiner Mutter und einer kleinen Schar bewundernder Nachbarn auf der rückwärtigen Terrasse. »Also«, sagte Mrs. Carlyle endlich, »jetzt habt ihr auch einen Bunker. Den besten, den es gibt.«

»Ja, wirklich«, bestätigte Ruth Foster. Sie war etwas verlegen wegen der vielen Leute; schon lange war sie nicht mehr mit so vielen Menschen zusammengekommen. Ihre hagere Gestalt strahlte grimmige Genugtuung, fast Ablehnung aus. »Das macht schon etwas aus«, sagte sie schroff.

»Ja«, stimmte Mr. Douglas zu, der einige Häuser weiter wohnte. »Jetzt haben Sie doch auch eine Zuflucht.« Er blätterte die dicke Gebrauchsanweisung durch, die die Techniker mitgeliefert hatten. »Es heißt hier, daß dieses Modell für ein ganzes Jahr mit Vorräten versehen werden kann. Sie könnten also zwölf Monate unten leben, ohne auch nur einmal heraufzumüssen.« Er schüttelte bewundernd den Kopf. »Meiner ist ein altes 69-Modell. Reicht nur für sechs Monate. Ich denke, wir könnten . . .«

»Wir kommen immer noch gut damit zurecht«, warf seine Frau ein, aber in ihrer Stimme lag ein sehnsüchtiger Unterton. »Dürfen wir runter und uns alles ansehen, Ruth?«

Mike stieß einen erstickten Protest hervor und machte eine Bewegung, als wolle er den Weg versperren. Seine Mutter nickte verständnisvoll. »Er muß zuerst hinunterdürfen. Die erste Besichtigung ist sozusagen sein Vorrecht – eigentlich haben wir das Ding ja seinetwegen angeschafft.«

Die Gruppe von Männern und Frauen stand fröstelnd im kühlen Septemberwind und sah zu, wie der Junge an den Eingang des Bunkers trat und davor stehenblieb.

Vorsichtig, als hätte er Angst, irgendetwas zu berühren, trat er in die Schleusenkammer. Die Öffnung war zu groß für ihn; sie war darauf ausgelegt, einen erwachsenen Mann einzulassen. Sein Gewicht auf dem Kammerboden löste den Liftmechanismus aus, die Kammer fiel mit ihm nach unten, durch den dunklen Schacht in den eigentlichen Bunkerraum. Die Stoßdämpfer fingen die Kabine hart auf, und der Junge stolperte hinaus. Der Lift schoß wieder zur Oberfläche hoch und siegelte damit den unterirdischen Schutzraum vollkommen ab – ein unüberwindbarer Korken aus Stahl und Plastik in dem engen Schacht.

Automatisch war überall um ihn das Licht aufgeflammt. Der Bunker war noch leer und uneingerichtet; Vorräte und Gebrauchsgegenstände waren noch nicht heruntergebracht worden. Der Raum roch nach Farbe und Maschinenöl: unter dem Fußboden brummten dumpf die Generatoren. Die Reinigungs- und Entseuchungssysteme wurden durch seine Anwesenheit eingeschaltet; an den kahlen Wänden begannen Anzeigegeräte und Skalen lebendig zu werden.

Er setzte sich auf den Boden, die Knie angezogen, mit ernstem feierlichen Gesicht und geweiteten Augen. Außer den Generatoren war nichts zu hören; er war von der Welt oben vollkommen abgeschnitten. Der Bunker war ein kleiner, in sich abgeschlossener Kosmos: alles, was ein Mensch brauchte, war hier – oder würde es bald sein. Nahrung, Wasser, Luft, Unterhaltung. Nichts sonst war nötig. Er brauchte nur die Hand auszustrecken und fand, was er haben wollte. Er konnte für immer hier unten bleiben, ewig, sicher, nichts entbehrend, ohne Angst, nur das Schnurren der Generatoren unter ihm zur Gesellschaft, die blanken, asketischen Wände um ihn, über ihm, leichte Wärme ausstrahlend, freundlich, behaglich wie ein lebender Behälter.

Plötzlich schrie er, und es war ein lauter, freudiger Schrei, der von den Wänden widerhallte. Das Echo betäubte, berauschte ihn. Er schloß die Augen, ballte die Fäuste. Entzücken erfüllte ihn. Er schrie wieder – und ließ das Dröhnen des Widerhalls wie eine warme Welle über sich zusammenfluten, seine verwandelte, verstärkte mächtige Stimme.

Seine Mitschüler wußten es, bevor er noch am nächsten Morgen in die Schule kam. Sie begrüßten ihn grinsend und einander anstoßend, aber freundlich. »Stimmt's, daß ihr einen GEC 62 habt?« erkundigte sich Earl Peters.

»Klar«, antwortete Mike. Ein nie gekanntes, ruhiges Selbstbewußtsein erfüllte ihn bis in die Zehenspitzen. »Komm doch mal vorbei«, sagte er so beiläufig, wie er es nur fertigbrachte. »Ich zeig ihn dir.«

Er ging weiter, voll Genugtuung über all die neidigen Mienen.

»Na, Mike«, sagte Mrs. Cummings, als er die Klasse nach Unterrichtsschluß verließ, »wie fühlt man sich denn damit?«

Er blieb beim Pult stehen, schüchtern, stolz und zufrieden. »Es ist prima«, stellte er fest.

»Trägt dein Vater jetzt auch zu den NATS bei?«

»Ja.«

»Und du hast eine Karte für unseren Schulbunker?«

Glücklich zeigte er ihr das an seinem Handgelenk befestigte kleine Plastikschildchen. »Er hat heute für alles einen Scheck an die Stadtverwaltung geschickt. Er sagt: ›Wenn ich schon so weit gegangen bin, hat's keinen Sinn, sich mit halben Sachen zu begnügen.‹«

»Jetzt habt ihr endlich denselben Schutz wie alle anderen Leute.« Die ältere Frau lächelte ihm freundlich zu. »Ich bin froh darüber. Ihr seid nun pro-S, nur gibt es keinen solchen Ausdruck. Ihr seid – nun – eben genau wie alle anderen Bürger.«

Am nächsten Tag schrien es die Nachrichtenautomaten den Menschen ins Gesicht: die erste Information über die sowjetischen Bohrkapseln. Bob Foster stand mitten in seinem Wohnzimmer, die Bandzeitung in der Hand, und fluchte mit zorngerötetem Gesicht verzweifelt vor sich hin. »Gott verdammt noch mal, das ist eine Verschwörung! Das ist Betrug!« Seine Stimme hob sich in fassungsloser Wut. »Da haben wir gerade dieses Ding gekauft, und jetzt das! Was sagst du dazu?« Er drückte seiner Frau das Band in die Hand. »Da hast du's. Hab' ich das nicht die ganze Zeit vorausgesagt?«

»Ich weiß«, entgegnete Ruth heftig. »Du denkst anscheinend, daß die ganze Welt nichts anderes zu tun hat, als dir einen Tort anzutun. Waffen werden doch andauernd verbessert, Bob. Vorige Woche waren es diese Getreidekrankheitssporen. In dieser Woche sind's Bohrkapseln. Du glaubst doch nicht, daß jeder Fortschritt aufhört, bloß weil du dich endlich entschlossen hast, einen Bunker anzuschaffen?«

Der Mann und die Frau sahen einander an. »Was, zum Teufel, sollen wir tun?« fragte Bob Foster ratlos.

Ruth kehrte in die Küche zurück. »Ich habe gehört, daß sie eine Zusatzvorrichtung entwickeln wollen.«

»Eine Zusatzvorrichtung? Was soll das heißen?«

»Damit die Leute keine neuen Bunker kaufen müssen. Das Video hat vorhin einen Werbespot gebracht. Sobald die Regierung es geprüft hat, soll eine Art Stahlgitter auf den Markt kommen. Das wird über dem Bunker ausgebreitet und hält die Bohrkapseln auf. Sie werden dadurch an der Oberfläche zur Explosion gebracht und können sich nicht mehr bis in den Bunker hinunterbohren.«

»Was soll das kosten?«

»Haben sie nicht gesagt.«

Mike Foster saß zusammengekauert auf der Couch und hörte zu. Er hatte bereits in der Schule von der neuen Waffe erfahren. Sie hatten eben ihre Prüfung in Beerenidentifikation ablegen sollen, wobei sie plastikversiegelte Muster von wilden Beeren nach genießbar, ungefährlich und giftig trennen mußten, als das Signal für eine allgemeine Zusammenkunft ertönte. Der Direktor las der versammelten Schule die Meldung über die Bohrkapseln der Sowjets vor und benutzte die Gelegenheit, einen Routinevortrag über die Primärmaßnahmen bei einer neuen Typhusvariante anzuschließen.

Mike Fosters Eltern stritten immer noch. »Wir müssen uns eines anschaffen«, sagte Ruth Foster entschieden. »Sonst ist der schöne neue Bunker völlig nutzlos. Es ist, als ob wir überhaupt keinen hätten. Die Bohrkapseln wurden eigens dafür entworfen, daß sie jede Oberfläche durchdringen und Wärmequellen suchen. Sobald die Russen sie in größeren Mengen herstellen . . .«

»Ich kauf eins«, sagte Bob Foster. »Ich kauf ein Anti-Bohrkapsel-Gitter und was sie sich sonst noch alles ausdenken. Ich kauf alles, was sie nur auf den Markt bringen. Ich kauf mich tot, wenn's sein muß.«

»Du übertreibst mal wieder. So schlimm ist es nicht.«

»Weißt du, in dieser Branche haben sie den Verkäufern von Autos und Fernsehern wirklich was voraus. Solche Sachen *müssen* wir kaufen. Sie sind kein Luxus, nicht irgendein Glitzerding, mit dem man die Nachbarn beeindrucken will, etwas, das man nicht wirklich braucht. Wenn wir diese Sachen nicht kaufen, sind wir tote Leute. Es hieß immer, die beste Methode, etwas zu verkaufen, sei, die Menschen unsicher zu machen. Man braucht bloß ihr Selbstbewußtsein anzuknacken – ihnen nur zu sagen, daß sie komisch riechen oder seltsam aussehen. Aber mit dieser Methode jetzt kommen Deosprays und Frisiercremes nicht mehr mit. Gegen die kann sich keiner wehren. Wer nicht kauft, kommt um. Friß, Vogel, oder stirb. Der beste Werbeslogan aller Zeiten. Besorg dir einen glänzenden neuen General-Electronics-Wasserstoffbombenbunker für deinen Hinterhof oder laß dich abschlachten.«

»Hör auf damit!« fauchte Ruth.

Bob Foster ließ sich müde am Küchentisch nieder. »Schon gut. Ich geb's auf. Ich mach alles mit, was sie sich noch ausdenken.«

»Du wirst eins kaufen? Ich glaube, bis zu Weihnachten werden sie schon auf dem Markt sein.«

»Oh, ja«, sagte Foster. »Bis zu Weihnachten sind sie auf dem Markt.« Ein sonderbarer Ausdruck lag auf seinem Gesicht. »Ich werd' eins von diesen verdammten Dingern für Weihnachten kaufen, und jeder Bürger unserer schönen Stadt wird das gleiche tun.«

Die GEC-Zusatzschutzgitter waren eine Sensation.

Mike Foster wanderte langsam die menschenerfüllte Dezemberstraße entlang. Es dämmerte schon. In jedem Schaufenster glänzte zumindest ein Schutzgitter. Alle Formen und Größen gab es, für jede Art von Bunker. Und zu jedem Preis, für jedes Scheckheft passend. Die Menschen waren heiter und aufgeregt, typische Weihnachtseinkäufer, die sich gutmütig durch das Gedränge schoben, mit Päckchen beladen, in dicke Wintermäntel gehüllt. Wirbelnder Schnee färbte die Luft weiß. Autokolonnen krochen vorsichtig durch die verstopften Straßen. Überall schimmerten Lichter und Leuchtreklamen und ungeheure, helle Schaufenster.

Sein Zuhause war dunkel, da seine Eltern noch nicht heimgekommen waren. Beide arbeiteten noch im Geschäft; seine Mutter hatte die Arbeit eines Verkäufers übernehmen müssen, den sie sich wegen der schlechten Verkaufssituation nicht mehr leisten konnten. Mike legte seine Hand auf den Code-Öffner, und die Haustür ließ ihn ein. Die automatische Heizung hatte für angenehme Wärme gesorgt. Er zog den Mantel aus und räumte seine Schulsachen fort.

Aber er blieb nicht lange im Haus. Sein Herz klopfte aufgeregt, als er durch die Hintertür auf den Hof hinauseilte.

Dann zwang er sich, stehen zu bleiben, umzudrehen und ins Haus zurückzugehen. Er hatte mehr davon, wenn er es nicht übereilte. Er hatte jede Phase genau ausgearbeitet, vom ersten Augenblick an, da er den niedrigen Schachtabschluß vor dem Abendhimmel aufragen sah. Er hatte einen künstlerischen Genuß daraus gemacht, eine befriedigende Handlung, bei der jede Bewegung stimmte. Zuerst das überwältigende Vorgefühl, wenn der Schachtstutzen sichtbar wurde. Dann das erregende Zischen, mit dem der Lift hinunterschoß bis in den Bunker.

Dann die Pracht und Herrlichkeit des Bunkers selbst.

Jeden Nachmittag, sobald er heimkam, zog er sich in die Tiefe zurück, in die Geborgenheit des stählernen Schweigens, so wie er es an jenem ersten Tag getan hatte. Jetzt allerdings war der Raum fertig eingerichtet und mit Vorräten versehen. Konserven, Betten, Polster, Bücher, Videobänder, Tonbänder, hübsche Drucke an den Wänden, bunte Stoffe, weiche Oberflächen, Farben, ja sogar Vasen mit Blumen – alles war vorhanden. Der Bunker war sein Schlupfwinkel, wo er sich gemütlich und sicher zusammenrollen konnte und alles hatte, was er brauchte.

Um den Genuß so lange wie möglich hinauszuzögern, suchte er im Haus noch eine Weile in der Tonbandsammlung herum. Er würde sich bis zum Abendessen in den Bunker setzen und *Wind in the Willows* anhören. Seine Eltern wußten, wo sie ihn finden konnten; er war immer dort unten. Zwei Stunden ungestörter Glückseligkeit, die ganz allein ihm gehörten. Und wenn das Nachtmahl vorbei war, würde er wieder hinuntergehen und bis zur Schlafenszeit bleiben. Manchmal stand er auch mitten in der Nacht auf, wenn seine Eltern fest schliefen, und schlich sich leise hinaus zum Schacht, verschwand in der schweigenden Tiefe, blieb bis zum Morgen.

Er fand das Tonband, das er suchte, und eilte durch das Haus zurück in den Hof. Der Himmel war düsteres Grau, gestreift mit häßlichen, schwarzen Wolkenfetzen. Da und dort gingen die Lichter in den Häusern an. Der Hof wirkte kalt und feindlich. Zögernd ging er die Stufen hinunter – und erstarrte.

Ein gewaltiges, gähnendes Loch tat sich vor ihm auf, ein bedrohlicher Rachen, leer, schwarz, gegen den Abendhimmel aufgesperrt. Der Bunker war weg!

Endlos stand er so, das Tonband in der einen Hand, mit der anderen das Stiegengeländer umklammernd. Es wurde Nacht; das Loch verfloß mit der Dunkelheit. Die ganze Welt brach nach und nach in Schweigen und Finsternis zusammen. Matt kamen ein paar Sterne hervor; in den Nachbarhäusern wurde Licht gemacht, doch die hellen Fenster waren fern und abweisend. Der Junge sah nichts von allem. Er stand unbewegt, wie versteinert, am Rand der großen Grube, in der der Bunker gewesen war.

Dann stand sein Vater neben ihm. »Wie lang bist du schon hier?« hörte er seinen Vater sagen. »Wie lange, Mike? Antworte mir!«

Mühsam riß sich Mike aus seiner Betäubung. »Ihr seid früh zurück«, murmelte er.

»Ich bin absichtlich früh aus dem Geschäft weggegangen. Ich wollte hier sein, wenn du – heimkommst.«

»Er ist weg.«

»Ja.« In der Stimme seines Vaters lag keinerlei Emotion. »Der Bunker ist fort. Es tut mir leid, Mike. Ich hab' angerufen und sie ihn wieder abholen lassen.«

»Warum?«

»Ich konnte nicht mehr zahlen. Nicht über diese Weihnachten, wo alle nur solche Gitter kaufen. Ich kann damit nicht konkurrieren.« Er brach ab, fuhr dann bedrückt fort: »Sie waren verdammt anständig. Haben mir die Hälfte der Summe zurückgegeben, die ich bereits gezahlt hatte.« Seine Stimme bekam eine ironische Färbung. »Ich wußte, wenn ich die Sache vor Weihnachten mit ihnen abmachte, würde ich billiger davonkommen. Noch können sie das Ding jemand anderem andrehen.«

Mike sagte nichts.

»Versuch doch, es zu verstehen«, sagte sein Vater schroff. »Ich mußte einfach alles Kapital, das ich zusammenkratzen konnte, jetzt ins Geschäft stecken, sonst wären wir pleite gegangen. Wir mußten entweder auf den Bunker oder auf das Geschäft verzichten. Und wenn ich das Geschäft aufgegeben hätte . . .«

»Dann hätten wir gar nichts mehr.«

Sein Vater packte ihn am Arm. »Dann hätten wir den Bunker ebenfalls aufgeben müssen.« Seine dünnen, kräftigen Finger krampften sich um den Arm des Jungen. »Du bist doch schon ein großer Junge – alt genug, um das zu verstehen. Wir werden später wieder einen anschaffen, vielleicht nicht den größten, teuersten, aber irgendeinen. Das ganze war eine Dummheit, Mike. Ich hab' mich übernommen, vor allem, weil diese gottverdammten Zusatzgitter mir das Weihnachtsgeschäft wegnahmen. Aber ich werde die NATS-Zahlungen nicht aufgeben, und natürlich auch nicht deine Schulbunkerkarte. Das werde ich alles weiter bezahlen. Es ist mir nicht ums Prinzip gegangen«, schloß er verzweifelt. »Ich konnte nicht anders. Verstehst du, Mike? *Ich mußte es tun.*«

Mike riß sich los.

»Wohin willst du?« Sein Vater hetzte ihm nach. »Komm zurück!« Er griff erschrocken nach seinem Sohn, aber in der Dunkelheit stolperte er und fiel hin. Grelle Funken zuckten vor seinen Augen auf, als er mit dem Kopf gegen die Hauskante fiel; halb betäubt raffte er sich auf und tastete nach irgendeinem Halt.

Als er wieder etwas sehen konnte, war der Hof leer. Sein Sohn war fort.

»Mike!« schrie er. »Wo bist du?«

Er bekam keine Antwort. Der Nachtwind fegte ihm dünne Schwaden Schnee ins Gesicht, kalt und schneidend. Es gab nichts mehr außer Wind und Dunkelheit.

Bill O'Neill blickte müde auf die Wanduhr. Es war halb zehn: er konnte endlich die Türen abschließen und die großen, glitzernden Geschäftsräume bis zum nächsten Morgen sich selbst überlassen. Konnte selber heimgehen, wie die dichten Scharen seiner Kunden, die sich plaudernd und ungeduldig zu den Ausgängen drängten.

»Gott sei's gesegnet«, atmete er auf, als er der letzten alten Dame, die mit Päckchen und Geschenken beladen war, die Tür aufhielt. Er ließ den Code-Riegel einrasten und zog die Jalousie herunter. »Welche Horde. Ich hab' noch nie so viele Leute hier gesehen.«

»Alles erledigt«, rief ihm Al Conners von der Kasse zu. »Ich zähl das Geld – mach du den Rundgang, ob alles in Ordnung ist. Sieh nach, daß wir ja alle losgeworden sind.«

O'Neill warf seine blonden Haarsträhnen zurück und lockerte seine Krawatte. Dankbar zündete er sich eine Zigarette an und machte sich dann auf seinen Rundgang, sah nach, ob die Lampen ausgeschaltet waren, und schaltete auch die riesigen GEC-Demonstrationsgeräte ab. Endlich kam er zu dem großen Bombenbunker, der den ganzen Schauraum beherrschte.

Er stieg die Leiter zum Schachteingang hinauf und trat in den Lift. Die Kabine fiel mit einem lauten *Schuuusch* nach unten, und eine Sekunde später betrat er das höhlenähnliche Innere des Bunkers.

In der einen Ecke saß Mike Foster klein zusammengekauert auf dem Boden, die Knie bis ans Kinn gezogen, die knochigen Arme um die Fußknöchel geschlungen. Sein Gesicht war zwischen den Armen vergraben, nur sein zerzauster brauner Haarschopf war zu sehen. Er rührte sich nicht, als der Verkäufer überrascht herankam.

»Himmel noch mal!« rief O'Neill aus. »Wieder dieser Junge.«

Mike sagte nichts. Er zog die Beine noch fester an und versteckte seinen Kopf so tief wie möglich.

»Was, zum Teufel, tust du hier unten?« wollte O'Neill ärgerlich wissen. Seine Empörung wuchs. »Ich dachte, ihr hättet so ein Ding gekauft!« Dann fiel es ihm ein. »Nein, stimmt, wir mußten es ja zurücknehmen.«

Al Conners erschien im Lift. »Was trödelst du solange rum? Sehen wir zu, daß wir heimkommen und . . .« Er entdeckte Mike und brach ab. »Was macht der da hier unten? Wirf ihn raus, damit wir endlich gehen können.«

»Komm schon, Kleiner«, sagte O'Neill. »Zeit, heimzugehen.«

Mike rührte sich nicht.

Die beiden Männer sahen einander an. »Ich fürchte, wir werden ihn raustragen müssen«, sagte Conners ergrimmt. Er zog sein Jakkett aus und warf es über eine Entseuchungsapparatur. »Na los. Damit wir's hinter uns bringen.«

Es kostete sie beide einige Kraft. Der Junge wehrte sich verzweifelt, ohne einen Laut, kratzte sie mit den Fingernägeln, schlug um sich, biß und strampelte. Mit Mühe zerrten sie ihn bis zum Lift und schubsten ihn hinein, damit der Mechanismus ausgelöst wurde. O'Neill fuhr mit ihm hinauf; Conners kam sofort nach. Mit grimmiger Unnachgiebigkeit bugsierten sie den Jungen zum Eingang hinaus und verschlossen hinter ihm die Tür.

»Puh«, schnaufte Conners und ließ sich auf ein Verkaufspult fallen. Sein Hemdärmel war zerrissen, und auf der Wange hatte er mehrere tiefe Kratzer. Seine Brille war ihm fast von der Nase gerutscht, seine Haare waren zerzaust, und er war hundemüde. »Was meinst du, sollen wir die Polizei verständigen? Mit diesem Bürschchen stimmt was nicht.«

O'Neill stand an der Tür, starrte in die Dunkelheit hinaus und versuchte, wieder zu Atem zu kommen. Er konnte den Jungen auf dem Gehsteig sitzen sehen. »Er ist noch immer draußen«, murmelte er. Menschen drängten sich an dem Jungen vorbei, beachteten ihn nicht. Endlich blieb jemand stehen und zog ihn auf die Füße. Der Junge wehrte sich erst, dann stolperte er in die Dunkelheit davon.

Die Erwachsenengestalt nahm ihre Pakete wieder auf, zögerte einen Augenblick, und setzte dann ihren Weg fort. O'Neill drehte sich um. »Eine scheußliche Sache.« Er fuhr sich mit dem Taschentuch übers Gesicht. »Er hat sich gewehrt, als ob's ihm an den Kragen ginge . . .«

»Was war überhaupt mit ihm los? Er hat ja kein Wort gesagt, nicht ein einziges, verdammtes Wort.«

»Weihnachten ist auch nicht die Zeit, um den Leuten etwas wegzunehmen«, murmelte O'Neill. Bedrückt griff er nach seinem Rock. »Zu blöd. Ich wünschte, sie hätten das Ding behalten können.«

Conners zuckte die Achseln. »Kein Geld, keine Ware!«

»Warum, zum Teufel, können wir den Leuten nicht ein bißchen entgegenkommen? Man könnte doch an Leute wie die . . . nun, zum Discountpreis verkaufen.« Es fiel O'Neill nicht leicht, das verpönte Wort auszusprechen.

Conners funkelte ihn empört an. »Zum *Discountpreis?* Dann dauert's keinen Tag, bis es jeder um den Preis will. Es wäre einfach nicht gerecht – und wie lange könnten wir uns damit halten? Wie lange würde GEC durchkommen mit so was?«

»Nicht sehr lang, nehm ich an«, gab O'Neill trübsinnig zu.

»Eben.« Conners lachte auf. »Wenn du was nötig hast, dann ist das ein guter, kräftiger Schluck. Komm ins Büro – ich hab' da in einer Lade noch ein Fünftel Haig & Haig versteckt. Damit kannst du dich ein bißchen aufwärmen, bevor du nach Hause gehst. Genau das brauchst du.«

Mike Foster wanderte ziellos die dunkle Straße entlang, durch die Scharen von heimeilenden Einkäufern. Er sah nichts und niemanden; die Leute rempelten ihn an, aber er merkte es nicht. Lichter, lachende Menschen, hupende Autos, aufleuchtende Verkehrsampeln . . . nichts existierte für ihn. In seinem Geist war eine tödliche Leere. Automatisch setzte er einen Fuß vor den anderen, willenlos, ohne sich der Bewegung bewußt zu sein.

Rechts von ihm blinkte ein grelles Leuchtsignal. Riesige, strahlende Schriftzeichen riefen bunt in die Nacht.

FRIEDE AUF ERDEN
ÖFFENTLICHER BUNKER
EINLASS 50 CENT

Lester del Rey

Entwicklungshilfe

Der erste Kontakt der Menschheit mit fremden Intelligenzwesen fand nicht auf irgendeinem schauerlichen fernen Planeten einer fremden Sonne statt, lange, nachdem sich die Menschen ein galaktisches Imperium geschaffen hatten.

Er fand auch nicht im Hinterhof eines Fliegende-Untertassen-Fanatikers statt. Keine Schwärme fremder Kampfschiffe durchdrangen den Himmel der Erde, um Beute und Sklaven zu erobern. Es wurden auch keine primitiven Venusier oder Marsianer entdeckt, die uns als Götter hätten anbeten können. Keine telepathischen Ungeheuer bemächtigten sich unserer Gehirne. Ja, es gab nicht einmal die so beliebten Mißverständnisse und Verwicklungen, denen sich außerirdische Wesen bei der Überwindung unserer diversen Amtsschimmel doch aussetzen. Keine Spezies von außerirdischen Wesen machte je einen solchen Versuch.

Das große Ereignis fand vielmehr an einem ziemlich unwahrscheinlichen Ort statt – auf der unbelebten Oberfläche des Mondes.

Sam Osheola hatte nicht die geringsten Zweifel, daß sie unbelebt war, und erwartete sich keine Überraschungen. Die erste bemannte Mondexpedition hatte nachgewiesen, daß der Trabant tot war und es immer gewesen war. Sams einzige Zweifel betrafen sein eigenes Hiersein in Gesellschaft von rund hundert Wissenschaftlern, die es ihrem Ruf zu verdanken hatten, daß sie an der Expedition teilnehmen durften. Meistens aber hatte er zuviel zu tun, um sich darüber Gedanken zu machen. Verglichen mit einigen anderen Orten, an denen er schon gearbeitet hatte, war der Mond auch nichts Besonderes mehr.

Er arbeitete in der Garagenkuppel und fluchte höchst ausdrucksvoll in den neunzehn Sprachen, die er beherrschte, und improvisierte recht gut in einem weiteren Dutzend. In den achtzehn Stunden, die seit der Landung vergangen waren, hätten die Traktoren ausgeladen, zusammenmontiert und fahrbereit sein sollen. Aber irgendwie hatte die Arbeitsmannschaft eine Ladung Fusel heraufgeschmuggelt; jetzt waren alle zur Ausnüchterung in einem der Schiffe eingesperrt, und zwei der besten Mechaniker waren zu weit hinüber, um selbst mit reinem Sauerstoff wieder zurückgeholt zu werden. Das hieß, daß er ihre liegengelassene Arbeit überprüfen und mit den provisorischen Gehilfen beenden mußte, die ihm Commander Larsen von den Schiffsmannschaften und Wissenschaftlern zusammenkratzen konnte.

Eben kam Larsen zurück und hob den Kugelhelm von den Schultern, als er die Schleuse passiert hatte. Er blieb stehen und hörte bewundernd zu, bis sein technischer Vorarbeiter seinen Monolog mit etlichen englischen und seminolischen Flüchen ausklingen ließ.

»Eine Gruppe Freiwillige wartet drüben in der Hauptkuppel. Machen Sie eine Kaffeepause, da können Sie sie einweisen«, erklärte Larsen. Dann grinste er. »Ich dachte immer, ihr Indianer wärt eine emotionslose Rasse, Sam. Wo bleibt denn Ihre steinerne Miene?«

»Ich hab' heute keinen Sinn für Humor!« fauchte Sam zurück. Dann fiel sein Blick auf das Spiegelbild seines Gesichts im Kuppelverdeck eines Traktors, und er mußte doch schmunzeln. Ein ziemlich mitgenommenes Steingesicht. Seine Nase war beim Football gebrochen worden, das er wegen des Sportstipendiums gespielt hatte, um den Diplomingenieur zu machen, quer über seine Stirn verlief eine Narbe von einer arabischen Kugel aus der Zeit, da er an einer Pipeline in Israel gearbeitet hatte, und das ganze wurde überzogen von einem Netzwerk geplatzter Äderchen – als er an der ersten Raumstation mitgebaut hatte, war der Helm seines Raumanzugs undicht geworden.

»Klar«, bestätigte er, »wir Seminolen haben überhaupt keine Gefühle, Bill. Wir sind so gefühllos, daß wir uns geweigert haben, einen Friedensvertrag zu unterzeichnen. Und wir tun uns heute noch damit dick, daß wir uns technisch gesehen immer noch mit den Vereinigten Staaten im Kriegszustand befinden. Und jetzt hab' ich wirklich Gusto auf Kaffee!«

Sie kamen gerade aus der Garagenkuppel heraus, als sie das fremde Schiff bemerkten.

Sam starrte es ungläubig durch seinen Polarisationshelm an. Abrupt fühlte er sich zehn Jahre zurückversetzt in eine Angst, die längst keinen Grund mehr hatte. *Russen – sie wollen uns vom Mond vertreiben!* Seine Hand tastete nach der Waffe, die er seit vielen Jahren nicht mehr getragen hatte, bis er sich der Reflexbewegung bewußt wurde. Dieses spezielle politische Problem war schon vor längerer Zeit bereinigt worden; es nahmen sogar ein Dutzend russische Wissenschaftler an dieser Expedition teil.

Aber es war auf jeden Fall ein Schiff, wie er es noch nie gesehen hatte. Es war weder eine deltaflügelige Raumfähre, noch eine zylindrische Frachtrakete, noch eines der bizarren Gebilde aus Verstrebungen, Röhren und Tanks, mit denen man auf dem Mond landete. Es schien vielmehr eine einfache, riesige Kugel zu sein, vielleicht dreißig Meter im Durchmesser, und über und über leuchtend blau. Es kam in weitem Bogen herunter, wurde immer langsamer, doch waren keinerlei Raketendüsen zu erkennen, weder von einem atomaren noch von einem chemischen Triebwerk.

Es schwebte über die beiden Männer hinweg und kam schließlich über den Expeditionsschiffen zum Stillstand – gut vierzig Meter über dem Boden! Dann, als hätte es sich besonnen, landete es sanft neben dem größten der fünf Schiffe.

In Sams Helmradio ertönte ein Durcheinander von aufgeregten Stimmen; auch andere hatten das fremde Schiff entdeckt. Niemand wußte jedoch eine Erklärung. Es war ganz sicher nicht eins der planmäßigen Versorgungsschiffe, und der Unfug mit den fliegenden Untertassen war noch vor dem Bau der Raumstation eines sang- und klanglosen Todes gestorben.

Sam hörte, wie Larsen die Leute zurückbeorderte. Er warf einen Blick zurück zur Hauptkuppel und sah ein paar Männer in Raumanzügen widerstrebend darin verschwinden. Es war sicher das Vernünftigste, erst einmal die Entwicklung der Dinge abzuwarten. Der Commander selber ging jedoch auf das Schiff zu.

Sam holte ihn ein; er spürte, wie sich seine Nackenhaare sträubten bei dem Anblick des fremden Kugelschiffs. »Marsianer?« fragte er. Es war eine idiotische Frage, und er erwartete, das auch gleich gesagt zu bekommen.

Aber Larsen schüttelte nur den Kopf. »Fragen Sie bloß mich nicht, Sam. Auf dem Mars kann sich, seiner Atmosphäre wegen, keine höhere Technologie entwickeln – glaube ich. Und von der Erde stammt dieses Ding erst recht nicht. Allein nach seiner Bahn ist das auszuschließen. Können Sie irgendwelche Waffen erkennen?«

»Ich kann überhaupt nichts erkennen«, erklärte Sam. »Was werden Sie machen, wenn die da mit Strahlenwaffen daherkommen?«

»Wenn sie auch nur mit Pfeil und Bogen daherkommen, ergeben wir uns«, knurrte Larsen. »Diese Expedition ist insgesamt mit einer Achtunddreißiger-Pistole und sieben Patronen bewaffnet – falls jemand in einen Krater fällt, aus dem wir ihn nicht herausholen können. »Moment mal, sehen Sie!« Larsen blieb stehen und zeigte nach vorn.

In der Wand der blauen Kugel war ein Spalt sichtbar geworden.

Nun weitete er sich, und ein Teil der Kugelschale bog sich nach unten, so daß eine leicht gekrümmte Rampe entstand. Dahinter befand sich irgendeine graue Substanz, aus der sich jetzt eine Art Falttreppe hervorschob. Kaum hatte sich die letzte Stufe aufgeklappt, als das graue Zeug auseinanderzufließen schien.

Eine Gestalt wurde sichtbar.

Was für ein Wesen das auch war, auf den ersten Blick sah es menschlich aus.

Sam grunzte überrascht. Er war auf alles vorbereitet gewesen, nur nicht auf das. Ein geflügelter Krake hätte ihm nichts ausgemacht. Aber ein *Mensch?* Wenn irgendjemand auf der Erde ein solches Schiff besaß und die Mondexpedition mit den alten Atomraketen starten ließ, dann war wirklich allerhand faul. Und ihm waren echte Ungeheuer lieber als eine gewisse Sorte Menschen.

Dann kamen ihm Zweifel. Die Gestalt trug einen grellweißen Raumanzug, wirkte aber einfach zu schlank – eher wie ein Mann in einem Trikot, als in einem der schweren Raumanzüge, die er kannte. Auch mit dem Gang stimmte etwas nicht. Die Bewegungen wirkten irgendwie elastisch weich, als seien die Beine zur Gänze biegsam.

Larsen und Sam gingen weiter. Eine zweite Gestalt kam aus dem fremden Schiff; sie trug etwas und gestikulierte in Richtung der beiden Männer, folgte jedoch der ersten Gestalt zu dem Expeditionsschiff. Als es in die Nähe des Schiffs kam, hielt das Wesen das Gerät hoch, das es mitgebracht hatte.

Darauf berieten sich die beiden etwa zehn Sekunden lang. Dann drehten sie um und kamen Sam und Larsen entgegen.

»Wallah!« Sams rauhe Stimme dröhnte in seinem Helm. Er merkte, daß Larsen neben ihm zusammenfuhr. Aber er hatte nur Augen für das Gesicht im Helm des ersten Fremden.

Der Kopf des Wesens sah aus, als wäre es jemandem gelungen, Mensch und Frosch zu kreuzen: ein glatter, haarloser Schädel, eine kaum erkennbare Nase, ein breiter, gerader, jetzt halb geöffneter Mund, Augen, die sich unabhängig voneinander bewegen konnten, wie es schien, und eine glatte Haut, die so dunkelpurpurn gefärbt war, daß sie fast schwarz wirkte.

Das Unglaubliche dabei aber war, daß das Wesen schön wirkte. Grotesk und fremd zwar in seiner Mischung von Menschlichem und Nichtmenschlichem, hatte es doch irgendwie eine angeborene Grazie, wie ein Vollblutpferd oder eine Katze vielleicht.

Als es noch gut fünf Meter entfernt war, breitete es unvermittelt die Arme aus und ließ die Hände herunterhängen. Seine Hände, bemerkte Sam jetzt, hatten nur drei Finger, die einander jeweils im gleichen Abstand gegenüber angeordnet waren.

»Friede«, riet Sam. Er hatte bei den verschiedensten Menschenrassen Gesten gesehen, die denselben Gedanken ausdrücken sollten und alle irgendwie ähnlich gewesen waren. »Am besten, Sie machen das auch, Bill – und beten, daß es das bedeutet, was ich glaube.«

Die beiden Männer gingen auf die zwei Fremden zu. Sam blieb einen Meter vor seinem Gegenüber stehen, aber das Wesen kam näher, bis sich ihre Helme berührten.

»Ssa*tah!*« sagte es.

»Ebenfalls hallo!« antwortete Sam. Die Stimme hatte nicht unangenehm geklungen, soweit man das bei einer Schallübertragung durch zwei Helmwände beurteilen konnte. Sie schien irgendwie zu der samtigen Haut zu passen, die er jetzt gut sehen konnte. Er tippte auf seine Brust, seinen Kopf. »Sam!«

Der gerade Mundspalt wurde schmäler und öffnete sich. »Sam.« Der Fremde zeigte auf den Commander. Sam stellte ihn vor, und die Mundbewegung wiederholte sich. »Birr. Va. Sam t' Birr.« Ein Finger fuhr über die weißgekleidete Brust. »Ato. Ato t' Mu'an.« Eine Geste machte deutlich, daß der zweite Name den anderen Fremden bezeichnete.

Schließlich trat Ato zurück und wies auf das Schiff. Geschickt zeichnete er mit einem Bein Kreise auf den Boden, die einen gemeinsamen Mittelpunkt aufwiesen. Daneben entstand ein zweites Bild, das nur eine grobe, schematische Darstellung einer Rakete sein konnte. Ato wartete ab, ob sie darauf reagieren würden, machte dann eine Bewegung, die fast wie ein Achselzucken wirkte, und begann mit den Händen eine Form zu skizzieren, einen schmalen Stiel mit einem großen Kreis obenauf.

»WwwwvuuuuUUUMP!«

Sam fuhr zusammen und spürte, wie ihm ein kalter Schauder über den Rücken lief. Er hatte so gespannt die gestikulierenden Hände des einen Fremden beobachtet, daß er übersehen hatte, wie der andere sich vorbeugte und seinen Helm an Sams legte. Dann wurde ihm plötzlich die Bedeutung des ganzen klar, und sein Puls beruhigte sich wieder.

Larsen war ihm jedoch um Längen voraus. Er konnte den Ausruf höchstens ganz schwach gehört haben, aber er hatte die Symbolsprache der beiden durchschaut. »Die haben herausbekommen, daß unsere Raketen Atomtriebwerke haben!« erklärte seine Stimme in

Sams Kopfhörer. »Dieses Gerät da muß eine Art Strahlungsdetektor sein.«

Plötzlich wurde seine Stimme ernst. »Sam, wir hätten sie nicht an das Schiff lassen sollen. Verdammt, *das war der Pilz von einer Atombombenexplosion,* was er uns da zeigte. Sie müssen die Atomkraft auch für Waffen verwendet haben.«

»Na, jetzt wissen sie es, da kann man auch nichts machen«, beruhigte ihn Sam. Tief in seinem Innern begann sich erst jetzt eine Art Fassungslosigkeit bemerkbar zu machen. *Fremde!* Marsianer, Venusianer – Wesen von den Sternen – hier! Freunde, die ihnen den Sprung in den Weltraum erleichtern würden – oder Feinde, die aus der Tiefe des Alls die Erde angreifen würden. Fremde – und Sam Osheola, eine Viertelmillion Meilen von den Sümpfen entfernt, in denen er zur Welt gekommen war: voneinander durch einen wahrscheinlich milliardenmal größeren kulturellen Abgrund getrennt, als es menschliche Rassen untereinander je sein konnten.

Und sein Geist begann sich nach dem alten Verteidigungsmechanismus einzukapseln: Dies alles war nicht wichtig, genauso wie Football. Es war alles nur ein Spiel – ein Theaterstück – er brauchte nur die richtigen Bewegungen zu machen, die richtigen Sätze zu sagen, aber in Wirklichkeit ging es ihn nichts an, denn solche Sachen wie diese passierten Sam Osheola in Wirklichkeit gar nicht.

Andere Männer in Raumanzügen kamen nun nach und nach heraus und umringten die Gruppe, ebenso die Leute aus dem blauen Schiff, alle in diesen dünnen, weißen Anzügen. Larsen drehte sich um und wies die Männer unter seinem Befehl an, sich zurückzuhalten, und Ato schien dasselbe mit seinen Leuten zu tun.

Dem Fremden entging nicht das geringste. Eines seiner Augen richtete sich auf den Commander, und Sam war überzeugt, auf dem Purpurgesicht Überraschung zu lesen. Ato hatte sozusagen auf das falsche Pferd gesetzt und merkte das erst jetzt, als er Larsen und nicht Bill Befehle geben sah.

Wenigstens bewies das, daß diese Wesen keine Telepathen waren.

Diesmal machte Ato keinen Fehler mehr. Er trat zu Larsen und wies auf sein eigenes Schiff. Er hielt eine Hand neben seinen Mund und öffnete und schloß sie, dann wiederholte er die Geste neben dem Gesicht des Commanders; mit gegenübergehaltenen Händen mimte er ein Gespräch und zeigte dann nochmals auf das Schiff. Larsens Geste in Richtung Hauptkuppel wurde durch eine Folge komplizierterer Zeichen beantwortet, die vermutlich eine Ablehnung und eine Art Erklärung ausdrücken sollten, dann kam wieder die Bewegung, die sehr deutlich eine Einladung in das blaue Schiff darstellte.

Schließlich drehte sich Ato mit einer für seine Rasse typischen, geschmeidigen Bewegung um und ging allein auf sein Schiff zu. Seine Gefährten sahen ihm nach, machten aber keine Miene, ihm zu folgen. Als der Fremde das graue Feld erreichte, das vermutlich die Luftschleuse darstellte, blieb er stehen und wartete geduldig.

»Vielleicht hat er eine Art Lernmaschine in seinem Schiff, Bill«, meinte Sam. »Er ist recht beharrlich. Und wir könnten so was gut gebrauchen – ich mußte drei Monate damit vertrödeln, Arabisch zu lernen, und das ist eine *menschliche* Sprache!«

Im Hintergrund seines Bewußtseins begann sich ein leises Warnsignal bemerkbar zu machen, das ihn zur Vorsicht mahnte. Überlaß die Vermutungen und Vorschläge den Bonzen, riet es, so wie es ihm geraten hatte, auf der Erde zu bleiben, als der Bau der Raumstation begann, oder einen Bogen um das Mädchen zu machen, das ihn Arabisch lesen lehren wollte – oder um diesen kleinen Schwindler in Burma . . . Eines Tages würde ihn seine Neugier den Kopf kosten.

Larsen schluckte den Köder, wahrscheinlich mit voller Absicht. »Also gut, Sam. Ich bin kein Linguist. Wenn Sie sich freiwillig melden wollen – dann versuchen Sie mal herauszubekommen, was er von uns will.«

Ato wartete immer noch, als Sam über den Schlackestaub auf das blaue Schiff zuging. Wenn der Fremde über diesen scheinbaren Rollentausch erstaunt war, zeigte er es nicht. Aber das mochte kluge Diplomatie sein. »Man soll sich nie in die Karten schauen lassen«, murmelte Sam.

Dann überlegte er, wie das Äquivalent zu diesem Ausdruck in Atos Sprache lauten mochte. Eine Sprache war mehr als nur Vokabeln – sie spiegelte die ganze Geschichte einer Kultur wider; man wußte so lange gar nichts über ein Geschöpf, solange man nicht wußte, wie es in seiner eigenen Sprache dachte.

Es war etwas enttäuschend, daß die Stufen und die sichtbaren Teile des Rumpfes kaum anders aussahen als die auf der Erde üblichen Metallegierungen. Das graue Material war irgendein flexibler Kunststoff. Irdische Techniker hatten mit flexiblen Schleusen experimentiert, die einen Menschen passieren lassen sollten, ohne daß zuviel Luft verlorenging oder zuviel Platz beansprucht wurde. Bisher hatte man wenig Erfolg gehabt, doch das Prinzip war durchaus bekannt.

Sam nickte, als Ato seine Schulter berührte und sich durchschob. Sam folgte ihm. Das graue Zeug schmiegte sich mit sanftem Druck an ihn, und gleich darauf stand er in einem Gang mit glatten Metallwänden. Der Fremde legte eben seinen Raumanzug ab.

Es zeigte sich, daß Sams erste Vermutung richtig gewesen war. Das Skelett des purpurfarbenen Mannes schien knorpelartig weich zu sein, insbesondere an den Gelenken. Ein solcher Körperbau erlaubte natürlich weitaus leichtere und einfacher konstruierte Raumanzüge. Der nackte, purpurrote Körper wirkte wie der eines schlanken, wendigen Wasserwesens; eine Andeutung von Kraft und Ausdauer strafte die scheinbare Schmächtigkeit Lügen.

Nun holte Ato aus einem Wandfach einen Wust von Geräten. Er studierte Sams Anzug einen Augenblick lang, fand dann das Auslaßventil für die ausgeatmete Luft und nahm eine Probe. Apparate klickten, Zeiger bewegten sich, Skalen änderten die Farbe, bis sich schließlich die verschiedenen Anzeigewerte nicht mehr änderten. Der Fremde überprüfte sie schweigend, dann schnalzte er mit den schmalen Lippen. »Va!«

Auf seine auffordernde Geste hin griff Sam nach seinen Helmklammern. Er nahm bewußt seinen Mut zusammen. Denk daran, wie deine Vorfahren Martern und Gefahren ohne einen Laut auf sich genommen haben . . . nein, verdammt, das waren Sioux und Apachen gewesen! Außerdem war er doch kein armseliger Wilder . . .

Er merkte plötzlich, daß er den Atem anhielt.

Mit einem lauten Seufzer stieß er die Luft aus. Als er einatmete, bemerkte er einen seltsamen Geruch, leicht scharf, ein bißchen süßlich, der von dem Fremden auszugehen schien. Seine Lungen waren jedoch mit der Atmosphäre ganz zufrieden. Die Luft war etwas dichter als in den Kuppeln oder in den Atemgeräten der Raumanzüge, aber sie war nicht unangenehm.

Sie passierten mehrere Gänge und fuhren schließlich mit einer Art Lift in einen Raum hoch, der offensichtlich mit der Steuerung des Schiffes zu tun hatte. An den Wänden waren verschiedene Skalen und sonstige Anzeigeinstrumente, Fernsehschirme zeigten die Umgebung in Farbe, allerdings mit einer für das menschliche Auge zu starken Bevorzugung der Blautöne. Der Zweck der meisten Apparaturen war Sam ein Rätsel. Zwei weitere purpurfarbene Männer arbeiteten offenbar in Eile an einem komplizierten Gewirr von Drähten, winzigen Kügelchen, die vielleicht Transistoren waren, Spulen und diversen anderen Teilen. Es schien sich um ein elektronisches Gerät zu handeln, dessen Schaltkreise sie änderten.

Einer von ihnen blickte von der Arbeit auf und schnatterte Ato eine Folge hoher, abgehackter Töne zu, wobei er auf einen Apparat auf dem Tisch zeigte.

Ato nickte. Er wies auf einen dreibeinigen Stuhl, den Sam überraschend bequem fand, und ließ sich dann ihm gegenüber nieder. Er legte einen knopfartigen, an einem Kabel hängenden Gegenstand zwischen sie und rückte sich den Bedienungsteil des Apparates in bequeme Reichweite. In die andere Hand nahm er einen dünnen Stift und machte damit schnell ein paar Punkte auf eine Schreibunterlage. Anscheinend war seine Handfläche so geschmeidig, daß er mit beliebigen zwei Fingern gegen den dritten etwas greifen und halten konnte. Er hielt den Stift hoch.

»Ssompa«, sagte er deutlich. Er zog ein paar Striche. »Pir«, sagte er. Dann wies er auf eine Gruppe von Zeichen und wiederholte mehrmals: »Edomi.«

Das war nicht einmal eine einigermaßen logisch aufgebaute Sprachlektion, geschweige denn etwas so Kompliziertes wie eine Lernmaschine! Sam fühlte Enttäuschung in sich hochsteigen, als er seinen eigenen Schreibstift herausholte und eine Reihe von Wörtern schrieb. »Va – ja. Va – ja. Ssompa pir edomi. Stift machen Zeichen. Va. Und jetzt läßt du lieber jemanden ran, Ato, der was davon versteht, oder wir sitzen hier, bis die Hölle einfriert, und sagen einander nutzlose Sätze vor. Also: *eins!*«

Ato zuckte die Achseln – viele seiner Gesten waren erstaunlich menschlich – und überließ Sam die Führung. Sie gingen die Zahlen und die wichtigsten Verben für die arithmetischen Operationen durch, einfach Substantiva und die Verben für ein paar universelle Tätigkeiten; als sie eine Verneinung brauchten, suchte Ato anscheinend eins von mehreren Wörtern aus.

Sam hatte von Anfang an beschlossen, auf grammatikalische Feinheiten zu verzichten. Er suchte sich Pidgin-Englisch als die einfachste, konsequenteste Sprache aus, die er kannte. Das Vokabular war beschränkt, die Regeln simpel, und man konnte damit alles ausdrücken, was sie einander zu sagen hatten. Zudem schenkte es ihm einen kleinen strategischen Vorteil – Ato würde sich verdammt schwertun, aus dieser Sprache auf Sams kulturellen Hintergrund zu schließen, auch wenn er noch so schlau war.

Nach und nach kam ihm der Verdacht, daß Ato etwas ähnliches tat.

Als er jedoch mit seiner Liste der wichtigsten Wörter zu Ende war und beginnen wollte, sie in Sätzen anzuwenden, damit beide sie sich einprägen konnten, winkte Ato ab. »*Nein!*« sagte er entschieden. »Wörter machen.« Er ließ sich nicht davon abbringen.

Sam runzelte die Stirn, fuhr aber wie gewünscht fort. Wenn die Fremden ein so gutes Gedächtnis hatten, daß sie sich ein Vokabular durch einmaliges Hören einprägen konnten, dann hatten sie ihm etliches voraus! Er beugte sich vor und geriet ein bißchen ins Schwitzen, als er sich zu zwingen versuchte, sich jedes Wort, jede Redewendung sofort zu merken. Aber es war einfach nicht zu schaffen! Je mehr er sich anstrengte, um so mehr verpaßte er.

Irgendwann während der langen Zeitspanne ging einer der Techniker, die sich mit der elektronischen Schaltung plagten, hinaus und kam mit einem Päckchen für Sam und einer Essensschale für Ato zurück. Larsen mußte ihm Essen herübergeschickt haben. Sam verschlang es heißhungrig, versuchte die Mahlzeit jedoch so lange wie möglich hinauszuzögern, um in Gedanken wiederholen zu können, was er sich gemerkt hatte. Dann nahmen sie ihren Austausch von Wörtern wieder auf. Mittlerweile standen ihnen wenigstens ein paar grundlegende Ausdrücke zur Verfügung, mit deren Hilfe sie fragliche Punkte einigermaßen klären konnten, so daß sie etwas besser vorankamen. Schließlich brachte Sam großen Aufruhr in ihre Sitzung, als er zu rauchen anfing.

Ato war ziemlich erschrocken, doch als der Rauch mit einer kleinen, schimmernden Apparatur analysiert worden war, kümmerte er sich nicht mehr darum. Was der Kaffee war, der einige Zeit später herübergeschickt wurde, schien er jedoch gleich zu begreifen und begann selbst eine rötliche Flüssigkeit zu trinken. Trotz Kaffee war Sam halbtot vor Erschöpfung, als Ato vorsichtig und versuchsweise seine Lippen in die Breite zog, offensichtlich, um ein menschliches Lächeln nachzuahmen, und sich zurücklehnte. »Gut«, sagte er. Er tätschelte den Apparat auf dem Tisch, drückte auf einen Knopf und lauschte Sams Stimme, die daraus ertönte.

»Va – ja. Ssompa pir edomi. Stift machen Zeichen. Eins, zwei, drei, vier . . .«

Sam sah zu, wie ein Techniker eine von den zwei Spulen in dem Apparat herausnahm und das dünne Plastikband in einen zweiten, gleichartigen Apparat einfädelte. Mit ein paar einfachen Gesten zeigte er Sam, wie man damit umging. Er war doch ein Idiot gewesen! Natürlich hatten die Fremden ein perfektes Gedächtnis – wie die Menschen, seit der Erfindung des Tonbandgeräts!

Er fluchte immer noch vor sich hin, als er das Gerät, das sie ihm mitgegeben hatten, auf eine Liege warf und aus den Kleidern fuhr. Als er sich die Schuhe auszog, kam Larsen mit Gläsern und einer kleinen Flasche herein. Der Commander sah etwas besorgt drein, doch er grinste Sam an:

»Ich weiß, daß es verboten ist, Indianern Alkohol zu geben, Sam«, sagte er. »Aber vielleicht gilt das Gesetz hier draußen nicht so streng.«

»Es ist verboten, Indianern irgendetwas zu geben, Bill. Es ist üblich, ihnen Dinge wegzunehmen. Cheers!« Der Schnaps schien sich in Sekundenschnelle durch seine Magenwände zu brennen, was ihn daran erinnerte, daß er kein Abendessen gehabt hatte. Im Augenblick hatte er aber das nötiger. Er trank ein zweites Glas, dann berichtete er kurz, was sich ereignet hatte, und spielte ein Stück Band ab. »Haben Sie eine Ahnung, was eigentlich vorgeht?«

Larsen schüttelte den Kopf. »Ich wollte, ich wüßte es. Sam, wir werden doch mindestens eine Woche brauchen, um mit ihnen richtig reden zu können – selbst mit diesem Ding, nicht? Hmmm. Warum wollen sie uns soviel Zeit und Mühe opfern? Was wollen sie von uns?«

»Müssen sie etwas wollen?«

»Sie müssen«, erklärte Larsen geduldig. »Nehmen Sie mal an, wir fänden auf dem Mond ein fremdes Schiff vor. Wären wir sofort daneben gelandet, oder hätten wir zuerst versucht, die Lage zu sondieren? So scheinbar unbefangen zu landen hat nur Sinn, wenn sie etwas von uns haben wollen, und zwar so sehr, daß sie sogar das Risiko eingehen, wir könnten gewalttätig reagieren – oder aber natürlich, wenn sie völlig unangreifbar sind.« Er erwog diese Möglichkeit. »Wenn das aber der Fall ist, warum haben sie es dann so eilig, die Verständigung mit uns aufzunehmen? Haben Sie auf ihrem Schiff irgendetwas zu sehen bekommen – die Maschinen, zum Beispiel?«

»Ich habe es gar nicht versucht.«

Larsen seufzte. »Nein, natürlich nicht. *Sie* haben aber alles gesehen, was es bei uns zu sehen gibt. Sie haben sich ein paar von unseren Leuten als Führer ausgesucht, und ich konnte nicht riskieren, einfach nein zu sagen, deshalb sind sie überall gewesen. Und sie sind gescheit, Sam. Verdammt zu gescheit. Sie bekamen heraus, daß wir Schwierigkeiten mit den Traktoren hatten, und boten sofort ihre Hilfe an. Sie wissen, wie schwer es ist, diese Dinger richtig zusammenzubauen? Diese Wesen jedoch – Perui haben Sie sie genannt, nicht? – hatten die Sache in knapp zehn Minuten überrissen und leisteten doppelt so viel wie unsere Aushilfsmonteure. Und außerdem machten sie keine Fehler. Sie kennen sich mit Maschinen aus, das kann man wohl sagen. – Was wollen sie von uns?«

»Was glauben Sie denn?« erkundigte sich Sam.

»Keine Ahnung. Eine hübsche Möglichkeit wäre natürlich, daß sie erkunden wollen, was für Waffen wir daheim auf der Erde haben.«

Sam grunzte. »Sie haben offenbar mit der Kontrollstelle geredet, Bill«, riet er.

Der Commander nickte. »Natürlich hab' ich das. Erstens ist es meine Pflicht, und zweitens war unten auf der Erde die Hölle los, sobald man das fremde Schiff geortet hatte. Woher sollen wir wissen, ob das nicht eine Erkundungsexpedition für eine Invasion ist? Sie kommen ganz sicher nicht von einem Planeten des Sonnensystems. Wir haben modulierte Hochfrequenzstrahlung aufgefangen, durch die sich die Leute hier mit ihrem Schiff verständigen, und auf keinem unserer Planeten wurde je etwas Derartiges beobachtet. Und nach dem, was Sie über ihre Atmosphäre berichten, müssen sie von einem erdähnlichen Planeten stammen, und den gibt's in unserem Sonnensystem nicht. Wie zum Kuckuck gibt's das, daß wir ausgerechnet dann Besuch von den Sternen erhalten, wenn sich eine unserer Expeditionen auf dem Mond befindet?«

»Die da unten auf der Erde sehen mal wieder Gespenster«, sagte Sam verärgert. »Entweder rüsten wir uns, jemandem an die Gurgel zu fahren, oder jemand ist hinter uns her. Warum können wir uns nicht einfach als ebenbürtige Partner verständigen?«

»Ebenbürtige Partner könnten das, vielleicht. Aber wir sind ihnen nicht ebenbürtig.«

Larsen stand auf, um zu gehen. Er war in düstere Gedanken versunken. »Was ist unausweichlich geschehen, wenn eine primitivere Kultur mit einer höherstehenden in Berührung kam? Sie wissen es, Sam. Versuchen Sie morgen, etwas Nützliches herauszubekommen.«

Sam brummte in sich hinein. Nun, was war geschehen, als sein eigenes Volk mit den Weißen in Berührung kam? Es hatte natürlich Krieg gegeben. Aber gar so schlimm war es nicht gewesen. Dann verbesserte er sich – es wäre schlimm gewesen, hätten beide Seiten Atomwaffen besessen. Er griff nach dem Tonbandgerät und schaltete es ein, denn er wollte – mußte – versuchen, sich wenigstens noch ein paar Wörter einzuprägen. Aber bevor eine halbe Stunde vergangen war, schlief er tief und fest und träumte, daß er in irgendeiner antiken Tragödie den Hermes spielte.

Und was er auch sagte und tat, die Ereignisse nahmen ihren unausweichlichen Verlauf, und er wußte, daß das Ende auch für ihn tragisch sein würde.

Am nächsten ›Morgen‹ wartete Ato bereits vor der Kuppel auf ihn, ein Lächeln in seinem Purpurgesicht, das schon fast natürlich wirkte.

Sam stellte fest, daß die anderen Purpurleute sich unter die rundum beschäftigten Menschen mischten. Man schien bereits eine Art Zeichensprache zur groben Verständigung ausgearbeitet zu haben, doch abstrakte Gespräche konnte man damit natürlich nicht führen. Das Arbeiterteam hatte sich von dem Saufgelage erholt, und fast alle waren wieder auf den Beinen, mit etwas betretenen Mienen. Die meisten waren Andenindianer – Überbleibsel vom Bau der Raumstation, da man angenommen hatte, ihre Chancen wären bei einem Unfall aufgrund ihres Lebens in sauerstoffarmen Regionen etwas besser. Sie mieden die Perui, und Sam bemerkte, wie sie Abwehrgesten machten, wann immer eins der Purpurwesen in ihre Nähe kam. Diese Leute fuhren zwar auf dem Mond mit Traktoren umher, aber sie hingen immer noch ihrem primitiven Aberglauben an.

Und wahrscheinlich sah es mit der Einstellung der ganzen Erde den Fremden gegenüber nicht viel anders aus.

Der Steuerraum des blauen Schiffs stand leer, die beiden Techniker hatten vermutlich ihre Arbeit an dem elektronischen Gerät beendet. Ato ließ sich auf seinen Sitz fallen und zeigte auf ein sonderbar geformtes Glas mit einer Flüssigkeit. »Trinken, Sam. Wir testen einige von euren Trink-Sachen, es wird dir nicht schaden.«

Sam schnappte nach Luft. Die Worte waren ohne das geringste Stocken gekommen, der Satz klang wie fast korrektes Pidgin. Trotzdem hätte er schwören mögen, daß Ato zur selben Zeit etwas auf peruta gesagt hatte. Momentan zuckte ihm der Gedanke an Telepathie durch den Kopf, Telepathie, die einen gewissen Grundstock von Wortsymbolen brauchte, ehe sie funktionieren konnte. Er griff nach dem Glas; seine Nase sagte ihm, daß das Getränk schwach alkoholisch war, und was es sonst noch enthielt, kümmerte ihn im Augenblick nicht. Außerdem war es ganz genießbar, wenn auch für seinen Geschmack ein wenig zu süß.

Dann setzte sich seine Vernunft gegen den fantastischen Gedanken durch, und er wandte sich zu der elektronischen Apparatur um.

Wieder ertönte Atos Stimme, aber diesmal gab es eine leichte Verzögerung. Dann sprach die Maschine – und jetzt erkannte Sam auch seine eigene Stimme in den Worten.

»Das ist eine Sprache-in-Sprache-umwandeln-Maschine«, sagte der Apparat. »Das Wort, bitte?«

»Übersetzungsmaschine«, sagte Sam automatisch. Jene Pause war entstanden, weil die Maschine für Atos Ausdruck keine Entsprechung gefunden hatte und in den eingespeicherten Wörtern nach einer anderen Möglichkeit suchen mußte – und eine fand! Vielleicht hätte ein menschlicher Computerfachmann in einigen Monaten eine der großen Rechenanlagen, die zur Bestimmung der Bahndaten verwendet wurden, so umzubauen vermocht, daß sie als Übersetzungsmaschine dienen konnte; solche Maschinen wurden schon seit längerer Zeit auf der Erde eingesetzt, um den Austausch wissenschaftlicher Erkenntnisse zu fördern. Es war jedoch etwas ganz anderes, eine Maschine zu konstruieren, die ihre eigenen Wissenslücken zu überbrücken vermochte.

Bill Larsen hatte recht gehabt; diese Burschen *waren* gescheit!

Dann zuckte er die Achseln. Er mußte trotzdem Larsens Auftrag erfüllen. »Sehr schön«, sagte er, und die Maschine spuckte Worte auf peruta aus. »Wenn das so ist, dann kann ich ja fragen, Ato – was wollt ihr von uns?«

Diesmal kam das Lächeln sofort. »Ich möchte reden, Sam – reden, bis die Maschine keine Fehler mehr macht oder nach Wörtern suchen muß. Vielleicht über Geschichte. Soll ich sprechen, oder willst du?«

»Fang nur an.«

Der purpurfarbene Kopf nickte – es war das erste Mal, daß Ato diese Geste machte.

Mit weicher Stimme begann er die Geschichte vom Ursprung des Lebens in den Urmeeren zu erzählen – fast dieselbe, die Sam einmal gelernt hatte. Anfangs mußte die Maschine oft längere Zeit nach Umschreibungen für bestimmte Ausdrücke suchen, aber die Übersetzung wurde flüssiger, als sich ihr Vokabular vergrößerte. Manchmal gebrauchte sie ein Wort falsch, doch machte sie nie zweimal denselben Fehler.

Sam hörte trotz aller Vorsätze gebannt zu. Dies war kein fantastisches Märchen von einer vollkommen fremden Art von Leben. Es hörte sich an wie eine Wiederholung alles dessen, was auf der Erde geschehen war, nur Namen und Ereignisse, die Reihenfolge von Erfindungen und die Zeitspannen waren anders. Es war jedoch eine Entwicklungsgeschichte, die der der Menschheit in sehr vielem ähnelte. Feuer, Waffen, Haustiere, Ackerbau. Städte, dann grausame Imperien. Schrift und Metallverarbeitung. Rassen und Kulturen im Kampf gegen Rassen und Kulturen, Krieg, Sklaverei . . .

Unvermittelt unterbrach er Ato, obwohl er sich vorgenommen hatte, so wenig wie möglich über die Erde zu verraten. »Auch bei uns entstand die wichtigste Kultur wahrscheinlich in einer kleinen Region eines Kontinents, in Griechenland – vor rund zweitausendfünfhundert Jahren.«

Ato hörte ihm weiter zu, fand selbst Parallelen, obwohl es auf seiner Welt keinen Alexander gegeben hatte, dafür aber eine stark ethische Religion, die eine Mischung von Buddhismus und Christentum hätte sein können. Es hatte auch den Kreuzzügen vergleichbare Ereignisse gegeben, und ziemlich viel später die Entdekkung von vier kleineren Kontinenten, die von Wilden besiedelt waren.

Sam nahm den Faden wieder auf. Sie wechselten sich ab, bis sie auf den augenblicklichen Zivilisationsstand der Erde zu sprechen kamen.

»Wir waren etwas früher dran«, sagte Ato. »Das alles geschah bei uns vor ungefähr zweihundert von euren Jahren. Wir erreichten die anderen Planeten unseres Systems, und das war ein Ansporn weiterzumachen, obwohl wir wirtschaftlich nicht viel davon hatten. Es gab einen größeren Atomkrieg, aber glücklicherweise wurde der Friedensschirm gerade rechtzeitig erfunden.«

Der Friedensschirm, dachte Sam. Das war eine wichtige und vielleicht brauchbare Information.

»Daraufhin mußten sich die beiden großen Machtblöcke einigen. Und dann entdeckten wir das Geheimnis des Antriebs der Sternenschiffe. Wir fanden heraus, wie man mit tausendfacher Lichtgeschwindigkeit fliegen kann – theoretisch jedenfalls. In der Praxis können wir noch nicht mehr als hundertfache Lichtgeschwindigkeit erreichen. Das war der Anstoß für unsere Ausbreitung in den Raum, Gründung von Kolonien, Handel, Wachstum. Wir stießen auf drei sehr niedrige Intelligenzformen; aber diese Rassen waren noch zu primitiv für eine Sprache. – Jetzt, zum erstenmal, begegnen wir einer zweiten Kulturrasse.«

Sam richtete sich abrupt auf, die Faszination dieser parallelen Geschichte abschüttelnd. Schön, die Erde hätte auch den Weg in den

Weltraum gefunden – aber jetzt war es um zweihundert Jahre zu spät. Die Indianer von Nordamerika hätten mit der Zeit dieselbe Entwicklung wie die Völker Europas durchgemacht; sie kannten bereits eine primitive Metallbearbeitung, einfache Schriftformen, Ackerbau und vieles andere. Es gab einen Fortschritt – nicht nur bei den Mayas, sondern auch bei den sogenannten Fünf Nationen des Nordens. Auch die Seminolen waren kulturell nicht schlecht dagestanden – aber für sie alle war es gut tausend Jahre zu spät gewesen, denn plötzlich kamen die Weißen von Europa mit ihrer überlegenen Kultur.

Und jetzt wurde die Menschheit bei ihren ersten Schritten außerhalb ihrer Heimatwelt mit einer Rasse konfrontiert, die einen Vorsprung von etlichen hundert Jahren hatte. Aber in einer technischen Zivilisation bedeuteten ein paar Jahrhunderte dasselbe wie Jahrtausende bei primitiven Kulturen. Die Erde war um zweihundert Jahre zu spät dran – doch das war mehr als genug. Die Perui besaßen die Technologie, den Interstellarflug, das Imperium. Sie hatten den galaktischen Atlantik überquert und waren auf eine primitive Menschheit gestoßen.

Und das Schlimmste dabei war, überlegte er bedrückt bei Atos weiterem Bericht, daß es eigentlich gar keine Entdeckungsreise gewesen war.

Ato war Kaufmann. Und auf einem Handelsflug von einem neuen Sonnensystem zu einem bereits früher entdeckten hatten seine Schiffsdetektoren auf einmal eine bestimmte Strahlungsart registriert, die auf Raumfahrt schließen ließ. Er war umgekehrt, hatte die Spur der Mondschiffe gesucht und war ihnen zu ihrem Landeort gefolgt. Ein Zufall.

»Ihr seid aber ein beträchtliches Risiko eingegangen – einfach so zu landen . . .«, warf Sam ein und hoffte, daß das dem anderen zumindest Anlaß zur Besorgnis geben würde.

Ato blieb jedoch unbeeindruckt. »Aber durchaus nicht. Wir sahen, daß der Mond keine Atmosphäre besitzt, es also kein Leben darauf geben kann. Warum sollte nun eine Rasse Waffen in den Raum mitnehmen, wo bei diesen kleinen Schiffen jede zusätzliche Masse den Verzicht auf wertvollere Nutzlast bedeutet?«

»Warum seid ihr gelandet?«

»Warum?« der purpurfarbene Mann zögerte, zuckte dann die Achseln. »Wärt ihr nicht neugierig, wenn ihr auf eine andere Rasse stoßt? Wir haben damit gerechnet, daß es eines Tages dazu kommen würde. Natürlich hofften wir, eine Rasse auf derselben Entwicklungsstufe zu finden. Aber ich glaube, wir sollten froh sein, daß ihr uns nicht voraus seid . . . das hätte genausogut der Fall sein können. Unsere Soziologen haben natürlich für die verschiedenen Möglichkeiten die jeweils erforderlichen Maßnahmen ausgearbeitet.«

Sam beugte sich vor. »Heißt das vielleicht, daß dir diese Maßnahmen bekannt sind?«

Er hatte eine Verneinung erwartet, aber Ato schien durchaus bereit zu sein, darüber zu sprechen. Sam hörte zu und fand, daß der Plan durchaus vernünftig klang. Die Menschheit würde es weitaus besser treffen als die Azteken mit Spanien, unter Umständen vielleicht sogar so wie Indien und Ägypten unter englischer Kolonialherrschaft. Es würden natürlich viele andere Schiffe herkommen – und die Perui gedachten der Erde sogar die Triebwerke zu liefern, die nötig waren, um die Planeten und näheren Planetensysteme anderer Sterne zu erreichen, die von den Perui noch nicht in ihr Handelsimperium einbezogen worden waren. Einige menschliche Wissenschaftler würde man bei den Perui ausbilden, damit sie mehr über bestimmte Technologien – unter anderem den Überlichtgeschwindigkeitsantrieb – lernen konnten, auf die die Menschheit erst vorbereitet werden mußte. Es würde kaum eine Einmischung in Erdangelegenheiten geben, vielmehr würde die Erde die Chance erhalten, ein unabhängiges Mitglied des Perui-Imperiums zu werden.

»Und alles das umsonst?« fragte Sam zweifelnd.

Ato schüttelte den Kopf. »Natürlich nicht, Sam. Wir sind praktisch denkende Leute wie ihr. Wir treiben Handel – in großem Maßstab. Ihr könnt uns vieles bieten. Eine Menge Sachen könnt ihr billiger herstellen als wir, da bei euch der Lebensstandard der Arbeiter viel niedriger ist. Dann natürlich Rohstoffe . . . bestimmte Pflanzen, die wir brauchen . . . schließlich kommt es jetzt bereits billiger, den Weltraum zu durchqueren als die Ozeane, die eure Kauffahrer damals durchschifften . . . auch wenn es ein wenig länger dauert. Oh, ihr werdet euch den Fortschritt schon verdienen müssen.«

In diesem Augenblick kam einer der Perui herein und sagte ein paar schnelle Worte zu Ato. Zu seinem Erstaunen merkte Sam, daß er das meiste verstand – das lange, gleichzeitige Hören beider Sprachen hatte in seinem Gehirn nach und nach Verbindungen angebahnt. Larsen wollte Sam sprechen.

Sam stand auf, als die Übersetzungsmaschine erst mit ihrer Übertragung begann, und zum ersten Male zeigte Atos Miene echtes Erstaunen.

»Ich gehe wohl besser gleich«, sagte er rasch. »Ich komme sobald wie möglich zurück.«

Einer der draußen beschäftigten Männer zeigte auf das große Flugschiff.

Sam eilte hin und stieg hinauf in die Kommandozentrale. Das Schiff war fast zur Gänze ausgeräumt, aber das Funkgerät war noch installiert, und Larsen saß davor. Er hörte sich Sams Bericht mit düsterem Stirnrunzeln an.

»Keine Waffen auf ihrem Schiff?« fragte er endlich.

»Wie sollte ich das feststellen, Bill? Aber ich würde eher nein sagen – was sollen Waffen auf einem Handelsschiff, das befreundete Sternsysteme besucht? Natürlich könnten sie welche haben. Ihr letzter Krieg muß ziemlich schlimm gewesen sein. Aber was ist los?«

Larsen verzog das Gesicht. »Die Hölle, kann ich Ihnen sagen. Man hat auf der Erde versucht, Funkverbindung mit den Perui aufzunehmen. Anscheinend hat man die richtige Frequenz gefunden. Es kam jedoch keine Antwort. Dann meldeten sich ein paar Amateurastronomen, die nach Kometen Ausschau hielten – es seien plötzlich Sterne entlang einer bestimmten Linie verschoben gewesen – worauf man sich ausrechnete, daß die Perui mit mehr als der hundertfachen Lichtgeschwindigkeit ins Sonnensystem hereinkamen und dabei buchstäblich eine Verzerrung des Raums verursachten. Und jetzt haben die da unten eine Heidenangst, daß dieses Schiff der Kundschafter für eine Invasion ist. Sie möchten unbedingt herauskriegen, wie das Schiff funktioniert. Das möchte ich übrigens auch, ehrlich gesagt. Aber sie wollen, daß wir das Schiff festhalten, bis Donahue mit der Versorgungsrakete eintrifft . . .«

»Donahue?« wiederholte Sam. Das war der spezielle Ein-Mann-Pannendienst des Präsidenten – leider hatte es sich mehr als einmal erwiesen, daß er eher Pannen zu verursachen pflegte. Seine Methoden hatten in Burma einmal fast zu einem Aufstand geführt, und seit seinem letzten Besuch in Polen waren die diplomatischen Beziehungen zu diesem Land noch immer gespannt. Er konnte seine Handlungsweise natürlich immer bestens begründen, aber . . .

»Donahue!« bestätigte Larsen. »Er wird in drei Tagen eintreffen. Und ich könnte mir denken, daß er gut ausgerüstet ist.«

»Ausgerüstet?«

Larsen nickte. »Mit einem Fernlenkgeschoß, das eine H-Bombe als Sprengkopf hat – damit er verhindern kann, daß sich das Schiff davonmacht, nachdem er gelandet ist. Aber das ist nur eine Vermutung.«

Das könnte der Fall sein. Schließlich würde man das fremde Schiff kaum ohne irgendeinen Machtbeweis festhalten können. »Und was soll ich nun tun?« fragte Sam.

»Ato hinhalten, bis Donahue eintrifft. Dann können Sie zu jedem Manitou beten, den Sie kennen«, sagte Larsen. »Und mittlerweile plaudern Sie mal keins unserer Geheimnisse aus.«

Er wollte sich schon wieder dem Funkgerät zuwenden, da fiel ihm noch etwas ein. »Ach ja. Und finden Sie heraus, ob ihre Heimatwelt schon von uns weiß. Und wie weit sie von uns entfernt ist, und was sich sonst noch an militärischen Details ausmachen läßt. Machen Sie's gut, Sam!«

Sam ging mit unguten Gefühlen. Da schickte der aztekische Statthalter Nachricht zu den Männern, die Cortez' großes Schiff gesichtet hatten, sie sollten ihn festhalten und seine militärischen Geheimnisse erkunden. Und der König sandte den Statthalter zu dem Fremden, gerüstet mit einem prächtigen Obsidianschwert und einem erlesenen Federnumhang. Alles, was der Statthalter zu tun brauchte, war, Cortez so lange einzuschüchtern, bis der König Gelegenheit fand, sein Schiff zu stehlen. Es war wirklich ganz einfach.

Aber wahrscheinlich würde es gar nichts ändern, erkannte er. Damals in Mexiko hatte es auch nichts geändert.

Im Norden, wo die Siedler in Frieden gekommen waren, um Handel zu treiben und die Indianer ein bißchen auszubeuten, war das Ergebnis im Endeffekt das gleiche gewesen. Der weiße Mann hatte des weißen Mannes Bürde auf sich genommen, wie man so schön sagte, und wie er es in Indien und Afrika recht erfolgreich getan hatte – mit Ausnahme von ein paar Stämmen wie den Zulus, die sich wirksam dagegen gewehrt hatten.

Nun würden die Perui des Raumfahrers Bürde auf sich nehmen, ob es der Menschheit paßte oder nicht. Sie würde die kulturellen und technologischen Brosamen der Perui vorgeworfen bekommen, sie würde Entwicklungshilfe erhalten und schließlich eine zweifelhafte Unabhängigkeit. Die Menschen würden ihr hinterwäldlerisches Dasein vergessen dürfen und die Chance bekommen, etwas zu werden. Sie würden reich sein, in gewissem Sinn – so wie manche Prärieindianer durch Öl oder durch Verrat ihrer Kultur reich geworden waren.

Sams Vorfahren allerdings hatten sich Gott sei Dank geweigert, sich an die Weißen heranzumachen! Sie hatten sich statt dessen nach einigen bitteren Kämpfen in ihre Sümpfe zurückgezogen. Und heute, das war das Seltsame, hatten sie sich irgendwie in die moderne Gesellschaft eingefügt, ohne ihre Selbstachtung oder die Achtung der Weißen für ihr Volk verloren zu haben. Ihr Krieg war zu einem freundlichen Scherz geworden, über den er und Larsen Witze machen konnten. Sein Volk hatte es geschafft, ohne je des weißen Mannes Bürde gewesen zu sein.

Er beobachtete einige der Arbeiter, die immer noch Abwehrgesten gegen böse Geister machten. Diese Leute hatten daheim zwar Fernseher stehen und Autos – und sie waren sogar bis auf den Mond gekommen, um die Arbeit zu tun, für die die Wissenschaftler keine Zeit fanden – aber sie waren immer noch erst halbe Menschen.

Sie alle hatten eine großartige Zukunft vor sich, weil die Erde technologisch zweihundert Jahre im Rückstand war.

Und Donahue war mit einer netten kleinen Bombe unterwegs, um die Situation noch ein bißchen prickelnder zu gestalten. Er würde die überlegene Rasse aufbringen, womöglich einen Gewaltakt provozieren, vielleicht sogar die anwesenden Perui töten. Sofortige Vergeltung wäre die Folge, man würde der Erde ein paar Lektionen erteilen, die ihr den letzten Rest von Selbstachtung nahmen, und dann kam eine etwas härtere Version des Programms für des ›Raumfahrers Bürde‹.

Rasche Schritte hinter ihm ließen den Boden vibrieren, was er durch die Stiefelsohlen hindurch schwach wahrnehmen konnte. Er drehte sich um und sah Larsen ihm einen kleinen Gegenstand hinhalten. »Nehmen Sie das mit, versteckt«, sagte der Commander bitter. »Höchster Befehl!«

Er verschwand, während Sam die einzige auf dem Mond vorhandene Waffe einsteckte und auf das fremde Schiff zuging.

Ato sah lächelnd auf. »Eure Regierung möchte mit mir reden, höre ich«, begrüßte er Sam. »Weiß sie nicht, daß ich nur ein Händler bin? Ich kann keine Abkommen treffen, und ich kann keine Zeit mit Politikern verschwenden. Ich muß morgen – nach eurer Zeitrechnung – von hier aufbrechen, um meinen Zeitplan einzuhalten. Außerdem möchte ich dies alles natürlich so schnell wie möglich nach Hause melden.«

»Dann hast du es noch nicht getan?« fragte Sam und versuchte, seiner Stimme die Erregung nicht anmerken zu lassen.

Sein Gegenüber nickte. »Per Funk mit Richtstrahl, natürlich. Aber es wird vierzig Jahre dauern, bis die Nachricht die nächste

Niederlassung erreicht. Radiowellen können sich nicht schneller als das Licht fortpflanzen. Die Meldung ist nur eine Formalität.«

Damit war das Thema für ihn erledigt.

Sam grübelte darüber nach, und wieder verspürte er eine Art Warnsignal. »Angenommen, ihr habt irgendeine Panne und sitzt hier fest, Ato. Was dann? Müßtet ihr dann hierbleiben, bis das Funksignal jemanden erreicht?«

»Das ist schon vorgekommen«, gab der Fremde zu. »Und der eigentliche Grund für das Signal ist auch, daß man uns in einem solchen Fall finden kann. Hat der Hilferuf aber einmal eine Niederlassung erreicht, dann würde in wenigen Tagen eine Rettungsaktion anlaufen, und ein Ersatzschiff wäre in einem Monat oder so hier. Natürlich könnte ich auch Pech haben, und die Niederlassung ist gerade einmal ein paar Jahre nicht besetzt – dann würde es natürlich länger dauern. Nun, aber du wolltest doch Genaueres über diese Pläne hören, die unsere Leute ausgearbeitet haben . . .«

Sam schüttelte den Kopf. Er hatte sich so lange es ihm möglich war, an das offizielle Drehbuch gehalten, aber irgendwann kam immer der Zeitpunkt, wo man improvisieren mußte. Wenn ohnehin schon alles schief lief, gab es nichts mehr zu verlieren.

Er holte die Pistole heraus. »Weißt du, was das ist, Ato?«

Der andere musterte die Waffe nachdenklich. »Ich kann es mir denken. Wir hatten etwas ähnliches. Tödlich, nicht wahr?«

»Ja. Rufe deine Männer an Bord, aber laß sie nicht hier herein. Und bereite alles für den Start vor. Ich scherze nicht. Ich werde schießen – Tatsache ist, daß meine Regierung es sogar wünscht, daß ich schieße, wenn es die einzige Möglichkeit ist, euren morgigen Start zu verhindern.«

»Du kannst mich nicht unaufhörlich mit der Waffe bedrohen – und sobald unser Schiff abgehoben hat, bist du auf dich selbst angewiesen«, wandte Ato ein. »Warum also?«

Sam brauchte etwa fünfzehn Sekunden, um ihm zu erklären, was er von des Raumfahrers Bürde und der Entwicklungshilfe für die Erde dachte. Was mit ihm selbst geschehen würde, darüber war er sich längst im klaren. Wenn das seine Rolle in diesem Stück sein sollte, dann würde er beweisen, daß ein Seminole nicht weniger wert war als ein Apache. Das konnte er einem Fremden natürlich nicht erklären. Weder Ato noch er wußten bislang genug über den kulturellen Hintergrund des anderen.

»Zehn Sekunden, Ato«, sagte er. »Wenn du bis dahin nicht gehorchst, schieße ich.«

Der purpurne Kopf nickte langsam, ein Finger tastete nach einem Schalter. Ato begann seine Befehle zu geben. Auf den Sichtschirmen sah man die Perui zum Schiff zurückströmen.

Als die ersten von ihnen die Situation durchschauten, waren alle Männer an Bord.

»Starte«, befahl Sam. »Laß das Schiff mit Unterlichtgeschwindigkeit aufsteigen und Kurs auf unsere Raumstation nehmen, wenn du weißt, wo sie ist.«

In diesem Stadium hatte Sam mit Schwierigkeiten gerechnet, aber der Fremde zuckte nur die Achseln und trat bedächtig an das große Instrumentenbord. Das Mikrofon zur Übersetzungsmaschine zog er am Kabel mit sich. Sam folgte ihm in Wandnähe, so daß er immer die Tür im Auge behalten konnte. Im nächsten Augenblick hob das riesige Schiff ab, ohne daß eine Bewegung zu spüren gewesen wäre – man sah nur auf den Fernsehschirmen die Mondoberfläche zurückfallen. Auf dem einen, der auf Vergrößerung geschaltet war, entdeckte Sam den nach oben blickenden Larsen, konnte seinen Gesichtsausdruck jedoch nicht mehr erkennen.

Vielleicht würde er es verstehen. Wenn nicht, dann vielleicht seine Kinder – eines Tages, wenn alles klappte.

»Irgendwo zwischen uns und der Station bewegt sich ein Schiff auf den Mond zu«, sagte Sam. »Ich will, daß ihr es ortet, Ato. Dann möchte ich, daß ihr eine stabile Kreisbahn um die Erde einschlagt, die den Weg dieses Schiffes schneidet. Verstanden?«

»Wie du wünschst«, sagte Ato ruhig.

Im Gesicht des Fremden lag ein seltsamer Ausdruck, den Sam nicht zu deuten wußte. Er umklammerte seine Waffe fester und ließ kein Auge von Atos Gesicht. Er verließ sich auf sein Glück und Atos Unkenntnis der Tatsache, daß das Versorgungsschiff eine Wasserstoffbombe an Bord hatte . . . und auch darauf, daß die Situation sich ohnehin kaum mehr verschlimmern konnte, so daß es nichts ausmachte, wenn er versagte.

Wenn die Erde die Fremden für Feinde halten und einen Vergeltungsangriff erwarten mußte, dann würde sie nicht untätig darauf warten. Soviel wenigstens lehrte die Geschichte seiner Welt. Die Menschheit tat oft unrecht, aber es fehlte ihr nicht an Mut und Entschlossenheit. Sie würde ihr Bestes geben, jeden Angriff abzuwehren – und ihr Bestes war wirklich erstaunlich. Schon öfters war in Kriegszeiten der Fortschritt von zwanzig Jahren in bloße fünf zusammengedrängt worden. Und die Menschen konnten das wieder tun, wenn sie mußten.

Sie würden vierzig Jahre Zeit haben, bis diese Funknachricht irgendeinen Empfänger erreichte. Mit ein wenig Glück würden sie es dann zunächst nur mit einem Rettungsschiff zu tun bekommen. Bis die Perui begriffen, daß Krieg war, würde vielleicht wieder etwas Zeit vergehen. Wenn die Erde auch nur ein wenig von den technologischen Errungenschaften des Perui-Schiffes retten und mit ihren eigenen verschmelzen konnte, würde sie sich behaupten können. Die Menschen hatten eine ganze Welt als Basis, während die Perui den Krieg von Gott weiß woher zu ihnen tragen mußten.

Es würde eine Zeit der Hölle sein. Doch ein Krieg, der keiner Seite nutzt, dauert nie ewig, und es würde ein Ende und eine neuen Anfang geben.

Mit Glück und Entschlossenheit konnte die Erde zumindest ihre Unabhängigkeit bewahren.

Die Geschichte hatte gezeigt, was aus den Rassen wurde, die sich unterwarfen und vertrauensvoll die angebotene Hilfe annahmen. In dieser Hinsicht stimmte die Geschichte von Atos Volk und die seiner eigenen Rasse überein. In noch einem Punkt stimmten sie überein – daß man sich manchmal am besten die Achtung einer anderen Rasse verschaffte, indem man mit ihr kämpfte. Keine Seite kann einen jahrelangen harten Kampf gegen einen Feind führen, ohne ihm letztlich doch etwas Respekt abzufordern. Und wenn die Kriege zu Ende waren, konnte es aus diesem Respekt heraus zu Bündnissen kommen. Wie England und Amerika – und Amerika und Japan. Deutschland und das Nachkriegsfrankreich. In gewissem Grade sogar Jordanien und Israel. So hatte auch sein eigenes Volk bei den Weißen des Sumpflandes sich Achtung erkämpft.

Feinde konnten zu Freunden werden. Doch die Kluft zwischen Herrschern und Beherrschten wurde nur immer größer, bis endlich der Schwächere vom Stärkeren verschlungen wurde.

So war es wohl besser.

Und doch ...

Ato drehte sich um. »Wir werden bald die Bahn des kleinen Schiffes kreuzen, Sam. Ich vermute, du willst, daß ich es bedrohe – und dann auf die Bombe warte, die es an Bord haben muß?«

Sam starrte den purpurfarbenen Mann an und schwieg betreten. Genau das war sein Plan. Wenn der andere ihn so leicht erraten konnte ...

»Ich habe fast fünfzig Leute an Bord, Sam«, sagte Ato leise. »Einige sind meine Freunde, alle sind mir anvertraut. Wir haben ein Rettungsboot, das groß genug ist, um sie alle auf den Planeten zu bringen, den ihr Mars nennt. Weiter nicht, Sam. Sie werden sich dort lange genug am Leben halten können. Laß sie gehen, dann will ich das Erdschiff anrufen.«

Es konnte eine List sein, das wußte Sam. Und da schon das Leben von so vielen auf dem Spiel stand, kam es auf diese fünfzig eigentlich nicht an. Er nickte jedoch.

»Schicke sie los.«

Eine Minute später, Ato hatte kaum seine Anweisungen beendet, gab es einen heftigen Ruck, und auf einem der Schirme sah man, wie ein Teil des blauen Schiffs sich abtrennte und entgegen der Richtung zur Sonne beschleunigte.

Ato hantierte an einigen Schaltern und Knöpfen des Instrumentenbords, bis plötzlich eine Sturzflut von englischen Worten durch den Lautsprecher prasselte. Das konnte nur vom Versorgungsschiff kommen.

»Dieses Gerät ist stark genug, um auch die Erde zu erreichen«, sagte Ato. Er zog den Übersetzer heran und begann schroff ins Mikrofon zu sprechen: »Erdschiff – ihr seid meine Gefangenen! Erdschiff – ihr seid meine Gefangenen! Ergebt euch sofort und seid bereit, meine Leute an Bord zu lassen. Ergebt euch, oder ihr werdet vernichtet!«

Er schaltete aus und drehte sich wieder zu Sam um.

Sam starrte ihn ungläubig an. Wenn die Perui sich so leicht einschüchtern ließen, wenn sie so bereitwillig ihre Rasse verrieten – aber das konnte nicht sein: ihre ganze Geschichte sprach dagegen.

»Warum tust du das?« fragte er zornig.

Ato zuckte die Achseln. »Erschieße mich, dann erfährst du es, Sam. Tu es ruhig. Oder nein, ich will es dir lieber sagen. Es wäre völlig wirkungslos, auf mich zu schießen, denn zwischen dir und mir befindet sich dieser Friedensschild, von dem ich dir erzählt habe. Er ist eingeschaltet, seid du mit etwas hereinkamst, das meine Detektoren als Waffe identifizierten. Und ein anderer Schild umschließt das Schiff. Ihr besitzt keine Waffe, mit der ihr es vernichten könntet.«

Sam drückte ab – mit kalter Entschlossenheit. Einen Augenblick später hing die leere Waffe nutzlos in seiner Hand, und auf dem Boden lagen sieben plattgedrückte Klümpchen Blei. Ato war unverletzt.

»Also gut«, sagte Sam endlich. »Ich nehme an, ich hätte die letzte Patrone für mich selber aufheben sollen. Was jetzt?«

»Wer weiß, was nach dem Tode kommt?« fragte Ato leise. »Sam, glaubst du denn, wir *wollen* das, was du des Raumfahrers Bürde nennst? Begreifst du nicht, daß auch unsere Geschichte uns die Folgen zeigt? Diese Situation ist für den Überlegenen ebensowenig gesund – sie läßt ihn von innen her verfaulen, wenn du verstehst, was ich meine. Zeigt nicht deine Geschichte – wie es meine tut –, daß echter Frieden und Fortschritt nur unter Gleichberechtigten, unter Ebenbürtigen möglich ist?«

Er stieß einen Laut aus, der beinahe wie ein Seufzen klang. »Mir gefällt deine Lösung nicht, Sam. Sie gefällt mir ganz und gar nicht. Aber unsere gefällt mir noch weniger. Und wenn du für die bessere Lösung sterben kannst, sollte da ein Perui weniger tun?«

Er legte einen kleinen, roten Hebel um.

»Du kannst nun zu mir gelangen, Sam. Damit wird der Schutzschild zwischen uns ausgeschaltet. Doch nun werde ich deine Hilfe brauchen – wenn von diesem Schiff und seiner Bibliothek etwas für dein Volk erhalten bleiben soll. Es sind zwei Leute erforderlich, wenn man einen Teil des Schilds aufrechterhalten will, während der übrige ausgeschaltet ist. Da – dieser Schalter – und dieser Hebel – so . . .«

Ich habe dich gewarnt, sagte irgendetwas in Sams Kopf. *Du wolltest ja unbedingt auf den Mond. Jetzt wirst du sterben.*

Ein anderer Teil seines Bewußtseins jedoch spielte das Stück zu Ende, wie es seine Rolle vorschrieb.

Schweigend stand er neben Ato, beobachtete die Fernsehschirme und drückte einen bestimmten Hebel hinunter, während das Fernlenkgeschoß vom Versorgungsschiff auf sie zuraste. Es ist schlimm, sterben zu müssen, dachte er. Aber wenn es schon sein mußte, dann war es gut, wenn einen jemand begleitete . . . ein Freund.

Jack Williamson

Konsumartikel

Das Mädchen war in der Nische des Verkaufsautomaten angekettet.

»Hallo, Freunde!« Ihr sehnsüchtiger Ruf verhallte klagend in den leeren Winkeln des trüb beleuchteten Warteraums. »Möchte mich nicht jemand kaufen?«

Die meisten der schläfrigen Flugpassagiere von Kansas City, die aus der warmen Wüstennacht in die Ankunftshalle traten, starrten das Mädchen an, als sei es eine Art Ungeheuer, und hasteten weiter, doch Pip Chimberley wurde bei dem Anblick schlagartig munter und blieb stehen.

»Abend, Süßer.« Das Mädchen lächelte ihn aus aufreizend großen blauen Augen an. Die Ketten klimperten, als sie hoffnungsvoll die Hände hob, um ihr kupferfarbenes Haar zurechtzustreichen. Ihr schlanker, gebräunter Körper glitt geschmeidig in eine Pose, bei der ihr hauchdünner Chemistik-Büstenhalter zu bersten drohte. »Ich gefall Ihnen, ja?«

Chimberley schluckte. Er war ein knochiger junger Mann mit einem Schnabel von Nase, einem unterernährten mausbraunen Schnurrbart und drei akademischen Graden in Kybernetik. Seine blaßbraunen Augen wandten sich verwirrt von dem Mädchen ab, irrten fasziniert wieder zurück.

»Wollen Sie mich nicht kaufen?« Ihre einschmeichelnde, samtige Stimme war wie eine Liebkosung. »Auf diese kleine Summe wird es Ihnen doch nicht ankommen, und ich weiß, daß ich Ihnen gefallen werde. Ich mag Sie.«

Mit einem erstickten Laut schnappte er nach Luft.

»Nein!« Aufkeimende Panik ließ seine Stimme zu einem heiseren Krächzen werden. »Ich bin kein Kunde. Mein Interesse ist – äh – beruflich.«

Er wich hastig von der grell beleuchteten Verkaufsnische zurück und zwang sich, den Blick von dem Mädchen auf den Automaten zu richten. Maschinen waren ihm vertraut, und diese fand er besonders anziehend: das verführerisch stromlinienförmige Gehäuse, den herrlichen Schimmer des aufregend roten Lacks. Er trat noch etwas zurück und musterte hingerissen die dreidimensionale Flammenschrift über dem Automaten:

GINEVRA

DER NEUESTE, VITALISIERTE KONSUMARTIKEL!

KEIN ROBOTER, ABER – WAS IST SIE?

Die leuchtenden Buchstaben zerspritzten zu einem Feuerwerk tanzender Lichtfunken, die erneut zu flammenden Worten verschmolzen. Ginevra, der neueste Konsumartikel, war von Solar Chemistics Incorporated patentiert worden. Ihr makelloser Körper war von automatischen Maschinen geschaffen worden und garantiert nie mit Menschenhand in Berührung gekommen, absolut jungfräulich. Sie war durch psionische Prozesse ausgebildet, garantiert sanftmütig und friedfertig. Der spezielle Einführungspreis für sie betrug – nur ganz kurze Zeit – lächerliche vier Dollar fünfundneunzig.

»Was Sie auch von Beruf sind, ich bin ganz sicher, daß Sie mich brauchen.« Sie beugte sich aus der engen Verkaufsnische heraus, und ihre dunkle Stimme folgte ihm beschwörend. »Ich kann jedem etwas bieten.«

Chimberley zögerte, drehte sich um.

»Das könnte schon sein«, murmelte er widerstrebend. »Ich will allerdings nur ein paar kleine Informationen. W-wissen Sie, ich bin Kybernetiker.« Er nannte ihr seinen Namen.

»Ich heiße Ginevra.« Sie lächelte, wobei ihre perfekten weißen Zähne aufblitzten. »Modell 1, Seriennummer 1997-A-456. Ich würde Ihnen gerne gefällig sein, aber Sie müssen mich leider zuvor kaufen. Sie möchten mich doch haben, nicht?«

Chimberleys langes Pferdegesicht nahm die Farbe von nassen Ziegeln an. Es war eine traurige Tatsache, aber er hatte nie irgendeine Frau wirklich haben wollen. Seine besten Freunde waren Digitalcomputer; Menschen hatten ihn immer gelangweilt. Er konnte nun nicht verstehen, warum es in seinen Ohren so seltsam pochte, oder warum er seine Hände so zusammenkrampfte.

»Ich bin in einer beruflichen Angelegenheit hier«, erklärte er förmlich. »Deshalb bin ich stehengeblieben. Ich bin nämlich ein Entstörungstechnologe von General Cybernetics.«

»Ich dachte, ein Kybernetiker? Was ist ein kybernetischer Entstörungstechnologe?« Psionische Wissensvermittlung hatte anscheinend ihre Grenzen, aber der verwirrte Knick in Ginveras zarten Brauen wirkte trotzdem bezaubernd.

»Nun, meine Firma baut die Managercomputer, die in den meisten großen Konzernen die menschlichen Manager ersetzen«, erklärte er ihr geduldig. »Ich habe die Aufgabe, für ihr klagloses

Funktionieren zu sorgen. Genaugenommen sind die Anlagen ja so konzipiert, daß sie sich selbst überwachen und reparieren. Sie haben nie wirkliche Pannen. Üblicherweise liegt es nur daran, daß die Menschen sich nicht die Mühe machen, sie zu verstehen.«

Er tat die menschliche Beschränktheit mit einem Fingerschnippen ab.

»Jedenfalls, als ich heute abend in meine Pension zurückkam, fand ich dieses Telegramm von Schenectady vor. Das erste Mal, daß ich von irgendwelchen Schwierigkeiten hier im Land der Sonne hörte.« Er blinzelte sie fragend an. »Ich versteh's ja immer noch nicht ganz, aber vielleicht können Sie mir sagen, was los ist.«

»Vielleicht kann ich das«, sagte sie einschmeichelnd. »Aber dann müßten Sie mich schon zuerst kaufen.«

»Das Problem liegt bei Ihnen«, knurrte er vorwurfsvoll. »Zumindest hab' ich das dem Kabel entnommen, obwohl die Nachricht etwas zu knapp gefaßt war – unser eigenes Management ist automatisiert, selbstverständlich, und manchmal nimmt der Computer nicht genügend Rücksicht auf die begrenzte Auffassungsgabe menschlicher Angestellter.«

»Aber ich bin kein Problem«, widersprach sie fröhlich. »Versuchen Sie es nur einmal mit mir.«

Auf seinen Handflächen brach kalter Schweiß aus. Vor seinen Augen flimmerte es. Er blickte starr an dem Mädchen vorbei auf den mächtigen Verkaufsautomaten und versuchte erbittert, seine aufgerührten Gefühle zu bezwingen.

»Es ist erst vier Stunden her, daß ich das Telegramm bekam. Hab' natürlich sofort alles liegen und stehen lassen. Ich mußte ja so schnell wie möglich feststellen, was mit Athena Sue nicht stimmt – sie ist die Computeranlage, die wir zur Leitung von Solar Chemistics bauten. Ich hab' nur mit knapper Not das Abendflugzeug erwischt. Jetzt muß ich schleunigst feststellen, wo der Wurm liegt.«

»Welcher Wurm?« erkundigte sie sich mit bezauberndem Lächeln. »Möchten Sie hier Angeln gehen?«

»Es sieht so aus, als wären die Direktoren von Solar Chemistics unzufrieden, weil Athena Sue menschliche Wesen herstellt und auf den Markt bringt. Sie drohen, unseren Managercomputer zu feuern, wenn wir nicht sofort herausfinden, weshalb Athena Sue auf eine derartige Idee kommen konnte.«

Stirnrunzelnd betrachtete er das angekettete Mädchen.

»Aus dem Telegramm ist allerdings nicht hervorgegangen, was die Direktoren dagegen haben. Athena Sue wurde darauf programmiert, bei Verarbeitung und Verkauf von Solarsynthesestoffen den größtmöglichen finanziellen Gewinn anzustreben, also kann es nicht um den Profit gehen. Anscheinend gibt es auch keine juristischen Probleme. Ich weiß wirklich nicht, warum sich diese Wichtigmacher so aufregen.«

Ginevra ordnete ihr flammenfarbiges Haar und lächelte so strahlend, daß er sie einfach nicht ignorieren konnte.

»Ich finde das Projekt übrigens höchst interessant.« Einen Augenblick lang grinste er das Mädchen und den prächtigen Verkaufsautomaten bewundernd an. »Menschliche Manager hätten weder die Intelligenz noch den Weitblick besessen. Es war schon einer unserer Computer der Athena-Klasse nötig, um diese Möglichkeit zu erkennen und all die technischen und kommerziellen Schwierigkeiten zu bewältigen, die bei der Verwirklichung eines solchen Projekts auftreten.«

»Dann gefalle ich Ihnen also?«

»Den Direktoren gefallen Sie anscheinend nicht.« Er versuchte, ihren gekränkten Gesichtsausdruck nicht zu bemerken. »Ich kann das nicht verstehen, aber es wird meine erste Aufgabe hier sein, den Grund herauszufinden. Wenn Sie mir helfen . . .«

Er verstummte hoffnungsvoll.

»Ich koste nur vier fünfundneunzig«, erinnerte ihn Ginevra. »Sie brauchen das Geld nur in diesen Schlitz zu werfen . . .«

»Ich brauch Sie nicht«, unterbrach er sie heftig. »Nur ein paar Daten über Ihre Herstellung. Zunächst – was ist eigentlich der Unterschied zwischen einem vitalisierten Konsumartikel und einem gewöhnlichen Menschen?«

Er bemühte sich, ihr unterdrücktes Aufschluchzen nicht zu hören.

»Wie hoch ist die Investition für die Produktionsanlage?« Er hob die Stimme und zählte die Fragen an seinen knochigen Fingern ab. »Wie hoch ist die Produktionsrate? Die Gewinnspanne? Unter welchen Gesichtspunkten wurde die Herstellung von – äh – vitalisierten Konsumartikeln von Athena Sue konzipiert? Wann wurden Sie auf den Markt gebracht? Wie ist die Reaktion der Konsumenten bisher? Oder wissen Sie das nicht?«

Ginevra nickte eifrig.

»Doch, aber können wir nicht vielleicht anderswo darüber reden?« Sie blinzelte tapfer ihre Tränen zurück. »In Ihrem Zimmer, ja?«

Chimberley wand sich gequält.

»Wenn Sie mich nicht mitnehmen«, setzte sie unschuldig hinzu, »kann ich Ihnen gar nichts sagen.«

Er wandte sich ab und stelzte davon, wütend darüber, daß ihm so die Knie zitterten. Wahrscheinlich konnte er alles, was er wissen mußte, von den Speicherbändern des Computers abrufen, sobald er einmal im Werk war. Außerdem, weshalb ließ er sich von ihr so durcheinanderbringen? Sie war schließlich nichts als ein interessantes Produkt der Chemistik-Technologie.

Ein untersetzter Geschäftsmann mit rosigem Gesicht trat an den Verkaufsautomaten, setzte eine Aktentasche ab, legte seinen zusammengerollten Regenschirm beiseite und nahm seine Brille ab, um Ginevra mit hervorquellenden, lehmfarbenen Augen anzustarren.

»Sklaverei!« Empört richtete er sich auf. »Meine liebe junge Dame, Sie brauchen offensichtlich Hilfe.« Er setzte die Brille wieder auf, suchte in seinen Taschen herum und überreichte ihr seine Geschäftskarte. »Wie Sie sehen, bin ich Rechtsanwalt. Wenn Sie gegen Ihren Willen in irgendeine Art von Knechtschaft gezwungen wurden, so kann ich selbstverständlich Ihre sofortige Freilassung bewirken.«

»Aber ich bin keine Sklavin«, versicherte Ginevra. »Unser Management hat sich vom Generalstaatsanwalt eine vorläufige Stellungnahme besorgt – danach sind wir keine menschlichen Wesen. Jedenfalls nicht vom juristischen Standpunkt. Wir sind lediglich Konsumartikel.«

»Eh?« Ungläubig beugte er sich vor und kniff sie in den sonnengebräunten Arm. »Was . . .«

»Alfred!«

Er zuckte zusammen, als er den schrillen Ruf vernahm, und zog seine Hand so hastig von Ginevra zurück, als hätte sie plötzlich zu glühen angefangen.

»Oh!« Sie drückte sich in ihre enge Nische und massierte die schmerzende Stelle an ihrem Arm. »Bitte berühren Sie mich nicht, bevor Sie mich gekauft haben.«

»Sch-scht!« Verlegen huschte sein Blick zu einer vertrockneten, kleinen Frau mit Eichhörnchengesicht, die voller Empörung aus der Richtung der Damentoilette herbeigeeilt kam. »Meine – äh – bessere Hälfte.«

»Alfred, was stellst du denn nun schon wieder an?«

»Gar nichts, meine Liebe. Wirklich nicht.« Er bückte sich hastig nach seiner Aktentasche und seinem Schirm. »Aber es ist höchste Zeit, für unseren Flug . . .«

»So! Interessiert er sich für eine von diesen synthetischen Damen?« Sie entriß ihm den Schirm und schwang ihn kriegerisch. »Nun, mir kommt so etwas nicht ins Haus!«

»Martha, Liebling . . .«

»Warte, du wirst mich kennenlernen!«

Er floh mit eingezogenem Kopf.

»Und du!« Sie stach wütend mit dem Schirm auf Ginevra los. »Du synthetisches Ding, ich werd' dich schon lehren, meinem Mann schöne Augen zu machen!«

»He!«

Chimberley hatte sich nicht einmischen wollen, aber als er Ginevra zusammenzucken sah, zwang ihn ein unbedachter Impuls, den Schirm zur Seite zu schlagen. Die wutentbrannte Frau nahm sich darauf ihn vor.

»Sie fieser Perverser!« zischte sie ihn an. »Kaufen Sie sie nur – Sie werden schon sehen, was Sie sich damit antun!«

Entrüstet nahm sie die Verfolgung ihres Alfred auf.

»Oh, vielen Dank, Pip!« Ginevras Stimme war matt vor Schmerz; er sah, daß ihre samtige Schulter einen langen, roten Kratzer hatte. »Ich glaube, Sie mögen mich doch!«

Zu seinem eigenen Erstaunen tastete Chimberley nach seiner Brieftasche. Er blickte sich verschämt um. Martha zerrte Alfred an den verlassenen Ticketschaltern vorüber, und ein altersmüder Saalwart wischte den Boden auf, aber ansonsten war die Wartehalle leer. Er steckte fünf Dollar in den Spalt und wartete pedantisch auf die Herausgabe von fünf Cent.

Irgendwo im Innern des Automaten ertönte ein leiser Gong. Die Ketten fielen von Ginevras Handgelenken und wurden eingezogen.

VERKAUFT! flammte eine 3-D-Schrift hinter ihr auf. KAUFEN SIE *IHRE* GINEVRA MORGEN!

»Liebling!« Sie hatte die Arme um ihn geschlungen, bevor er noch seinen Fünfer einstecken konnte. »Ich dachte schon, du würdest mich *nie* kaufen!«

Er versuchte ihrem Kuß auszuweichen, aber er war plötzlich wie gelähmt. Ein heißes Prickeln durchflutete ihn, und der Duft ihres Parfüms umgab ihn wie ein feuriger Nebel. In seinem Hirn explodierten Bomben und Granaten.

»Laß das!« Er schob sie nicht eben energisch weg und rief sich in Erinnerung, daß sie nur ein Konsumartikel war. »Ich muß mich doch um meine Arbeit kümmern. Und das hast du versprochen, mir einige Informationen zu liefern.«

»Natürlich, Liebster.« Gehorsam ließ sie ihn los. »Aber bevor wir gehen, möchtest du nicht mein Zubehör kaufen?« Ihre Stimme bekam einen werbenden, irgendwie singenden Unterton. »Ein dauerhaftes Chemyl-Köfferchen mit frischer Unterwäsche, einem Make-up-Set und reizenden Chemistiknegligés, alles zusammen nur neunzehn fünfundneunzig.«

»Moment mal! So war das nicht ausgemacht . . .«

Er verstummte und begann bewundernd zu grinsen, als ihm aufging, mit welch ausgeklügelter Verkaufstechnik hier gearbeitet wurde. Nein, bei Athena Sue konnte einfach keine Schraube locker sein!

»Na gut«, sagte er zu Ginevra. »Wenn du meine Fragen alle beantwortest.«

»Ich gehöre dir, Liebling!«

Sie griff nach seiner Zwanzig-Dollar-Note. »Samt allem, was ich weiß.«

Sie steckte den Schein in den Zubehörschlitz. Der Automat klingelte und rasselte und spuckte schließlich ein nicht so besonders dauerhaft aussehendes Chemyl-Köfferchen aus. Ginevra hob es auf und umarmte ihn dankbar, während er auf seinen Fünfer wartete.

»Bitte hör mit der Schmuserei auf!« Er spürte, wie sie zurückzuckte, und bemühte sich um einen sanfteren Ton. »Ich meine, wir haben jetzt einfach keine Zeit dafür. Ich möchte mit der Überprüfung von Athena Sue beginnen, sobald ich nur zum Werk hinauskomme. Wir werden uns ein Taxi nehmen und unterwegs reden.«

»Wie du willst, Pip, Liebling.« Sie nickte demütig. »Aber bevor wir aufbrechen, könnte ich nicht etwas zu essen haben? Ich bin seit gestern vier Uhr hier gestanden und bin fast verhungert!«

Ärgerlich über das neuerliche Zeitversäumnis führte er sie ins Flughafenbuffet. Es war fast leer. Zwei ältliche Jungfern durchbohrten Ginevra mit Blicken, tuschelten giftig und stolzierten selbstgerecht hinaus. Zwei Matrosen grinsten vielsagend, und einer steckte augenzwinkernd den Daumen zwischen Zeige- und Mittelfinger. Der Angestellte am Buffet musterte Chimberley eisig und übersah Ginevra geflissentlich.

Chimberley studierte unglücklich die Speisekarte und bestellte zwei Steaks, entschlossen, sie mit seinen Spesen in Rechnung zu stellen. Steaks waren jedoch aus, und der Angestellte bedauerte es sichtlich nicht. Es gab nur Chemburger.

»Chemburger!« Ginevra schlug begeistert die Hände zusammen. »Sie werden von Solar Chemistics aus goldenem Sonnenlicht und reinem Meerwasser hergestellt! Sie sind einfach *super*, der ideale Imbiß für jeden!«

»Zwei Chemburgers«, seufzte Chimberley, »und lassen Sie sie gefälligst nicht anbrennen.«

Er führte Ginevra in eine etwas abgelegenere Nische.

»Kommen wir zur Sache«, sagte er. »Ich möchte die Situation von Anfang bis Ende kennenlernen. Erzähl mir alles über dich.«

»Ich bin ein vitalisierter Konsumartikel. Wie all die anderen.«

»Dann möchte ich alles über vitalisierte Konsumartikel wissen.«

»Manches weiß ich selbst nicht.« Sie zog bezaubernd die Brauen zusammen. »Bitte, Pip, könnte ich wohl ein Glas Wasser haben? Ich bin die ganze Nacht dort gestanden und bin schrecklich durstig.«

Die Nische lag außerhalb des Zuständigkeitsbereichs des Buffetangestellten. Widerwillig knallte er das Glas auf die Theke, und Chimberley brachte es Ginevra.

»Was genau weißt du alles nicht?«

»Unsere Geschäftsgeheimnisse.«

Sie lächelte geheimnisvoll. »Solar Chemistics leistete Pionierarbeit auf diesem fantastischen neuen Gebiet der chemistischen Massenproduktion von verbesserten lebenden Organismen. Unser automatisiertes Management hält selbstverständlich den einzigartigen Prozeß geheim, durch den wir in hohen Stückzahlen hergestellt werden können. Deshalb hat unsere psionische Ausbildung absichtliche Lücken.«

Chimberley riß die Augen auf ob dieser strahlenden Unschuld und konnte sich des Verdachts nicht erwehren, daß er hereingefallen war.

»Trotzdem«, drängte er sie beunruhigt, »erzähl mir, was du weißt. Was hat denn dazu geführt, daß die Produktion von ... äh ... verbesserten lebenden Organismen überhaupt aufgenommen wurde?«

»Der Miß-Chemistics-Wettbewerb.«

»Na endlich, jetzt kommen wir der Sache näher.« Eifrig beugte er sich über den schmalen Tisch. »Wer ist Miß Chemistics?«

»Die begehrteste Frau der Welt.« Ginevra nippte zierlich an ihrem Wasser. »Sie gewann ein Preisausschreiben, durch das die Frau herausgefunden werden sollte, die jeder Mann begehrte. Eine recht blödsinnige Angelegenheit, die noch von dem menschlichen Manager veranstaltet wurde, bevor der Computer an seine Stelle trat. In jeder Packung unserer synthetischen Produkte lag ein Teilnahmeschein bei. Vierzig Millionen Frauen machten mit. Die Siegerin war ein Bauernmädchen namens Gussie Schlepps – seit sie einen Agenten hat, heißt sie Ginevra Gold.«

»Was hat sie mit dir zu tun?«

»Wir sind Kopien.« Ginevra lächelte selbstgefällig. »Verbesserte Kopien der wunderbarsten Frau der Welt.«

»Wie kann man eine Frau kopieren?«

»Kein Mensch könnte das«, erklärte sie lächelnd. »Es ist viel zuviel Wissen erforderlich. Aber unser Computer war imstande, den schrecklich komplizierten Prozeß auszuarbeiten.« Sie lächelte stolz. »Es war nämlich so: der Preis, den die Miß Chemistics gewann, war Unsterblichkeit.«

»Hä?« Er starrte ihr lieblich-naives Gesicht an. »Wie das?«

»Ein paar Zellen Narbengewebe von ihrem Körper wurden entfernt und in unseren Labors eingefroren. Jede Zelle, weißt du, enthält den vollen Satz Chromosome – das komplette genetische Schema zur Reproduktion des ganzen Körpers. Die Rechtsabteilung der Firma hat sich ihre Genehmigung besorgt, die Zellen am Leben zu erhalten und Kopien von ihr herzustellen, sobald ein entsprechender Prozeß entwickelt würde.«

»Auch eine Art von Unsterblichkeit«, meinte Chimberley stirnrunzelnd. »Aber mir kommt vor, kein besonders erstrebenswerter Preis.«

Ginevra nickte. »Sie war auch enttäuscht, als man es ihr sagte. Zuerst weigerte sie sich überhaupt. Sie wollte nicht, daß jemand an ihrem kostbaren Körper herumschnipselte. Sie hatte Angst, daß es wehtun könnte, und daß man die Narbe sehen würde – gegen die Publicity hatte sie allerdings nichts. Und das Labor brauchte ja nur einige wenige Zellen. Sie ließ sie sich endlich von einem Werksarzt entfernen, an einer Stelle, wo man die Narbe nicht sehen würde. Und es war eine gute Reklame für sie. Jetzt ist sie 3-D-Star, mit einem Millionen-Dollar-Vertrag.«

»Eine neue Methode, Karriere zu machen.« Chimberley grinste. »Aber was hält sie von vitalisierten Konsumartikeln?«

»Sie findet uns fantastisch.« Ginevra strahlte. »Sie bekommt nämlich Tantiemen für jede verkaufte Kopie. Außerdem sorgen wir für fantastische Publicity, sagt ihr Agent.«

»Kann man wohl sagen.« Widerwillige Bewunderung glomm in seinen bläßlichen Augen auf, bevor er seine Gedanken wieder auf berufliche Dinge konzentrieren konnte. »Aber weiter. Wie kam der Computer zur Miß Chemistics?«

»Der Wettbewerb war zu Ende, bevor unser Management automatisiert wurde«, sagte sie. »Damals war noch der alte Matt Skane Generaldirektor. Als der Computer jedoch die Leitung übernahm, wurden alle Firmeninformationen, das ganze Archiv, in Chemistikbänder gelocht und in seine Datenbank eingespeist.«

Chimberley saß einen Augenblick lang mit gerunzelter Stirn da und dachte nach. Sein Blick ruhte auf Ginevra, aber seine Gedanken suchten nach den ordentlichen Reihen blitzblanker Metallkästen, in denen Athena Sue hauste, versuchten sich einzustimmen auf ihre blitzartigen Reaktionen. Selbst für Kybernetiker war es manchmal schwer, der Denkweise von Managercomputern zu folgen – besonders wenn fehlerhafte Schaltkreise auszuschließen waren.

Ginevra rückte unruhig hin und her.

»Ist mit meinem Gesicht was nicht in Ordnung?«

»Durchaus nicht«, versicherte er ernst, kratzte sich am Kinn. »Ich hörte, wie du diesem Anwalt da, drüben beim Verkaufsautomaten, sagtest, du wärst juristisch gesehen kein Mensch. Wo liegt der Unterschied?«

»Die ursprünglichen Zellen sind menschlich.« Sie tupfte sich die Augen mit einer Papierserviette ab und blickte ihm tapfer in die Augen. »Die Unterschiede ergeben sich erst später, während der Produktion. Wir werden an eine mechanische Placenta angeschlossen und wachsen unter Hormonkontrolle in großen Bottichen chemistischer Lösungen heran. Während des Wachsens werden wir ausgebildet, durch psionische Impulse von Hochgeschwindigkeits-Lehrbändern. Das alles bewirkt natürlich Unterschiede. Der größte ist, daß wir besser als das Original sind.«

Sie zog nachdenklich die Brauen zusammen.

»Glaubst du, die Frauen sind auf uns eifersüchtig?«

»Könnte sein.« Chimberley nickte unsicher. »Ich hab' mir nie eingebildet, Frauen zu verstehen. Bei ihnen allen scheinen eine Menge Schaltkreise durcheinandergeraten zu sein. Da ist mir Athena Sue lieber. Fahren wir zum Werk hinaus . . .«

Ginevra schnüffelte.

»Oh, Pip!« japste sie. »Unsere Chemburger!«

Der Buffetangestellte stand da, trocknete sich die Hände an einem fettigen Tuch ab und starrte mit ungnädiger Faszination zu ihr herüber. Die vergessenen Chemburger gingen hinter ihm auf dem Grill in Rauch und Feuer auf. Ihr Klageschrei erinnerte ihn daran. Er kratzte sie vom Rost und klatschte sie widerwillig auf einen Pappteller.

Chimberley trug sie schweigend zu Ginevra hinüber. Er hatte für

Chemburger in jedem Zustand nichts übrig, aber sie verschlang beide begeistert und bat noch um ein Stück Chembeerentorte.

»Die ist einfach herrlich«, erklärte sie ihm seelenvoll. »Aus wahrhaft ambrosianischen chemistischen Substanzen vollautomatisch hergestellt – möchtest du nicht auch ein Stück versuchen?«

Als sie zu dem auf der Straße geparkten Taxi gingen, verdüsterte sich die Miene des Fahrers. Er ließ sie jedoch einsteigen.

»Sorgen Sie dafür, daß sie außer Sicht bleibt«, knurrte er feindselig. »Gestern hat 'ne wütende Menge ein paar Taxis zertrümmert, um diese . . . diese Dinger rauszuholen.«

Ginevra drückte sich eng neben Chimberley in die Polsterung. Sie sagte nichts, doch er spürte, daß sie zitterte. Das Taxi fuhr rasch durch leere Straßen, und einmal, als es mit quietschenden Reifen um eine Ecke bog, griff sie ängstlich nach seiner Hand.

»Sehen Sie das, Mister?« Der Fahrer nahm den Fuß vom Gas, als sie an einer rauchgeschwärzten Ruine vorbeikamen. »Das war einer von diesen automatisierten Supermärkten. Die Leute haben ihn gestern niedergebrannt. Sie hatten Verkaufsmaschinen mit solchen synthetischen Weibern aufgestellt. Ist Ihnen die Situation jetzt klar, Mister?«

Chimberley schüttelte den Kopf. Ginevras Hand fühlte sich kalt an in seiner eigenen. Plötzlich legte er seinen Arm um sie. Sie schmiegte sich an ihn und flüsterte ängstlich:

»Wovon redet er?«

»Ich weiß auch nicht recht.«

Die Werkanlagen der Solar Chemistics Incorporated erhoben sich bedrohlich aus dem Dunkel. Ein paar zerzauste Palmen lehnten sich gegen den Zaun. Ein scharfer, hefeähnlicher Geruch stieg von dem Labyrinth der Reaktionsbottiche jenseits davon auf, und blaue Scheinwerfer tauchten da und dort gewaltige Metallzylinder inmitten eines Dschungels von Röhren und automatischen Ventilen in ihr fahles Licht.

Chimberley sog den säuerlichen Geruch ein, und Stolz erfüllte seine magere Brust. Dies war der bewundernswerte Körper zu Athena Sues kompliziertem Gehirn. Er atmete Luft und trank Meerwasser und ernährte sich von Sonnenlicht und gebar so wundervolle Dinge wie Ginevra.

Der Taxifahrer hielt an einem der hohen Stahltore, und Chimberley stieg aus. Die Demonstranten waren auch hier gewesen und hatten sich ausgetobt. Die Palmen entlang des Zauns waren bis auf schwarze Stümpfe niedergebrannt. Steine hatten klaffende schwarze Löcher in das große 3-D-Emblem der Firma an dem grauen Betongebäude geschlagen, und Glasscherben knirschten unter seinen Sohlen, als er zum Tor ging.

Er fand die Glocke und drückte darauf, aber nichts geschah. Innerhalb des Zauns rührte sich niemand. All diese dunklen Hektar von Sonnenreaktoren waren so konstruiert, daß sie automatisch arbeiteten und sich selbst warteten, wobei Athena Sue sie kontrollierte, Tausende Flüssigkeiten in Tausenden Prozessen zu Tausenden neuen synthetischen Stoffen verband und von Anfang bis Ende alles steuerte. Menschliche Arbeiter wären nur im Wege gewesen.

»Ihre allmächtige Maschine!« höhnte der Fahrer hinter ihm. »Sieht so aus, als wollte sie nichts mit Ihnen zu tun haben.«

Chimberley drückte nochmals auf den Klingelknopf, und endlich kam aus dem Gebäude ein bärenhafter Mann mit einer Nachtwächteruhr und näherte sich keineswegs eilig dem Tor. Chimberley reichte ihm seinen Firmenausweis hinein und verlangte jemanden von der Verwaltung zu sehen.

»Niemand da.«

Der Wächter grinste spöttisch. »Falls Sie nicht diesen denkenden Computer meinen.«

»Genau zu dem will ich, wenn Sie mich hineinlassen . . .«

»Bedauere, das geht nicht, Sir.«

»Hören Sie mal.« Chimberleys Stimme hob sich, und zunehmende Verärgerung ließ sie zittern. »Das ist ein Notfall. Ich muß den Computer sofort überprüfen.«

»So besonders nötig kann's nicht sein.« Der Wächter grinste über das ganze sonnengebräunte Gesicht. »Nach den Tumulten gestern haben die Direktoren Ihrer sauberen Maschine den Saft abgedreht.«

»Aber das können sie nicht . . .« Panik erfaßte ihn, als sei sein eigenes Gehirn von Sauerstoffmangel bedroht. »Ohne Energie werden sich ihre Speicherröhren entladen. Sie . . . sie wird, nun . . . sterben!«

»Na und?« Der Wächter zuckte die Achseln. »Die Direktoren treffen sich morgen früh nochmals mit den ehemaligen juristischen Experten, um das Ding überhaupt loszuwerden.«

»Aber bis dahin habe ich es überprüft und – wenn nötig – wieder in Ordnung gebracht«, versprach er verzweifelt. »Lassen Sie mich bloß rein!«

»Tut mir leid, Sir. Aber nach den Vorfällen gestern habe ich strikten Auftrag, niemanden hereinzulassen.«

»Ich verstehe.« Chimberley holte tief Luft und versuchte sich zu beherrschen. »Möchten Sie mir erzählen, was nun eigentlich vorgefallen ist?«

»Wenn Sie's noch nicht wissen.« Der Wächter warf einen vielsagenden Blick auf das Taxi, in dem Ginevra wartete. »Ihr monströses Blechgehirn hat diese synthetischen Schätzchen im Geheimen entwickelt. Gestern früh brachte es sie auf den Markt. Ich nehm an, vom Standpunkt einer Maschine müssen sie wie eine heiße Sache ausgesehen haben: Ein Spielzeug, wie es sich wohl jeder Mann wünscht, zu einem Schleuderpreis. Ihre arme alte Denkmaschine wird vermutlich nie kapieren, warum die Leute versuchten, sie zu zerstören.«

Chimberley geriet in Fahrt. »Holen Sie die verantwortlichen Angestellten. Sofort. Ich bestehe darauf.«

»Bestehen Sie ruhig.« Der sonnengebräunte Riese zuckte die Achseln. »Es gibt bloß keine verantwortlichen Angestellten mehr, seit dieser Computer die Leitung übernommen hat. Was soll ich also tun, ihn holen?«

»Sie können Ihre Unverschämtheit etwas dämpfen«, fauchte Chimberley. »Wie heißen Sie überhaupt? Ich werde mich morgen früh über Sie beschweren.«

»Matt Skane«, sagte sein Gegenüber ruhig. »Ehemaliger Generaldirektor und Hauptgeschäftsführer.«

»Jetzt verstehe ich«, knurrte Chimberley vorwurfsvoll. »Sie hassen Computer!«

»Warum auch nicht?« Der Wächter grinste durchs Torgitter. »Ich habe sie jahrelang bekämpft, bevor sie die Firma übernahmen, und ich hab' meine Gesundheit und fast mein gesamtes Vermögen für diesen Kampf geopfert. Niemand gibt gerne zu, daß er veraltet ist.«

Chimberley marschierte empört zum Taxi zurück und wies den Fahrer an, ihn zum Hotel Gran Desierto zu bringen. Der Portier dort maß Ginevra mit einem eisigen Blick und stellte fest, daß keine Zimmervorbestellung vorgemerkt sei. Der nächste Taxifahrer bemerkte, daß Chimberleys Leben einfacher und ein Zimmer schneller zu bekommen sein würde, wenn er Ginevra bei der Polizei ablieferte, doch war mittlerweile sein erstes ärgerliches Erstaunen zu eigensinnigem Zorn verhärtet.

»Ich kann die Leute einfach nicht verstehen«, sagte er zu Ginevra. »Sie sind so anders als Maschinen. So unlogisch. So primitiv.

Manchmal frage ich mich, wie sie es überhaupt je fertiggebracht haben, etwas wie Athena Sue zu erfinden. Aber was sie auch tun, ich werde dich nicht hergeben.«

Es war bereits Tag geworden, als er endlich ein teures Zimmer in einem schäbigen kleinen Motel bekam, wo der verschlafene Geschäftsführer Bezahlung im voraus verlangte und keinerlei Fragen stellte. Es war zu spät, um noch schlafen zu gehen, aber er nahm sich die Zeit zum Duschen und Rasieren.

Seine Brieftasche wurde langsam dünn, und ihm kam der Gedanke, daß die Buchhaltungscomputer seiner eigenen Firma unter Umständen die für Ginevra ausgelegten Spesen beanstanden würden. So nahm er vorsichtshalber den Bus zum Werk hinaus und kam kurz vor acht Uhr an. Das Tor bei der Einfahrt stand jetzt offen, aber ein bewaffneter Posten trat ihm in den Weg.

»Ich komme von General Cybernetics . . .«

Er suchte nervös nach seinem Ausweis, doch der kräftige Posten winkte ab.

»Mr. Chimberley?«

»Der bin ich. Und ich möchte unsere Manageranlage hier inspizieren, bevor die Direktoren ihre Konferenz abhalten.«

»Matt Skane sagte mir, daß Sie auftauchen würden, aber Sie kommen leider zu spät.«

Der Posten wies träge auf eine Reihe langer Luxuswagen vor der Einfahrt. »Die Direktorenkonferenz hat bereits vor einer Stunde begonnen. Aber kommen Sie nur mit.«

Eine Welle von Übelkeit erfaßte ihn, als der Posten ihn an einem verwaisten Empfangstisch vorbei in die unheimliche Stille der automatisierten Verwaltungsabteilung führte. Eine wohlgebaute, katzenhafte Brünette, die beim Miß-Chemistics-Wettbewerb sicher in die engere Wahl gekommen war, saß hinter dem verchromten Geländer an dem toten Programmierpult und lackierte mit Hingabe ihre Krallen leuchtend rot. Mit einem schwachen Aufflackern von Interesse, das sofort wieder erlosch, sah sie zu ihm auf.

»Der Computerfritze aus Schenectady«, erklärte der Posten. »Er ist hergekommen, um das Blechgehirn zu überholen.«

»Da ist er aber zu spät dran.« Sie spreizte ihre Finger und betrachtete kritisch den frischen Lack. »Aus dem Konferenzsaal kam eben die Nachricht, daß sie es rauswerfen werden. Höchste Zeit, wenn man mich fragt.«

»Warum?«

»Haben Sie die *Dinger* nicht gesehen?« Sie blies auf ihre Nägel.

»Diese widerlichen synthetischen Ungeheuer, die es in Umlauf gesetzt hat?«

Er rief sich in Erinnerung, daß sie eben nur in die engere Wahl gekommen war.

»Trotzdem«, murmelte er widerspenstig. »Ich will mir den Computer ansehen.«

Mit gelangweiltem Nicken langte sie nach der Sperre im Geländer und ließ ihn in das vollklimatisierte Labyrinth metallverkleideter Konsolen und Kästen, das das Gehirn von Athena Sue gewesen war. Er blieb zwischen den ordentlichen Reihen pastellfarben lackierter Einheiten stehen, betrübt über die tödliche Stille.

Die erregenden Geräusche maschinellen Denkens hätten ihn flüsternd umgeben müssen. Natürlich arbeiteten die Germaniumpentoden, die Zellen des kybernetischen Gehirns, ebenso lautlos wie seine eigenen, aber Lochkarten hätten durch schnatternde Sortierer laufen müssen, wenn Athena Sue ihr Gedächtnis durchforschte, Locher hätten Chemistikband ratternd perforieren müssen, wenn sie neue Daten speicherte. Relais hätten klicken sollen, wenn sie blitzschnelle Entscheidungen traf, und automatische Ausdrucker hätten mit ihren vielen Stimmen wispern sollen.

Aber Athena Sue war tot.

Vielleicht konnte sie wieder zum Leben erweckt werden, dachte er hoffnungsvoll. Ihre permanenten Gedächtnisspeicher waren sämtlich noch intakt, die Daten in dauerhafte Chemistikbänder eingelocht. Er konnte ihren raschen elektronischen Puls wieder zum Schlagen bringen, ihre entladenen Röhren wieder in Funktion setzen, wenn er den unbegreiflichen Defekt fand, der sie letzten Endes zum Tod verurteilt hatte.

Er machte sich an die Arbeit.

Drei Stunden später, als er über ein Bandlesegerät gebeugt eine Datenspule überprüfte, schreckte ihn ein lauter Anruf auf.

»Na, Chimberley! Haben Sie was entdeckt?«

Er riß die Spule aus dem Lesegerät und wich beunruhigt vor dem muskulösen Riesen zurück, der am Programmierpult vorbei auf ihn zuging. Er brauchte einige Augenblicke, um Matt Skane – ohne die Nachtwächteruhr – wiederzuerkennen. Er drückte die Bandspule an sich und nickte steif.

»Ja.« Er schaute sich um. Die kurvenreiche Brünette und der Wachtposten waren verschwunden. Er fuhr sich mit der Zunge über die Lippen und schluckte. »Ich . . . ich habe herausgefunden, was mit dem Computer passiert ist.«

»So?«

Skane wartete, ein bedrohlicher, rotgesichtiger Riese mit schweren Händen, die für eine Axt oder die Griffe eines Pflugs gebaut waren. In diese neue Welt, in der Maschinen seine Muskeln wie sein Gehirn ersetzen konnten, paßte er nicht. Er war ein Anachronismus, war veraltet – aber gefährlich.

»Es war Sabotage.« Chimberleys magere Finger umklammerten schweißnaß, doch entschlossen die Bandspule.

»Woher wollen Sie das wissen?«

»Hier ist alles aufgezeichnet.« Er schwenkte die Chemistikspule. »Irgendjemand hat Athena Sue darauf programmiert, nach einem Projekt zu suchen, das in ihrer eigenen Vernichtung resultieren würde. Für einen Hochleistungscomputer wie sie war das kein Problem. Sie erfand die vitalisierten Konsumartikel und stellte die korrekte Vorhersage, daß die ungünstige Käuferreaktion alle mechanisierten Einrichtungen in Mißkredit bringen würde. Darauf programmierte der Saboteur sie um, ungeachtet der Folgen, die Ginevra-Kopien auf den Markt zu bringen.«

»Ich verstehe.« Skanes helle, blaue Augen verengten sich drohend. »Und wer war dieser schlaue Saboteur?«

Chimberley holte zitternd Luft. »Ich weiß, daß es jemand war, der zu bestimmten, gespeicherten Zeiten Zugang zum Programmierpult hatte. So weit ich feststellen konnte, war der einzige Werksangestellte, der zu diesen Zeiten hier sein konnte, ein Nachtwächter – Matt Skane.«

Der große Mann schnaubte verächtlich.

»Nennen Sie das einen Beweis?«

»Für mich reicht es aus. Ich glaube, weitere Nachforschungen werden mir genug Beweismaterial liefern, das die Direktoren interessieren dürfte.«

Skane machte eine unwillkürliche Bewegung; sein harter Mund verzog sich zu einem Grinsen, als er Chimberley zurückzucken sah. »Die Direktoren sind nicht mehr hier«, sagte er ruhig. »Und es wird keine weiteren Nachforschungen geben. Wir sind bereits zu menschlichem Management zurückgekehrt. Ihr Maschinenhirn wird abgeschafft. Ich bin wieder der Geschäftsführer. Und ich will dieses Band haben.«

Er griff nach der Spule.

»Nehmen Sie's doch.« Chimberley wich vor dem kräftigen, sonnengebräunten Arm zurück und lieferte widerstandslos die Spule aus. »Wird Ihnen auch nicht viel nützen. Vielleicht kann ich ohne das Band nichts mehr beweisen. Aber Sie werden trotzdem Schwierigkeiten bekommen.«

Skane grunzte verächtlich. »Sie können die Uhr nicht zurückdrehen«, erklärte Chimberley bitter. »Ihre Konkurrenten werden nicht zu menschlichem Management zurückkehren. Sie werden sich also gegen Computer zu behaupten haben. Und die haben Sie einmal untergekriegt, und es wird ihnen wieder gelingen.«

»Seien Sie da mal nicht zu sicher.« Skane grinste. »Wissen Sie, wir haben ein oder zwei Dinge dabei gelernt. Wir werden Computer einsetzen und nicht gegen sie kämpfen. Allerdings werden wir uns kleinere Hilfscomputer anschaffen – solche, die für menschliche Leitung und Kontrolle Raum lassen. Ich glaube, wir werden ganz gut ohne Ihre Superelektronengehirne auskommen.«

Chimberley wich vor den blitzenden blauen Augen zurück. Ihm war ganz schwach vor Beschämung – nicht, weil er sich um seine eigene Zukunft Sorgen machte: ein guter Kybernetiker konnte immer irgendwo unterkommen. Was ihn schmerzte, war die Tatsache, daß er Athena Sue im Stich gelassen hatte.

Aber nun mußte er sich wenigstens um Ginevra kümmern, die in seinem Hotelzimmer auf ihn wartete.

Seine schmalen Schultern strafften sich, als er an sie dachte. Die meisten Frauen irritierten und langweilten ihn mit ihrer unglaublichen Stupidität und Unlogik, doch Ginevra war anders. Sie glich eher Athena Sue, sie war frei von all den menschlichen Unzulänglichkeiten, die er verachtete.

Er rannte von der Bushaltestelle zurück zu dem schäbigen Motel, und als er an ihre Zimmertür klopfte, schlug ihm das Herz bis zum Hals.

»Ginevra!«

Atemlos horchte er. Der Riegel klickte. Die Tür schwang auf. Er hörte wieder ihre rauchige Stimme.

»Oh, Pip! Ich dachte, du würdest gar nicht mehr kommen!«

»Gin . . .«

Entsetzen ließ ihn verstummen, als er die Frau in der Tür sah. Sie war furchtbar gealtert, eine wankende Greisin, die mit dünnen blaugeäderten Fingern nach ihm griff, ihn halb blind anblinzelte.

»Pip?« Ihre Stimme war die Ginevras geblieben. »Du bist es doch?«

»Wo . . .« Angst schnürte ihm die Kehle zusammen. Sein Blick irrte in das leere Zimmer, kehrte zurück zu der gebeugten, zitternden Gestalt, dem verwelkten, runzligen Gesicht. Er erkannte eine schreckliche Ähnlichkeit darin, aber sein Geist weigerte sich, die Schlußfolgerung zu ziehen. »Wo ist Ginevra?«

»Liebling, kennst du mich nicht mehr?«

»Du kannst doch nicht . . .« Er schauderte. »Und doch . . . deine Stimme . . .«

»Ja, Liebster, ich bin's.« Sie nickte ruhig mit dem weißhaarigen Kopf. »Derselbe vitalisierte Konsumartikel, den du gestern abend gekauft hast. Ginevra Modell 1, Seriennummer 1997-A-456.«

Er hielt sich erschüttert am Türstock fest.

»Die Veränderung, die du eben bemerkt hast, beruht auf unserem raschen Veralten.« In seltsamem Stolz hob sie den Kopf. »Das ist etwas, worüber wir nicht reden sollten, aber du bist ein Fachmann. Du wirst verstehen, wie wichtig es ist, für einen dauernden Erneuerungsbedarf zu sorgen. Eine gute Idee, nicht wahr?«

Er schüttelte mit schmerzverzerrtem Gesicht den Kopf.

»Ich nehme an, daß ich . . . nicht mehr sehr . . . anziehend auf dich wirke, Liebster, aber das macht nichts.« Ihr welkes Lächeln wurde wieder heiterer. »So hat es der Computer geplant. Bring mich nur zu dem Automaten zurück, an dem du mich gekauft hast. Du wirst einen großzügigen Eintauschrabatt auf das morgige Modell bekommen.«

»Jetzt nicht mehr«, murmelte er heiser. »Denn unser Computer hat nichts mehr zu sagen. Skane sitzt wieder im Sattel, und ich bezweifle sehr, ob er vitalisierte Konsumartikel herstellen wird.«

»Oh, Pip!« Sie sank auf die ächzende Matratze und starrte in blinder Verwirrung zu ihm auf. »Das tut mir so leid für dich!«

Er setzte sich neben sie, Tränen in den blaßbraunen Augen. Einen verbitterten Augenblick lang haßte er alle Computer, und die verständnislosen Menschen – und vor allem Matt Skane.

Aber nach und nach kam er wieder zu sich.

Schließlich hatte Athena Sue keinerlei Schuld. Sie war betrogen worden. Maschinen taten nie etwas Schlechtes, es sei denn, daß Menschen sie mißbrauchten.

Langsam wandte er sich Ginevra zu und küßte ernst ihre verdorrten Lippen.

»Ich werde schon damit fertig«, flüsterte er. »Und jetzt muß ich Schenectady anrufen.«